hoy te quiero más que ayer y mañana se verá

BENITO TROYA

editorial
siete islas

ISBN: 978-84.944031-9-4
Depósito Legal: GC 509-2016
Primera edición: Julio de 2016

Edición: Editorial siete islas www.editorialsieteislas.com
Correcciones y estilo: Laura Ruiz Medina
Ilustraciones: Andrea García Grande
Maquetación: Kharmedia.es

Visita nuestro blog: www.blogeditorialsieteislas.com y nuestro canal de Youtube.

Si quiere recibir información sobre nuestras novedades envíe un correo electrónico a la dirección: editorialsieteislas@gmail.com

Y recuerde que puede encontrarnos en las redes sociales donde estaremos encantados de leer vuestros comentarios.

#HTQMQAYMSV #editorialsieteislas

I'm Yours

689

Prólogo

¿Cómo quieres que te quiera si quien quiero que me quiera no me quiere como quiero que me quiera? Me llamo Aby y estoy convencido de que esta pregunta en sí misma responde a todas las cuestiones amorosas que se plantean en todo el planeta, sin excepción.

Da igual que la duda amorosa surja en Hawai, Bombay o cualquier otro paraíso. Da igual que el interrogante se plantee en lo alto del Empire State a las cinco de la tarde cuando habías quedado con alguien que al final no pudo acudir a la cita. Da igual que sea subiendo las escaleras de la Torre Eiffel de la mano de alguien que acabas de conocer. Da igual que sea atravesando la Gran Muralla China, sonriendo y pensando que algún día tendrá que acabar el recorrido de la murallita. Da igual que sea en la Fontana di Trevi tirando unas monedas que prometen amor eterno, aun a sabiendas de que el amor es eterno mientras dura.

Pero volviendo a la pregunta que resume todas las cuestiones amorosas del mundo entero, la de *¿cómo quieres que te quiera si quien quiero que me quiera no me quiere como quiero* *que me quiera?* Si lo piensan bien, esto es lo que nos pasa a todos, estamos bien con la persona que tenemos a nuestro lado, pero seamos sinceros, todo es mejorable. A todos, sin excepción, cuando hemos estado en pareja alguna vez se nos ha pasado por la cabeza cometer un desliz, o el gran desliz, y algunos incluso han sido capaces de hacerlo y, para más inri, en repetidas ocasiones.

Tengo dos amigos, bueno tengo alguno más, creo, pero estos dos son mis *más mejores* amigos. Desde niños hemos dicho eso de: "Juanito es mi mejor amigo", yo a mis treinta y pocos tacos aún me atrevo a decirlo. Se llaman Julián y Lolo.

Julián lleva con su novia Susana desde hace no se sabe cuántos años, digamos que es su novia de toda la vida. No entiendo mucho esta expresión que tanto se utiliza, entre otras cosas porque toda la vida suena demasiado eterno. La vida es una y pasarla toda entera con una misma persona suena, como mínimo, exagerado. El caso es que Julián, cuando se habla de la pregunta que resume todas las cuestiones amorosas del mundo entero, no la entiende o no la quiere entender. Él piensa que el amor es único, su novia es única, su relación es única y que la única vez que ha tenido un desliz en todo el tiempo que lleva con ella fue a los dos meses de empezar la relación, es decir, con 14 años. Siendo el desliz en cuestión un encuentro furtivo y fortuito con la página 45 de la Play Boy de su hermano Antonio, hecho este del cual se lleva arrepintiendo toda la vida. Toda la vida que lleva con su novia de toda la vida. Porque para él el amor es único, su novia es única, su relación es única y esa única página de la Play Boy fue simplemente un tonteo que no duró más de cinco minutos.

Lolo es mi otro gran amigo y no tiene novia, es más, nunca ha tenido nada con nadie, bueno él si que ha tenido más que un *affair* con las páginas de la Play Boy, y no solo con la página 45. Se podría incluso afirmar que la Play Boy es su novia de toda la vida. Lolo está más de acuerdo conmigo en la afirmación de que todo es mejorable, él incluso a tonteado con otras publicaciones de género erótico, reconociéndolo abiertamente sin ningún tipo de remordimiento.

Era nuestro juego preferido, el de Tami y mío. No recuerdo cuántas veces me dijo esa frase de "hoy te quiero más que ayer, ya mañana se verá" y estallábamos en carcajadas. Nos hacía mucha gracia San Valentín y todo lo que el amor entendido con esa cursilería representaba. ¿Cómo sabía la gente cuánto se iba a querer el día siguiente? ¿Es que de repente se habían vuelto todos adivinos y no se habían dado cuenta?

A pesar de todo, y a sabiendas de nuestro poco convencionalismo en estas lides, un día me armé de valor, me fui a la joyería más cercana, le compré el pedrusco más grande que encontré, decidido a pedirle matrimonio. Habíamos quedado en nuestro lugar de encuentro. No necesitábamos concretar una cita, sabíamos que cuando nos quisieramos ver teníamos un espacio reservado para nosotros dos.

—Hoy te quiero más que ayer, ya mañana sé que no – dijo cuando nos encontramos.

—Je, je, je —reí tímidamente— No, mi amor, el final es "ya mañana se verá".

Nunca antes había visto ese semblante en su cara. Era la primera vez desde que la conocía que ponía ese rostro tan sombrío. Directamente no me contestó.

Pasado un tiempo, que a mí se me hizo eterno, empezó a narrarme que nunca había conocido a nadie como yo, que nunca había sentido por nadie lo que había sentido por mí, que nadie la había hecho sentir tan especial como lo había hecho yo, que con nadie se había reído tanto como lo había hecho conmigo, que nunca había pasado momentos tan especiales como los vividos a mi lado, que nunca iba a querer a nadie como me quería a mí, que nunca me olvidaría y que lo mejor para los dos era que lo dejáramos.

En ese preciso instante, me pregunté por qué decía eso de "lo mejor para los dos", debido a que lo mejor para mí sería pasar el resto de mi vida junto a ella, así de simple, era lo único que deseaba y lo único que creía mejor para mí.

Entonces, cuando volví a analizar la parte de la frase en la que decía "lo mejor para los dos", comprendí que lo decía para que me sintiera mejor. Si me lo hubiera pedido, le habría jurado que hoy la quería más que ayer, pero que infinitamente menos que mañana, pero no me dio opción.

El caso es que, en cuestión de segundos, pasé por todas las fases de la pérdida que dicen los psicólogos que tenemos que pasar todas las personas humanas ante una situación similar, la negación, la rabia, la negación otra vez, un poco más de rabia, negarlo un poquito más…

No recuerdo exactamente cuántas fases son, ni en qué orden van, pero lo que sí tengo claro es que, en un momento dado, me di cuenta de que hablaba en serio, de que no tenía intención de hablarlo, de que no había forma de intentar buscar los motivos, que los debía haber, de que no creía que fuera necesario que probáramos con arreglarlo.

En definitiva, quería que lo dejáramos, quería que dejáramos de ser pareja, quería que dejáramos de formar un equipo como lo habíamos hecho a lo largo de todo el tiempo que estuvimos juntos. Para mí éramos un equipo, éramos capaces de cubrir las carencias de uno con las virtudes del otro y viceversa, y así siempre. Como el equipo en el cual no hay ni defensas ni atacantes porque todos defienden y todos atacan.

Así éramos nosotros. Y digo *éramos* porque estaba claro que no lo íbamos a volver a ser. Y, de repente lo asumí, lo tuve claro, tuve la certeza de que no íbamos a estar juntos nunca más. No intenté que me explicara los motivos, no me hacía falta, había comprendido que todo había acabado y, lo mejor de todo, lo acepté.

Supongo que fue una forma de defensa que tenemos en la cabeza, igual que los linfocitos cuando nos hacemos una herida y nos vienen a salvar de todas las bacterias. Creo que, en esta ocasión, se trataba de "linfocitos emocionales" y fueron directos a mi cerebro y actuaron en la herida que en pocos minutos iba a empezar a dañar el corazón.

Porque una pérdida es así, nos ataca en una zona que no tiene cura tangible. No te puedes tomar una pastilla y descansar dos horas hasta que se te pasa. En mi caso, las defensas naturales del cuerpo estaban consiguiendo que no me afectara el darme cuenta de que estaba perdiendo a la persona más importante que había compartido conmigo algo de mi vida.

En ese instante, cuando más y mejor estaban trabajando mis "linfocitos emocionales", preguntó:

—¿Te encuentras bien?

Yo no dije nada, simplemente me levanté y me fui. Ella se levantó rápidamente y me siguió sin parar de preguntar si estaba bien y que entendiera que era lo mejor para los dos, aunque lo que ella no entendía era que mis "linfocitos emocionales" estaban trabajando a marchas forzadas para que sus palabras no castigaran demasiado mi ya débil estado de ánimo.

Yo no la miraba y, por supuesto, no respondía a sus preguntas y, después de estar un rato a mi lado, se dio por vencida y se marchó. Yo en el fondo lo agradecí.

No la he vuelto a ver, no la he llamado, no he hecho nada por ponerme en contacto con ella, ella tampoco. Mejor.

El caso es que no tengo ganas de enamorarme, pero si algún día lo vuelvo a hacer, tengo claro que será de la mujer perfecta para mí. No digo que mis anteriores relaciones no hayan sido satisfactorias, sin ir más lejos Tami creía que era la mujer de mi vida, salvo por el pequeño detalle de que no opinaba lo mismo que yo en relación a que yo fuera su hombre ideal.

Aunque no creo que exista la perfección, he llegado a la conclusión de que solo habrá una manera de comprobarlo. Conocerlas a todas. Está claro, es una cuestión de probabilidades. Si consigo estar con todas las mujeres del mundo, alguna será la perfecta para mí, es estadística pura.

Soy consciente de que será un trabajo muy complicado y que me va a llevar mucho tiempo, pero todo sea por encontrar el amor verdadero.

Si al final voy a ser un romanticón.

Capítulo 1

Mandar recuerdos

Aby, Julián y Lolo trabajan en la misma empresa, viven en el mismo piso y son amigos, son sus más fieles amigos. Se conocieron en el proceso de selección para entrar a trabajar en una empresa de distribución de vinos nacionales. Les hicieron pasar diferentes pruebas y, en alguna de ellas, enían que interactuar a modo de dinámica de grupo y ahí, en esas dinámicas, fue donde entablaron una amistad que dura ya varios años. Los tres trabajan en la misma empresa, los tres en el mismo departamento de ventas.

La empresa se encarga de la distribución de vinos al por mayor. Tienen un volumen de negocio bastante importante y su trabajo consiste básicamente en convencer a incautos inversores de las excelencias de los vinos que la empresa tiene en exclusiva. Algunos de ellos no servirían ni para aliñar una ensalada, tienen todos los defectos que se pueden encontrar en un vino, pero son auténticos expertos en poner buena cara, mandar muestras, acudir a ferias importantes e intentar convencer de las maravillas que esos vinos podrían suponer en su nicho de mercado.

La filosofía de su empresa es sacarle el mayor partido posible a ese término tan amplio convertido en ciencia que llaman Marketing, que si se analiza con lupa, se definiría como la forma de hacer que algo que no vale nada parezca que lo vale todo. Es básicamente eso, muchos de sus vinos son muy malos, pero realmente malos, aunque con el envoltorio pertinente, los folletos adecuados, la llamada precisa, las palabras justas y el almuerzo en el lugar idóneo, pueden conseguir que un líquido casi no apto para el consumo obtenga la categoría de "correcto".

La expresión "que no te la den con queso" viene precisamente de un tipo de marketing de hace muchos años, cuando los comerciantes salían a las afueras de las grandes ciudades con vinos más que horrendos y un queso muy, pero que muy curado, haciendo que el lácteo matara los nefastos sabores del vino, con ello conseguían vender varias cajas y cuando el comprador lo quería degustar con otros manjares no había forma de beberlo.

En el caso de nuestros protagonistas, utilizan otro tipo de técnicas que hacen que el vino sea igual de horripilante en cualquier situación. Todos sus productos vienen avalados por el comentario de algún afamado crítico enológico y algún que otro premio de medio pelo, con todo ello, el poder de la sugestión se acrecienta aún más si cabe. Suele funcionar, y las comisiones que cobran son más que suculentas.

La empresa para la que trabajan se llama Newine Corporation. Es una empresa relativamente pequeña, pero se han puesto ese nombre para impresionar a sus clientes potenciales. Sus jefes creen que si sus comerciales dicen que trabajan para su empresa y pronuncian ese nombre, los clientes creerán que trabajan para Microsoft o algo así. Por aquello de sonar importante, todo lo que viene de fuera suena siempre importante. Bueno, Wan Tun Frito no suena importante, pero Newine Corporation sí, ya me entienden.

Ese día habían llegado los tres a la oficina demasiado temprano, tanto que al entrar solo se encontraron a Carlos sentado en su mesa, masticando chicle de forma que todo el edificio supiera que él estaba allí y que estaba practicando su deporte favorito, mascar chicle.

Era tan desagradable la manera que tenía de hacerlo y la forma de hacer pompas con su pertinente ruido al estallarlas que, en alguna ocasión, todos los trabajadores de la oficina habían planeado obligarlo a comerse dos kilos de chicle e instarlo a que masticara e hiciera pompas con la misma habilidad con la que los tenía acostumbrados.

Nunca lo han llegado a hacer debido a que Carlos es el mejor vendedor de la empresa, el que más clientes nuevos hace por trimestre, el ojo derecho del consejero delegado, el izquierdo del presidente, las dos orejas del director comercial, ..., en definitiva, "el innombrable".

—¡Qué ven mis ojos! ¡Los tres vendedores menos productivos de la empresa madrugando sin un motivo aparente! —dijo esperando una respuesta ofensiva por parte de alguno de los tres amigos.

—Carlos, que tú vivas aquí no quiere decir que los demás tengamos que hacer noche en la oficina —comentó Aby sin mirarlo.

—¿Carlos vive aquí? —le preguntó Lolo a Julián.

—No, Lolo, pero hace tantas horas en esta oficina que no merece la pena que pague un alquiler en otro sitio.

—¿Cómo están yendo las ventas esta semana? —comentó Carlos a sabiendas de que habían sido las peores del mes.

—No nos podemos quejar, nos mantenemos —respondió Julián, quitándole importancia a la pregunta.

—No te quejarás tú, Julián, que yo llevo una semana que el único vino que he sacado fue una botella de Viña Mamerto Joven, que le vendí a mi madre y exactamente no se lo vendí, se lo compré yo – la voz de Lolo sonaba descorazonadora.

Julián lo miró desconfiado.

—Lolo, tu madre no bebe vino.

—A mí muchas veces me regalan cosas que no me gustan y no pasa nada.

—Bueno, Carlos, la idea es cumplir objetivos, ¿no? Pues no te preocupes por nosotros que los cumplimos, con más o menos esfuerzo pero los cumplimos.

—Yo no me preocupo, yo no solo cumplo objetivos, sino que los supero con creces. Son ustedes los que deberían plantearse qué harán cuando nos suban un poquito más el techo al que debemos llegar.

Sin decir más, y dejando en el aire ese halo de angustia del que sabe algo que el resto desconoce, se centró en su ordenador.

Los demás lo imitaron y el resto de empleados de la oficina llegó como si ellos también hubieran oído la premonitoria frase de Carlos sobre los objetivos empresariales a cumplir. Al encender los PC todos se encontraron en la bandeja de entrada de sus correos con una citación a las once de esa misma mañana en la sala de juntas para reunirse con D. José Carlos Rodríguez, dueño máximo de la empresa a la que todos representaban.

Cuando *Pepito*, que así lo llamaban a escondidas todos los miembros de la plantilla, excepto Carlos, que ni siquiera sabía que lo llamaban así, quería verlos, siempre era para apretar un poco más las tuercas de todos sus subordinados. Después de alguna de esas reuniones había rodado alguna que otra cabcza. Nunca habían tenido una reunión para felicitarlos por un aumento en la cartera de clientes de la empresa o por la introducción con éxito de un nuevo vino en el mercado.

A las once en punto estaban todos sentados en la sala de juntas esperando a que Pepito hiciera su entrada triunfal con ese traje hecho a medida y sus gemelos. Unos distintos todos los días, clasificados en gemelos de mañana y gemelos de tarde noche, nunca lo verías con los mismos gemelos a lo largo del día. Siempre le hacían el mismo regalo de cumpleaños y siempre era Carlos el encargado de comprar los desfasados complementos en la planta de caballeros de unos grandes almacenes.

Mientras esperaban, la tensión se notaba en el ambiente, algunos estaban deseando salir a fumar, otros miraban distraídos por los enormes ventanales, evadiéndose para no pensar en lo que se les podía venir encima. El único que estaba tranquilo con su chicle y haciendo unas bolas tan grandes como balones de fútbol, era Carlos. Había llegado a adquirir tal habilidad con la goma de mascar que era capaz de hacer una bola del tamaño de un balón, estallarlo haciendo un ruido ensordecedor y luego meterse de nuevo el chicle en la boca sin dejar ni rastro por el resto de la cara, algo increíble.

Lolo lo miraba con cara de asombro, hasta que reaccionó y, con cara de espanto, se dirigió a Aby:

—Nos van a echar, ¿verdad? —esperaba la respuesta con la cara de desconcierto de quien espera que la respuesta no sea la deseada en una situación de esa índole.

—No, Lolo, no nos van a echar, sobre todo porque no pueden.

—Hombre, si es por poder, yo creo que sí que pueden – intervino Julián, aunque nadie le hubiera pedido opinión.

—Si tenemos en cuenta que sumamos tres carteras de clientes muy importantes, que los vinos que vendemos son una bazofia y que la empresa no está pasando por su mejor momento, no creo que se pueden arriesgar a perder una sola venta – puntualizó Aby para tranquilizar a sus dos amigos y consciente de que lo que estaba diciendo era una realidad constatada.

—Entonces, ¿por qué nos ha reunido? —dijo Lolo desconfiado todavía.

—¡Vete tú a saber! Pepito tiene una edad y a lo mejor nos anuncia que se jubila y que nos dona la empresa a partes iguales a todos sus empleados —Aby lo dijo divertido, pero Lolo lo miró incrédulo.

—En serio, ¿crees que nos dejaría la empresa a todos a partes iguales? ¿No crees que le dejaría una parte mayor a Carlos? Date cuenta de que él es nuestro mejor vendedor.

—Lolo, a veces creo que te ríes de todos nosotros. En serio, con ese tipo de comentarios tú te debes estar descojonando por dentro, aunque no lo exteriorices —Julián parecía algo molesto.

—¿Por qué? ¿Tú no crees que le va a dejar algo más a Carlos, por ser el mejor vendedor de la empresa? —Lolo esperaba una respuesta.

—Sí, Lolo, lo creo igual que tú —Julián ya no sabía qué hacer.

En ese preciso instante, Isabel, la secretaria de D. José hizo acto de presencia, se sentó, se arregló su falda de tablas, ordenó todos sus papeles, se puso sus gafas de pasta y se preparó para tomar nota de todo lo que iba a acontecer en la reunión.

Nunca saludaba, aunque ella también era una trabajadora más de la empresa, todos habían concluido que no lo hacía por timidez, Isabel era una chica muy reservada. Era un trabajo curioso el de la secretaria del jefe, dar parte de todo lo que ocurría en la vida de Pepito debía de ser agotador, sobre todo porque Pepito en sí mismo era agotador.

Llegó ocho minutos tarde y eso era algo demasiado impropio en él. Se le notaba cansado, como cuando no duermes bien la noche anterior, o como cuando no duermes bien el mes anterior. A eso hay que añadirle sus ya prominentes ojeras, que venían de serie, y su tez cascada por los innumerables años de infatigable lucha empresarial.

Empezó a hablar de forma pausada mientras se iluminaba en la pantalla de la pared unos gráficos que indicaban los balances contables de los últimos seis meses. La mayoría de los allí presentes no entendía un carajo lo que esos gráficos significaban y, como D. José lo sabía, se los empezó a explicar como quien enseña a sumar y a restar a niños de primaria.

—Esta línea de aquí son los ingresos en euros y esta de aquí los porcentajes sobre las estimaciones de ventas que habíamos calculado para este semestre, cuanto más abajo están las líneas peor para todos nosotros —decía con voz demasiado paternal para tratarse del tema en cuestión—.

Ese era el motivo de la reunión, las ventas habían bajado considerablemente en los últimos seis meses. Los empleados lo sabían, sobre todo porque habían dejado de cobrar parte de las suculentas comisiones que percibían mensualmente, aunque no creían que fuera para alarmarse.

D. José comentó que a ese ritmo deberían despedir a más de la mitad de la plantilla y reestructurar las carteras para conseguir mantener a flote la empresa, de lo contrario se vería abocado al cierre inminente antes de un año.

El vino es un producto que no se puede almacenar, bueno se puede, pero no mucho tiempo. Ese dicho de que el vino cuanto más viejo mejor es una milonga que tiene sus días contados. Newine Corporation tenía en *stock* varios miles de euros y era necesario que tuvieran una salida comercial en un breve espacio de tiempo.

D. José instó a todos sus empleados a buscar fórmulas para dar salida a toda esa mercancía y así poder plantear un plan de viabilidad empresarial en el cual no corriera peligro ningún puesto de trabajo.

Los animó a seguir confiando en su empresa, de la que dijo que eran todos una parte importante, menos cuando repartían dividendos, —recordó la mayoría de los presentes—, y les recalcó la necesidad de que todos remaran en la misma dirección para salir de la situación en la que se habían visto envueltos.

Levantándose del gran sillón de la sala de juntas, abrochándose los primeros botones de la chaqueta de su impecable traje y haciéndole unas indicaciones a Isabel, se marchó. No se despidió de nadie, nunca lo hacía, ni de su secretaria, se fue como había venido, por la puerta.

El ambiente que se vivió en la sala al minuto de abandonar Pepito la misma era tenso. Nadie miraba a nadie, nadie se levantaba y, sobre todo, nadie tomaba la palabra.

En una situación como la vivida en la reunión con D. José, había dos opciones o hacer piña e intentar buscar soluciones conjuntas a un grave problema común o levantarse e intentar que cada uno sacara las castañas de su fuego sin quemarse demasiado.

Carlos fue el que dio el primer paso, se levantó muy despacio de su silla, miró a toda la mesa con aire de autosuficiencia, hizo una pequeña bola de chicle, la estalló sin hacer apenas ruido, sonrió de la forma más cínica que una persona podría sonreír en momento como aquel y se fue directo a su mesa. El resto de empleados lo imitaron.

Solo se quedaron en la mesa Julián, Lolo, Aby y Ester. Ester era nueva en la empresa, llevaba menos de dos meses, pero tenía mucha experiencia en el sector de la venta de vinos. Había trabajado para importantes bodegas de gran calado nacional. Desde que llegó, a Aby le pareció una mujer muy atractiva, no porque fuera guapa, que no lo era, sino por su forma de vestir, su forma de caminar, de hablar, de comportarse, era de ese tipo de mujeres que llama la atención por ser como son.

Pasados unos minutos en los que nadie decía nada, Ester comentó:

—¡Pues a trabajar se ha dicho! – decía esto mientras se levantaba decidida, como si hubiera estado esperando a que alguno de los otros tres compañeros aportara algo y, en vista de que nada pasaba, hubiera decidido que esto lo tenía que sacar adelante por ella misma.

—Espera, no te vayas todavía, me gustaría hacerte una pregunta —comentó Aby intentando alargar algo más su compañía.

—Dime —dijo sin volver a sentarse.

—Tú tienes mucha experiencia en el sector de la vitivinicultura y en el fondo eras vendedora de vino, a otro nivel por supuesto, pero vendedora en definitiva, ¿cómo crees que podemos salir de esta? – a Aby le importaba mucho la opinión de Ester, la tenía en muy buena consideración.

—No tiene nada que ver, yo trabajaba para bodegas que elaboran vino, que posteriormente nos venden a nosotros. En la bodega lo que prima es la elaboración de un buen vino y en nuestro caso es el trabajo de los comerciales. A Pepito no le importa el vino que vendamos, con tal de que lo vendamos. Él solo mira el precio de compra y el margen comercial que le quiere sacar. En una bodega se preocupan mucho más por lo que está dentro del tanque de fermentación – todo esto Ester lo dijo con un halo de añoranza de sus anteriores experiencias profesionales, que no pasaron desapercibidas para sus acompañantes.

—¿Por qué dejaste ese trabajo? —preguntó Julián.

—Por egoísmo, por vanidad, por querer progresar y porque me vendieron la moto de que en el mundo de la distribución de vinos iba a ganar el triple de lo que ganaba en la bodega, aunque al final mi trabajo fuera vender vino igualmente. Si te soy sincera, es verdad que gano un sueldo tres veces más alto, pero también soy tres veces más infeliz – sus palabras denotaban sinceridad. Lolo era el que no estaba demasiado de acuerdo con la afirmación.

—¿Cómo se consigue ser tres veces más infeliz?

—Es una forma… —Julián no la dejó terminar.

—No le hagas caso, Ester, Lolo necesita un tiempo de aclimatación para toda frase que se sale de su conversación habitual, ¿verdad, Lolo?

—Sí, es eso —dijo sin entender muy bien lo que su amigo le quería decir.

Lolo parecía el típico tonto de pueblo de todos los grupos de amigos. De hecho en la oficina tenía esa doble cara. Por un lado, era como si tuviera un tipo de discapacidad mental que le hiciera cuestionarse todo, y por otro, era de los cinco trabajadores que mejor cuenta de explotación tenía en la empresa. Así que dentro de sus preguntas absurdas, se le respetaba como un tipo muy válido.

En todo ese tiempo Aby no había dicho nada y escuchaba a sus amigos y a Ester como si la cosa no fuera con él. De repente, salió de su ensimismamiento para sentenciar:

—Lo tengo claro, tengo la solución para sacar a la empresa adelante, pero necesitaré la ayuda de ustedes tres, sobre todo de ti, Ester, me has abierto los ojos con tu comentario sobre la bodega y el producto.

—Cuenta, cuenta —dijo Ester con la intriga reflejada en su rostro.

—Ahora no, todavía no es el momento, necesito hacer un pequeño estudio de mercado y cuando lo tenga claro nos volveremos a reunir y lanzaremos a esta empresa a lo más alto en la venta de vinos de este país —Aby sonaba como un candidato en plena campaña electoral.

—Bueno y ahora ¿qué se supone que debemos hacer? —comentó Julián esperando indicaciones.

—Trabajar —dijo Aby con determinación— debemos trabajar todos juntos. Lo primero es visitar a todos nuestros clientes y concertar entrevistas para dentro de quince días y anunciarles que tenemos algo para ellos que no podrán rechazar, algo grande, pero que todavía no les podemos adelantar nada, que tendrán que esperar.

La cara de los presentes en la sala era de un entusiasmo desmesurado, todos se disponían a salir a la vez cuando Julián paró a Aby en seco y le dijo que tenía que comentarle algo.

—Ahora no es el momento Julián, tenemos mucho trabajo que hacer si queremos que esto salga adelante.

—Creo que es importante.

—¡Venga, que sea rápido!

—Ayer vi a Tami.

—¡A Tami! —la cara de Aby cambió radicalmente, hacía casi tres meses que no sabía nada de ella, desde el momento en que se dio cuenta de que ella quería terminar con su historia y que no había vuelta atrás— ¿te habló de mí?

—Claro, aunque fue muy escueta, únicamente me dijo que si te veía te mandara recuerdos, solo eso.

Lo habían hablado en infinidad de ocasiones, se habían prometido que si algún día lo dejaban por el motivo que fuera, no se mandarían recuerdos, que si alguno de los dos quería saber algo del otro, llamaría, que lo que ellos tenían era más fuerte que cualquier otra relación y que si por el motivo que fuera necesitaban hablar, se llamarían directamente, nunca mandarían recuerdos.

Ellos entendían que mandar recuerdos no era nada concreto, ¿qué pretendían las exparejas mandando recuerdos? Recordarte que "todavía estoy aquí"; recordarte que "todavía estoy aquí, pero que no quiero que estés conmigo"; recordarte que "todavía estoy aquí, que estoy con otra persona, pero no me olvido de ti"; recordarte que "todavía estoy aquí, que no tengo pareja y que, aunque no quiero volver contigo, te deseo lo mejor…" todas esas cuestiones se las habían planteado ellos mientras formaron parte del mismo equipo, y ahora que Aby jugaba solo y sus "linfocitos emocionales" habían hecho un trabajo extraordinario en su corazón, llegaba ella para mandar recuerdos.

Se sentía traicionado, creía que el pacto que habían hecho era infranqueable, pero de nuevo de forma unilateral había decidido que eso era lo mejor para los dos. Con la cara todavía descompuesta se limitó a decir:

—Muy bien, pues si eso es todo, vayamos a trabajar.

En ese momento se recordó a sí mismo que tenía que empezar con su plan de encontrar a la mujer perfecta cuanto antes.

Capítulo 2

Martita

Acabamos la jornada laboral y yo tenía un hambre de perros. Llevaba toda la mañana dándole vueltas al plan que acababa de idear para sacar a flote la empresa y, aunque no estaba muy convencido de que fuera a funcionar, había conseguido instalar el buen ánimo en mi equipo.

Me encanta eso de decir "mi equipo", porque en el fondo Julián, Lolo y yo éramos un equipo dentro de otro equipo más grande, aunque yo no consideraba al resto de compañeros de la empresa mi equipo, para mí esa palabra significaba mucho más que trabajar en la misma oficina, un equipo era otra cosa. Además, había hecho que Ester se uniera a nuestra causa.

Desde que entró en la compañía siempre me había fijado en ella, aunque cuando comenzó a trabajar con nosotros yo estaba saliendo con Tami, el fijarte en alguien que te llama la atención es inevitable. Lo hacemos todos.

Recuerden lo que les decía al principio, todo es mejorable.

Bueno, el caso es que ahora que yo no tenía pareja y estaba en medio de mi plan para encontrar a la mujer ideal, Ester hubiera sido una buena primera piedra de toque. Y quién sabe si a lo mejor en el primer intento encontraba a la persona perfecta.

El caso es que Ester tenía novio desde casi cuando Julián y Susana empezaron su relación, aunque no sabía si era igual de intensa que la de mis amigos.

Como les iba diciendo, salimos de trabajar y nos fuimos a comer a Ca' Maruquita, un restaurante de menús que hay al lado de la oficina. Lo venden como menú de comida casera, aunque de casero lo único que tiene es que compran todos los productos congelados en el supermercado, igual que hacemos todos en nuestras casas.

¡Ah! y que la cocinera se parece a nuestra madre, afable, preocupada por que nos lo comamos todo; preocupada de por qué no hemos llevado chaqueta con el frío que ha hecho esos días; preocupada por lo tarde que habíamos llegado hoy, que ya pensaba que no íbamos a venir y no habíamos llamado ni nada; preocupada por cómo nos iba la vida, el trabajo, las relaciones, el dinero, en definitiva, una madre con todas las de la ley. Ese día estaba especialmente madrera.

—¿Qué van a comer hoy mis hombretones? —preguntó esperando que nuestra respuesta la satisficiera.

—Yo quiero macarrones de primero y pescado a la plancha de segundo —dijo Lolo tan rápido que Maruquita, que así se llamaba la dueña del local, ni apuntó el pedido.

—Para mí de primero macarrones también, y de segundo pollo al horno —a Julián le encantaba el pollo al horno que preparaban allí, creo que es la única persona que conozco que le gustaba ese pollo, aunque he de decir que Julián para las comidas es algo rarito.

—Maruquita, para mí lo que usted desee, seguro que lo que me trae estará bien —yo intuía que ese día Maruquita nos iba a poner de comer lo que le diera la gana a ella, porque había días en que se comportaba así, decidía por nosotros y nadie se atrevía a decir nada.

—Muy bien. Lolo para ti hoy tenemos de primero sopa de pollo y de segundo ternera empanada, para ti Juli (lo llamaba así en honor a su torero favorito), de primero garbanzada y de segundo el pollo al horno, que sé que te gusta tanto (aunque lo que quería decir de verdad era "que eres el único de mis clientes que se atreve a comérselo") y para ti Aby, de primero ensaladita de la casa y lomo de cerdo frito. ¿Qué les parece chicos, les gusta?

—Mucho Maruquita, muchísimas gracias —dijimos todos al unísono.

—De nada, mis hijos. ¿Quién los va a cuidar tanto como yo? ¿Eh? —y se fue como quien se va sabiendo que ha hecho una buena acción, que ya tiene un trocito pequeñito de cielo ganado.

—¿Por qué nos pregunta qué vamos a comer si luego nos pone lo que le da la gana? —preguntó Lolo algo contrariado.

—No lo sé, Lolo, pero a veces preferiría que me avisara antes de pedirle —el tono de Julián era algo más molesto.

—Hay que saber verla venir, cuando vean que no lee el menú es que ya lo tiene en la cabeza y, por lo tanto, no hay vuelta atrás. Ahora, cuando lo lee es que tiene de todo y no le importa lo que pidamos —ya hacía tiempo que me había dado cuenta de ese detalle, pero me daba igual.

Maruquita era encantadora y el trato que nos dispensaba hacía que comieras lo que comieras te iba a sentar bien. Una comida mediocre la salva un buen servicio, un mal servicio no lo salva ni el médico chino.

En el caso de ese bar siempre lo salvaba todo el buen servicio.

Ya habíamos empezado a comer, cuando algo hizo que mirara hacia la puerta de forma automática. Acababa de entrar una chica guapísima, alta, media melena rubia lacia, piernas interminables, mínimo escote, pero sugerente, ojos azul turquesa, tez con sutil bronceado, vestida de forma informal, pero con una bata blanca.

Era la primera vez que la veía en el bar y automáticamente pensé si había un hospital o centro de salud por las inmediaciones y descarté la idea al instante.

No se me ocurría de dónde podía haber salido aquella chica ni qué hacía en el bar de Maruquita a las cuatro menos cuarto de la tarde. No podía dejar de mirarla, gracias que la ensalada estaba ya fría, porque de haberme tocado la garbanzada la hubiera tenido que pasar de nuevo por el microondas.

De repente, intercambiamos las miradas. Eso no es difícil, porque cuando alguien no para de mirarte lo normal es que al final acabes mirando tú también y eso fue lo que hizo la chica de la bata blanca, pero no solo hizo eso, sino que además me sonrió; y no solo eso, sino que además se giró y empezó a caminar hacia mí con paso decidido; y no solo eso, sino que también su sonrisa era cada vez más amplia y mi ansiedad se acrecentaba con cada paso que ella daba hacia nuestra mesa y cuando estaba a escaso medio metro de la mesa y yo ya creía que me iba a dar algo, dijo de manera despreocupada:

—Hola.

Yo no podía articular palabra. Intenté balbucear un hola, pero no me salió ningún sonido. Me sentía ridículo, aquella chica se había acercado hasta la mesa a saludarme y yo no era capaz de decir nada, patético.

—Hola Marta, ¡qué sorpresa! —la cara de Julián era de alegría verdadera por ver a la chica.

—¡Eh, Marta!, ¿qué haces tú por aquí? —dijo Lolo dejando todo lo que estaba haciendo y levantándose para darle un beso en la mejilla.

Yo los miraba con cara de pelele, nunca he sabido qué tipo de cara es esa, pero lo que sí tengo claro es la sensación de sentirse como un pelele.

El caso es que había confiado, iluso de mí, que la chica se había acercado porque yo la estaba mirando y solo había venido a saludar a mis dos mejores amigos. Lo peor de todo es que no entendía cómo ellos conocían a esa muchacha tan guapa y yo no tenía ni idea ni de cómo se llamaba.

—Trabajo por la zona —dijo mirando para Julián. Yo seguía allí, mirando como un pasmarote, tampoco sé qué cara tiene un pasmarote, pero el sentimiento es muy similar al de un pelele.

—No lo sabía, el otro día hablé con tu madre, pero no me dijo nada —Julián hablaba con una confianza que cada vez me tenía más intrigado.

—Es que llevo dos semanas solamente, me han trasladado de la farmacia en la que estaba, son las dos del mismo dueño.

Farmacéutica, pensé mientras esperaba que se me quitara la cara de pelele-pasmarote que se me había instalado desde que ella había hecho acto de presencia en nuestra mesa.

—Pues después a lo mejor me paso, que tengo que comprar unos copos de avena del herbolario —dijo Lolo con una sonrisa en el rostro.

—Yo te aconsejo que para ese tipo de productos vayas a un herbolario, Lolo. En las farmacias tenemos fármacos que tienen compuestos parecidos a la avena, pero nada que ver, además son con prescripción médica —lo dijo con tanta dulzura que yo empecé a pensar cosas que podía pedir en la farmacia sin prescripción médica. Solo para que me atendiera a mí de esa forma.

—Ah, pues voy a ver si en casa tengo alguna prescripción de esas y luego me paso, yo he hecho muchas prescripciones en mi vida, a lo mejor tengo alguna de avena, ¡quién sabe! —cuando Lolo terminó de hablar, hubo un segundo de pensar que a lo mejor estaba hablando en serio, pero pasado ese segundo y, sabiendo que no podía ser verdad, los tres empezamos a reír y pasados unos segundos él también se unió a las carcajadas.

—Bueno, chicos, me ha encantado verlos, saluda a Susana de mi parte, me voy que están esperando por los cortados que he venido a buscar —y se fue como había venido con una sonrisa de oreja a oreja y una forma de caminar que me dejó aún más embelesado si cabe.

Yo me quedé esperando a que mis amigos me dieran una explicación de por qué yo no conocía a esa chica y ellos sí y, aún peor, me quedé esperando a que me explicaran por qué había estado allí con nosotros y nadie me la había presentado.

En vista de que todos estaban dando buen provecho de su almuerzo y nadie pensaba contarme nada, intervine.

—Guapa, ¿verdad?

—Sí, muy guapa —dijo Julián sin dejar de dar cuenta de su pollo al horno grasiento por fuera y demasiado seco por dentro, que no había quien se lo comiera, excepto él.

—Guapa no, guapísima de verdad, a mí me parece que es la mujer más guapa que he visto hoy —comentó Lolo convencido de lo que decía.

—¿Se puede saber de qué conocen ustedes dos a esa chica? Y mejor aún, ¿se puede saber por qué no me la habían presentado? Y ya lo mejor de todo, ¿alguien me puede explicar por qué nadie me la ha presentado ahora? Simplemente por educación, digo yo, vamos —cuando terminé de hablar me sentía verdaderamente indignado, más que indignado, traicionado, bueno, lo cierto es que estaba indignado y traicionado.

—No ha coincidido, la verdad. En otra ocasión te la presento, no te preocupes —Julián hablaba como si lo que yo le estaba diciendo no me importara nada.

—Esa no es la verdad, Julián —comentó Lolo mirando para Julián y para mí. En ese instante la cara de Julián cambió por completo, era como si se estuviera oliendo que Lolo podía decir una de esas frases célebres que algún día aparecerán en los sobres de azúcar y no se lo quería creer.

—¿Qué no es verdad, Lolo? —me di cuenta de que la cara de Julián quería advertir a Lolo de algo, como que midiera sus palabras, pero Lolo no sabe ni medir con una cinta métrica, mucho menos entiende qué es eso de medir las palabras.

—¡Joder, Julián, tú siempre has dicho que ojalá que Aby nunca conozca a Marta!

—¿Cómo? —pregunté sin dar crédito a lo que Lolo decía.

—¡Sí, hombre! Resulta que Marta es hija de los mejores amigos de los padres de Julián y él siempre ha dicho que no le gustaría que tú la conocieras, no fuera a ser que te encapricharas e intentaras salir con ella —Lolo lo dijo como si aquellas palabras no fueran a tener ninguna trascendencia.

Yo miré a Julián esperando una explicación convincente sobre lo que Lolo acababa de decir.

—Vamos a ver, no es exactamente así. Debemos reconocer que nosotros dos no tenemos el mismo concepto de relación amorosa. A los hechos me remito. Y el caso es que Martita es la hija pequeña de los mejores amigos de mis padres y tiene una forma de pensar muy similar a Susana y yo sé que no pega nada contigo, pero por otro lado hay que reconocer que es muy guapa y yo suponía que si la conocías, y aun sabiendo que es de la misma forma de llevar una relación que Susana, pues te empecinarías en conocerla e intentar conocerla y conocerla y conocerla tanto, hasta el punto de conocerla a toda ella en toda su entereza. —Julián me había acertado en todas sus palabras, pero yo no estaba dispuesto a ceder tan fácilmente.

—He cambiado —afirmé con rotundidad. Ellos no sabían nada de mi plan para conocer a la mujer perfecta y Marta podría ser, sin ningún problema, mi primer intento.

—¡Ja, ja, ja, ja, ja! —Lolo empezó a reír a carcajadas, como si no hubiera un mañana— tú de lo único que has cambiado es de calzoncillos esta mañana y ni de eso podemos estar seguros – siguió riendo él solo.

—Lolo tiene razón, sería mucha casualidad que hoy te tocara el día del mes del cambio de calzoncillos —y empezó a reír también. Se estaban riendo de mí en mi cara, pero no me importaba. Yo terminé de comerme el segundo plato, dejé los ocho euros del menú y salí del bar sin decir nada más, directo a la farmacia de Marta.

No me costó demasiado encontrar la farmacia de la amiga de Julián. Sobre todo porque era la única farmacia del barrio, aunque nunca había reparado en que en el barrio donde se encontraba la oficina hubiera una farmacia.

El caso es que entré y Marta estaba atendiendo a una señora de unos ciento quince años de edad y una pila de recetas, que se podían encuadernar y todas juntas serían más gruesas que *Los pilares de la Tierra.*

Otro farmacéutico me miraba desde detrás del mostrador en espera de que yo le dijera qué deseaba y, como ni le podía decir que deseaba a su compañera ni que esperaría por ella hasta que terminara de atender a la abuela del Titanic, le dije que necesitaba unas pastillas para la garganta y me toqué la garganta en señal de molestia.

Nunca había reparado en que, cuando pedimos pastillas porque nos duele algo, nos tocamos en esa zona para indicarle que es ahí justamente donde nos duele, como si el farmacéutico no supiera dónde está la garganta.

Lo curioso es que el señor empezó a preguntarme si era por irritación, inflamación, tos, carraspera y una infinidad de síntomas que solía sufrir la gente cuando pedía pastillas para la garganta. Yo sólo respondí que algo para chupar.

En ese instante, la abuela de Tutankamón me miró y debe de ser que rememoró tiempos pasados porque soltó una risita que solo percibimos la señora y yo. Porque a todas estas, Marta no se había fijado en que yo era el amigo de Julián y Lolo, con los que acababa de estar hacía diez minutos en el bar de la esquina.

Finalmente, el compañero de Marta me trajo unas pastillas naranjas que me dijo que servían para todos los síntomas de dolor de garganta, le pagué, le di las gracias y dije un "hasta luego, buenas tardes" lo suficientemente alto para que toda la farmacia respondiera. "Hasta luego, buenas tardes", respondieron todos menos Marta, que seguía enfrascada en la mitad de la enciclopedia de recetas de la abuela.

Mi segundo intento de que la amable farmacéutica me atendiera se produjo dos tardes más tarde. En esta ocasión, la farmacia estaba repleta de gente, con lo que empecé a hacer cábalas para poder calcular en qué puesto me iba a tocar a mí, con el agravante de que había otra chica más atendiendo detrás del mostrador, con lo que las probabilidades de que me tocara Marta se reducían considerablemente.

A medida que se iba acercando mi turno, empecé a calcular que tenía pocas probabilidades de que me tocara mi pretendida, debido a que a ella y a su compañero les pasaban los clientes con recetas médicas y a la chica, a todas luces más inexperta, le tocaba atender a los que no traían nada y probablemente fueran a pedir pastillas para chupar.

En esta ocasión, no iba a pedir pastillas para la garganta. Me había preparado una excusa mejor, iba a solicitar protector solar, del factor más alto. Aunque estuviéramos en pleno mes de octubre, nunca se sabía cuándo iba a darse uno una vuelta por la playa. Mostrar una actitud precavida ante las nefastas secuelas del astro rey bien merecía una visita a una farmacia.

Finalmente, desistí. Quedaban tres personas hasta que me tocara a mí, pero el hecho de que no me fuera a atender Marta me desalentó, así que miré mi reloj como quien no tiene tiempo que perder y salí de la farmacia con cara de preocupación y con el móvil en la mano preparado para hacer la supuesta llamada de mi vida.

Volví a las tres horas más o menos y en la farmacia solo estaba el compañero de Marta con la chica nueva. Parecían muy divertidos, tanto que no se percataron de que estaba allí hasta pasados varios minutos.

Cuando por fin se dieron cuenta de que había clientela, el farmacéutico me preguntó sobre la marcha que qué tal me habían ido las pastillas para chupar que me había despachado el último día.

Me propuso que si no eran de mi agrado, tenía otras muy parecidas, pero con un sabor algo más agradable y, ya que eran para chupar, a lo mejor me podrían gustar más.

Esa segunda vez en la que nombró el término *chupar* no me gustó nada, sobre todo por el tono burlón que le noté, pero no le presté la mayor atención, mi atención estaba puesta en ver si Marta se encontraba en la farmacia.

Estaba decidido a presentarme directamente y decirle que habíamos coincidido el otro día en el bar con Julián y Lolo, pero parecía que no se encontraba en el local y tuve que aceptar las nuevas pastillas que me ofrecía el amable mancebo con la excusa de que ese era precisamente el motivo de mi segunda visita en tan poco tiempo.

Soy de las personas que creen en el destino, creo que el destino está escrito. Nosotros no tenemos que hacer nada porque ya todo viene de serie, no debemos preocuparnos de que algo salga bien o mal, todo pasa porque tiene que pasar y punto, no hay más.

Es una forma cómoda de pasar por esta vida, tienes claro que lo que te pasa no lo eliges tú, viene ya predeterminado. Es como si cuando nacemos nos dan un guion y nos dicen: "¡venga, ala, ahí lo tienes, disfrútalo!".

La parte positiva es que no sabemos de antemano cuál es ese guion, porque si no, sí que sería aburrido. Lo bueno es que te vas enterando de la película de tu vida a medida que va pasando y vas eligiendo los pasos a seguir asumiendo que ya todo iba a pasar, así hicieses lo que hicieses.

No me intenten preguntar quién ha escrito ese guion antes para que la vida sea como es para cada uno de nosotros, porque simplemente trabajo en Newine Corporation. Si tuviera la respuesta, me hubiera puesto a escribir libros que le solucionan la vida a la gente y no es el caso.

Les cuento todo esto porque un día decidí que no volvería a la farmacia a ver a Marta, creía que mi guion había agotado todas las escenas de esa parte de la película y decidí desistir.

Pasaron casi tres meses desde que había decidido no volver a entrar en la farmacia de Marta y de repente pasé por la acera de enfrente. Había pasado por allí muchas veces antes de saber de la existencia de Marta pero, después de lo que había vivido, me paré un instante a ver a través del cristal y, agudizando un poco la vista, me percaté de que estaba ella sola, por lo menos en apariencia.

En ese preciso instante supe que mi película tenía una escena pendiente en la farmacia de Marta, que ese era el momento de entrar y recordarle quién era y pedirle que saliera conmigo, así sin más.

Ya les conté que me había propuesto no volver a la farmacia, pero con esta convicción de que está todo escrito, entré sin dudarlo. Me presenté, pero no tenía ni idea de quién era yo, le refresqué la memoria con la situación en el bar cuando había visto a Julián y a Lolo, ahí pareció que rememoraba algo la situación, pero siguió sin sonarle mi cara. Le intenté recordar que, antes de que fuera a la mesa, yo la había estado mirando, que ella me sonrió y que después se acercó a la mesa. Me reconoció que se había reído, pero creía que había sido por ver a Lolo y por recordar lo entrañable que es. En ningún momento reconoció haberme sonreído a mí.

Visto ese panorama, me presenté formalmente, me preguntó si deseaba algo, le tuve que decir que sí, que unas pastillas para la garganta, rezando para que su compañero no saliera en ese momento y repasara conmigo todas las pastillas que me había chupado ya. Le pagué, le di las gracias, le dije que encantado de conocerla, ella me miró con esos ojos que encandilaban y, simplemente, sonrió. Supongo que pensando en Lolo.

Volví, no había cruzado dos calles y volví. Tenía que aprovechar que no estaba despachando a quinientos clientes con mil recetas cada uno, no podía desperdiciar la oportunidad de que no estuviera el farmacéutico adicto a recomendar pastillas para chupar y, sobre todo, no podía permitir que se olvidara de mí, como había ocurrido la última vez. Entré decidido y dije:

—¿Te gustaría salir comigo?

—¿Cómo? —preguntó incrédula ante lo que acabada de oír.

—¿Que si te gustaría quedar para ir a tomar algo por ahí? —repetí algo más calmado.

—Pero si no te conozco de nada.

—Sí, ya te dije que soy el amigo de Julián y Lolo y acabo de estar aquí hace un minuto y me he presentado.

—Ya, pero solo de eso.

—Vale, pues por eso me gustaría que me conocieras un poco más y no me duele tanto la garganta como para estar todas las tardes pidiendo pastillas.

—Pero no sabes nada de mí.

—Lo único que necesito saber es si te apetece que quedemos para tomar algo o si tienes alguna preferencia especial que te gustaría hacer conmigo, un cine, un paseo por el parque, uno por la playa, un tándem en paracaídas, ¿qué más se supone que debo saber?

—Pues a lo mejor estoy casada y tengo tres hijos.

—Si así fuera, simplemente me dirías que no y a mí no me quedaría más remedio que felicitarte por estar tan guapa a pesar del matrimonio y tres partos —en ese momento caí en la cuenta de que los niños podían ser adoptados, pero no se me ocurría otra forma de decirle que estaba verdaderamente maravillosa.

—Me caes bien —dijo sin más—. Hagamos una cosa. Si te parece, el viernes por la noche quedamos en un sitio neutral y me preparas una velada de cosas que te gusten a ti y, en función de cómo salga, pues ya veremos si nos seguimos conociendo o vienes todas las tardes de tu vida a pedirle a mi compañero todas las pastillas para chupar de la farmacia.

En ese momento me di cuenta de un detalle, ¿cómo sabía ella que yo ya le había pedido anteriormente pastillas a su compañero de trabajo? No quise preguntarle.

—Trato hecho, quedamos en la puerta de la farmacia el viernes a las ocho y media, ¿te parece?

—Perfecto, hasta el viernes entonces.

El destino. Ya les conté que estaba escrito y esto que me pasó con Martita es un caso clarísimo de que ya está todo inventado.

Resulta que para mí, la cita perfecta era llevar a mi acompañante a escuchar y disfrutar de un concierto en directo de un artista grancanario, Luis Quintana.

Luis Quintana es un conocido cantautor que tiene un directo espectacular, ya que combina con auténtica maestría la música con el humor y viceversa. En sus actuaciones, además de disfrutar de una música de alto nivel, tienes la oportunidad de reírte un rato. Y no importa a cuantos conciertos vayas porque siempre son diferentes.

La cuestión es que, por motivos de agenda, no suele dar conciertos en la ciudad, pero daba la casualidad, o el destino, como ustedes prefieran llamarlo, que después de estar cinco meses de gira, ese mismo viernes a las 21:30 actuaba en un local de moda de la zona centro.

Era la velada perfecta, nada podía fallar, toda la gente que había ido a ver un concierto de Luis Quintana salía encantada. Martita no podía ser menos y yo había puesto todas mis esperanzas en que así fuera.

Viernes, 20:23 y yo todavía no he salido de casa, no estoy demasiado lejos de la farmacia de Martita, pero no he salido y no creo que vaya a salir en los próximos quince minutos.

Julián ha ido al cine con Susana y no me ha preguntado a dónde ni con quién voy. Lolo, por el contrario, se ha quedado en casa viendo la saga de Star Treck y a él sí que le he contado que voy a salir con la farmacéutica. No le ha importado, la verdad, aunque sí que me ha advertido que como Julián se entere, desaprobará con total rotundidad esa relación. Lo dijo con esas palabras y yo no pude por más que reírme en su cara, pero a él no le hizo gracia y siguió mirando impasible la pantalla de plasma de muchas pulgadas que habíamos comprado la semana pasada.

Odio llegar tarde, pero no lo puedo evitar. Calculo el tiempo que necesito para prepararme y, cuando se va acercando la hora de la cita, veo que todavía no he salido y me quedan cosas por hacer. Da igual el tiempo de antelación que dedique a organizarme, siempre llego tarde. Solo espero que ella sea igual que yo y no llegue a tiempo, o que no sea una maniática de la puntualidad y cuando vea que no he llegado se vaya.

Tampoco tengo su número para decirle que voy a llegar un poco tarde, se lo pido a Lolo, pero me dice que el que lo tiene es Julián y, por supuesto, que no se me va a ocurrir llamarlo para pedírselo porque es capaz de llamarla él directamente.

Ya voy saliendo, me despido de Lolo y cuando voy a coger las llaves del coche, veo que no están, no puede ser, esto no me puede estar pasando de verdad. Vuelvo sobre mis pasos e interrogo a Lolo sobre las llaves de mi coche y me dice que Julián se lo ha llevado porque, como nosotros no íbamos a salir, él podía ir a buscar a Susana en un coche algo mejor que el suyo.

Debía ser una cámara oculta que me habían preparado entre todos, incluida Martita. Una especie de escarmiento por haber ideado un plan para encontrar a la mujer ideal.

No podía ir a buscar a Marta con el coche de Julián, el coche de Julián tenía más fallos que el test de inteligencia de Lolo, la batería era más débil que la del coche de la Barbie modelitos, la palanca de cambios se trababa más que una bicicleta por la arena, la dirección estaba tan dura que para girar tenías que hacer más fuerza que en una competición de levantamiento de piedras.

Cuando el coche de Julián cogía un bache, caía óxido por todos los asientos; cuando Susana se subía en ese coche, se ponía un traje de neopreno que había obligado a su padre a comprarle, lo llevaba en el maletero del coche y se lo ponía y se lo quitaba encima de la ropa que llevaba.

En cambio, mi coche era nuevo. Me lo había comprado hacía unos meses, justo cuando lo mío con Tami se acabó. Lo había hecho como un cambio en mi vida, se había ido ella y había llegado mi flamante nuevo coche.

Resignado cogí las llaves del coche de Julián.

Eran ya las 20:45. Lo más probable era que Marta ya se hubiera ido, pero aun así fui hacia la farmacia. Al subir al coche y cerrar la puerta con algo de rabia, tengo que reconocerlo, me cayeron entre la cabeza y el regazo unos veintisiete trozos de óxido en cachos tan pequeños que me costaría una eternidad eliminarlos todos.

Le di al contacto y lo único que sonó fue un tic, el tic que suena cuando la batería del coche te dice: "hasta aquí he llegado amigo". Ya les había dicho que la batería del coche de Julián era más floja que la del coche del Kent, o de la Barbie, en esa pareja no se sabe muy bien qué es de uno y qué del otro.

Después de tirar el coche cuesta abajo para ponerlo en marcha y de estar a punto de llevarme por delante dos contenedores de la basura, tres pibotes de los de hierro de esos que como los toques dejas el vehículo siniestro total y un todoterreno de ciento cuarenta toneladas que había aparcado encima de la acera, llegué a mi cita. A las 21:24, pero allí estaba. Ella estaba esperando y me sonreía.

Aparqué todo lo rápido que pude, me bajé del coche, llegué a su lado y dije:

—Se me ha hecho tarde.

—¿Se te ha hecho tarde? —preguntó irónica— si no me lo dices, no me doy cuenta.

—Lo siento, pensé que te habías ido.

—Sabía que vendrías, tenía una corazonada, aunque ya estaba a punto de empezar a perder las esperanzas.

—Es que verás, Julián… —me disponía a explicárselo todo, cuando me interrumpió.

—Me lo ha contado todo Lolo. Cuando veía que no llegabas, lo llamé a su casa para que me diera tu número y me contó que vivían juntos y que estabas algo molesto porque Julián se había llevado tu coche y que probablemente el de Julián no se iba a poner en marcha porque tiene la batería del coche de la Barbie o algo así me dijo.

—Sí, algo así ha sido.

—De no ser por esa llamada, en serio ¿crees que hubiera estado esperando por ti una hora?

—Supongo que no —dije sabiendo que no había otra respuesta.

—Pero ya estás aquí. ¿A dónde me vas a llevar?

Miré el reloj, eran las 21:33. Si nos apurábamos, todavía llegaríamos para coger un buen sitio. Nunca solían empezar puntuales los conciertos.

—Vamos, no hay tiempo que perder —la cogí de la mano con decisión y fuimos en dirección al coche de Julián.

—¿No sería más apropiado que fuéramos en el mío? —preguntó con mucho acierto.

—Sí, será lo mejor, porque el de Julián no sé cómo va a reaccionar.

Nos subimos en su coche y a las 21:45 ya estábamos sentados en una mesa con dos cervezas y esperando a que el concierto empezara.

Casi parecía imposible que hacía una hora yo estuviera peleándome con el mundo para llegar a mi cita y que, en ese instante, estuviera tomando una cerveza tan amigablemente.

Como había vaticinado, el concierto no empezó hasta las 22, y lo hizo con un repaso a sus canciones más conocidas.

De vez en cuando miraba a Marta y veía su cara iluminada de felicidad. Definitivamente, Marta es de esas personas que irradian positividad, estar al lado de ella transmitía energía, me sentía muy bien en su compañía, muy cómodo.

En el ecuador del concierto, Luis cantó una canción en la que hace interactuar al público. La canción habla de unos chicos que se conocen y el chico invita a salir a la chica y la lleva a un concierto de Luis Quintana y la canción dice: "y escuchando esta canción Daniel por fin la fue a besar". En ese momento, el cantautor para de cantar la canción e invita a todas las parejas del público que imiten a los protagonistas de su tema.

El caso es que se viven momentos muy curiosos cuando llega ese punto; las parejas consolidadas se besan apasionadamente; los amigos que ni son nada ni quieren serlo, pero que tienen muy buena onda, se dan picos amistosos; los amigos que ni son nada ni quieren serlo, se miran, se sonríen, miran al resto y esperan a que la canción continúe cuanto antes; los proyectos de novios que todavía no tienen claro qué son, ni se miran y simplemente esperan a que la canción termine cuanto antes y los proyectos de novios que tienen claro que sí que lo son, aprovechan la ocasión para darse ese beso que llevan toda la velada esperando y que, por diferentes circunstancias, no han tenido oportunidad de haberse dado antes.

En esas estaba yo. Definitivamente, no sabía en qué grupo de los anteriormente mencionados estaba, sobre todo porque no sabía la opinión que Marta tenía de mí.

El caso es que me limité a mirarla. Ella miraba divertida al resto de parejas y a Luis cómo alentaba a los que estaban aletargados con frases como: "no sean vergonzosos, ayúdenme a sacar adelante esta *performance*, entre todos podemos conseguir algo muy, pero que muy bonito".

Marta reía sin parar y yo no paraba de mirarla. La canción continuó y ella simplemente me miró de soslayo y me acarició la barbilla. Yo la seguí mirando, creyendo que ahí encontraría ese beso que das por primera vez a alguien, que aunque no sea el primer beso que das en tu vida, lo sientes como tal. Cuando besas a alguien por primera vez, siempre te parece el primero, será porque todos los labios son distintos y todas las formas de besar diferentes, simplemente porque el hecho de besar es cosa de dos.

Pero no ocurrió nada, ella se volvió hacia el escenario y siguió atenta al concierto, yo desistí e hice lo propio. Aunque he de reconocer que un halo de nostalgia recorrió todo mi cuerpo, ya que esa situación la había vivido anteriormente con Tami y la complicidad cuando llegaba esa canción reflejaba esa sensación de equipo. Esa nostalgia duró lo que tardaron mis "linfocitos emocionales" en ponerse a trabajar.

Llegando casi al final del concierto, Luis estrenó una canción nueva en su repertorio, su título "Hablas de sexo" contaba la evolución que ha habido desde que nosotros éramos jóvenes, —ambos somos de la misma quinta—, hasta cómo viven los chicos en la actualidad su sexualidad. Es innecesario que cuente los evidentes cambios, lo que sí que voy a contarles es cuando la canción llegó a su estribillo y cantaba: "yo que de pequeño me enamoraba, yo de teresitas y salesianas, yo…".

Era una realidad, supongo que las generaciones siguientes vivieron la misma situación de enamorarse de las niñas que iban a colegios con uniformes, esas faldas de tablas, esos polos, esos calcetines subidos hasta la rodilla, en definitiva, estaba yo con mis recuerdos de preadolescencia, cuando Marta me sorprendió con esta afirmación:

—Estudié en las salesianas.

—Yo estaba pensando que también me enamoraba de salesianas.

—Yo todavía guardo el uniforme —lo dijo sin más y yo no supe cómo interpretarlo, solo se me ocurrió decir:

—También yo tengo en un cajón mi primer equipaje de fútbol.

—A mí me queda supergracioso el uniforme. A veces me lo pruebo, pero nada que ver con cuando era adolescente. Me falta tela por todos lados —y seguidamente soltó una risita que tampoco supe cómo interpretar. Solo puedo decir que lo estaba pasando realmente mal, no sabía ni qué contestar.

—Claro, es normal. A mí el mío de fútbol no me entra por ningún lado.

—A mí, sí. Lo único que no como cuando era joven. ¿Te gustaría vérmelo puesto?

Así, sin más, la pregunta del millón, la pregunta que si llego a imaginarla en mis mejores sueños, no hubiera sido así, seguro. Sonó directa, sensual, sexy, atrayente, libidinosa… mi mente era un torbellino de pensamientos.

—¿Nos vamos ya? —pregunté sin sonar demasiado impaciente.

—No, ¡ja, ja, ja, ja! —sonrió con ganas— vamos a esperar a que termine el concierto, ¿no?, ¿no te está gustando?

—Sí, mucho, solo que pensaba que te querías ir ya, como me dijiste lo del uniforme y eso —intenté disimular todo lo que pude mi ansia de verla vestida de colegiala y con un uniforme que le tenía que quedar de infarto, todavía no me creía que eso me estuviera pasando a mí.

—Bueno, tenemos tiempo, mañana es sábado y no hay que madrugar —lo afirmó con una sonrisa en su cara que hacía que yo cada vez estuviera más confundido, sobre todo con lo que había hablado con Julián sobre la forma de ver las relaciones de Marta y Susana. No entendía nada de nada.

—Es verdad, hay que disfrutar el fin de semana —no había terminado de decir esa frase y empecé a calcular cuánto le debía quedar al concierto y, mirando al público, empecé a intuir cuántos *otra, otra, otra* podían pedir un día como ese y no podía evitar traducir todas esas confabulaciones en tiempo.

No estaba seguro de si faltarían veinte minutos, media hora, tres cuartos, a eso había que sumarle el trayecto a su casa, que por cierto no tenía ni idea de dónde era. Me estaba empezando a poner nervioso.

—Oye, por cierto, ¿dónde vives?

—Cerca de la farmacia, por eso pedí el traslado.

Dios es grande, pensé intentando que no se me notara en la cara.

—Claro, mucho más cómodo. Nosotros también vivimos cerca de la oficina, es mucho mejor —Luis termina ya, por favor. Di que te duele la cabeza y que mañana tienes que madrugar y que ya está bien por hoy.

Parecía que hoy quería dar su concierto del año, no acababa nunca y todavía quedaban los *otra, otra, otra*. No me lo podía creer, me parece que era la primera vez que un concierto de este cantautor se me hacía eterno.

Por fin lo dijo, dijo una frase que hizo que se me iluminara la cara, su frase fue: "vamos a ir terminando". Lo que significaba que le quedaban dos o tres canciones más y los pertinentes *otra, otra, otra*, que no se solían alargar demasiado.

En esta ocasión sí, treinta y cinco minutos más de concierto desde aquel esperanzador "vamos a ir terminando", pero había acabado, había dejado su guitarra dentro de la funda y estaba desenchufando cables, lo que significaba que no los iba a volver a enchufar.

Me levanté y esperé a que Marta hiciera lo mismo.

—¿No nos vamos a tomar la última? —preguntó como si no supiera mi respuesta.

—Sí, claro, ¿qué te apetece? —interrogué yo con la esperanza de que me dijera un chupito de tequila.

—Un refresco de naranja, que tengo que conducir —un refresco de naranja te lo podrías tomar en tu casa tan tranquilita, pensé con una sonrisa en los labios.

—Yo me voy a tomar otra cerveza —dije mientras me dirigía a la barra.

Por fin, después de dos refrescos más, nos disponíamos a salir. Ella no había vuelto a nombrar su proposición de rememorar épocas escolares y yo no me atrevía a recordárselo. Sin embargo, no se me iba de la cabeza la imagen de Marta vestida con un uniforme colegial cinco tallas más pequeño.

Cuando estábamos llegando a la farmacia me miró y comentó:

—Estoy pensando que creo que me va a dar mucha vergüenza que me veas con el uniforme del colegio —lo comentó avergonzada de verdad, creo que hasta arrepentida de habérmelo propuesto.

—Normal, mujer, no tenía intención de que te lo pusieras de verdad —intenté sonar lo más convincente posible, pero no estoy seguro de haberlo conseguido.

—Da igual, será divertido —dijo cambiando totalmente el registro de su afirmación anterior, ahora sonaba animada y hasta divertida.

Yo me limité a mirar y sonreír.

Su casa era espectacular. Estaba decorada con muchísimo gusto. Todo cuidado al más mínimo detalle. Era un estudio de unos 60 m^2, pero por la distribución de los elementos parecía mucho más grande.

Nada más llegar me dijo que me sirviera lo que quisiera, que ella volvería enseguida. Mi líbido estaba por las nubes, no sé que forma hay para medir esas cosas, pero yo no podía más, no me podía creer que fuera a ver a Marta con un uniforme de colegiala que le quedaba pequeño y que luego íbamos a pasar la noche juntos. "Mañana no hay que trabajar", había dicho ella misma.

Me serví otra cerveza, llevaba ya unas cuantas y no habíamos cenado nada, pero no tenía sensación de estar bebido, probablemente tenía otro tipo de sensaciones que camuflaban la del alcohol.

—No te rías —escuché desde dentro del dormitorio.

—¿Cómo me voy a reír, mujer, no seas tonta? —en risas estaba pensando yo en ese momento.

—Venga, va, que salgo —y salió.

Increíble, creo que esa es la palabra perfecta para describir lo que estaba pasando en esa habitación. Marta medía perfectamente 1.75 cm, y podía tener solo de pierna 1.20 cm. Eran las piernas más largas y sexys que había visto en mi vida. La falda solo le tapaba 5 cm, de esos 1.20 de pierna, y el polo, el polo parecía un *top* de esos cortitos de deporte que quedan muy por encima del ombligo y que hacen un escote de vértigo.

Me quería morir, no podía estar pasando eso en una primera cita con alguien que Julián me había dicho que era como su novia Susana. Tenía ganas de llamarlo para contárselo con todo lujo de detalles allí mismo con Marta delante.

En esas confabulaciones estaba cuando desapareció. Sin más, se fue. Se volvió al cuarto. Estuvo en él dos minutos y, cuando salió de nuevo, estaba vestida con la ropa que tenía puesta cuando llegamos a la casa. Me miró y sin más dijo:

—¿Lo ves?, te dije que era el mismo uniforme. Me muero de hambre, ¿te apetece un italiano que hay a la vuelta de la esquina? —estuve a punto de decirle que si era una broma, que si se habían puesto de acuerdo todos para reírse de mí, entre el coche de Julián, la canción estrenada en el concierto por Luis, la escena del uniforme y ahora "¿te apetece un italiano que hay a la vuelta de la esquina?".

Todo eso no podía ser verdad y estuve a punto de decírselo a Marta, pero era evidente que nada había sido una broma, era todo real. Marta estaba dispuesta a ir a cenar, así sin más, después de todo lo que habíamos vivido, quería ir a cenar.

—Sí, vamos, yo también estoy hambriento.

Volvimos a salir en un par de ocasiones más, pero no funcionó. De repente nos dejamos de llamar. Yo la llamé un día para ver si le apetecía ir al cine, me dijo que estaba muy cansada. A las dos semanas me llamó ella a ver si me apetecía tomar un café, le dije que estaba muy liado con el trabajo y se acabó.

No nos volvimos a llamar, yo no volví a pasar por la farmacia y se terminó. Estaba claro que no teníamos nada en común, al final Julián tuvo razón al afirmar que era muy parecida a Susana, sobre todo en el aspecto de cómo llevar una relación.

Un día le comenté medio en broma medio en serio, cómo me había dejado así el día del uniforme y me contestó que lo había hecho para que viera cómo le quedaba y nada más. Eso era evidente, pero intenté que me explicara por qué. Me dijo que simplemente le gustaba verse el uniforme de cuando era adolescente y le hacía mucha gracia vérselo puesto y que quería que lo viera yo también para ver si a mi me parecía lo mismo.

Y ahora, después de un tiempo de haber vivido aquella experiencia, he de reconocer que estaba muy ridícula con esa falda descompensada por todos lados y ese polo que parecía que se iba a estallar en cuestión de segundos.

Nunca le conté a Julián mi *affaire* con Marta y le pedí a Lolo que tampoco lo hiciera. No valía la pena. Sin embargo, he de reconocer que, a partir de esos días en los que conocí a Marta, entendí un poco mejor la relación entre Julián y Susana. Aunque seguía sin compartir sus puntos de vista sobre cómo llevar una relación, conseguí ser un poco más empático en la forma que tenía de ver a Susana.

Ahora estoy concentrado en el proyecto laboral que estamos llevando a cabo, parece que la cosa marcha. No obstante, no me olvido de mi plan, este es el camino, tener muchas relaciones para encontrar a mi mujer ideal.

Capítulo 3

Susana (primera parte)

Susana es la novia de Julián, llevan saliendo juntos desde los 14 años.

Creen en el amor verdadero, en el amor de los osos amorosos, en el amor eterno y en el amor en todas las expresiones que el amor pueda tener. Entendido como ellos entienden la palabra amor, es decir, a su manera.

Es hija única. Multimillonaria, de esas de antes de la entrada del euro, multimillonaria de verdad. Aunque ahora con el euro también es millonaria, pero no multimillonaria; ya se sabe, la devaluación de la pobre peseta.

Su familia se ha dedicado durante muchos años al negocio inmobiliario y tienen propiedades por todo el país. Desde niña recibió una educación católica en los mejores colegios de pago de la ciudad y, aunque Julián no es la pareja que su padre hubiera preferido para ella, le ha terminado por coger cariño.

Algo peor lo pasa su suegra al intentar aceptar a un yerno como el que le ha tocado en gracia. Ella todavía no ha perdonado nunca que su hija no se emparentara con el hijo de su mejor amiga Romina, un chico alto, guapo, jugador de golf profesional y, por supuesto, con una cuenta corriente de muchos, pero que muchos dígitos.

La madre de Susana todavía guarda la esperanza de que su hija no se case con Julián. Llevan muchos años saliendo, pero él todavía no se lo ha pedido y su madre todas las noches le pide a Dios que nunca lo haga. Si por Susana fuera, ya se hubiera casado con él hace años, pero debido a su educación, no se ha atrevido ni a planteárselo.

La pedida debe ser formal, primero él a ella y luego él a sus padres, sobre todo a su padre, que su madre es de armas tomar y puede que, en un arrebato de madre, le diga al chico que no, que mejor se busque otra que con su hija Susana no hay nada que rascar.

La pedida tiene que ser en su casa, con un reducido grupo de amigos y familiares y con los pertinentes regalos de una pedida de mano en condiciones. Susana cree que lo que le da miedo a Julián es ese trámite, pero no va a ser ella la que se lo vaya a poner fácil. Él es el hombre y es él quien deberá llevar la batuta en un asunto tan delicado como es el matrimonio entre dos personas católicas, apostólicas, romanas, creyentes y practicantes.

Ni que decir tiene que no han practicado sexo en todo este tiempo, aun siendo practicantes, como ya he contado ahora mismo. Julián lo ha intentado en alguna ocasión, pero cuando Susana cree que ya ha sobrepasado el límite de lo moralmente correcto, se levanta se coloca las vestiduras y empieza a hablar de cosas que nada tienen que ver con el asunto que les traía entre manos, pies, cabeza y demás partes del cuerpo humano.

En el fondo son felices, a su manera, con sus altibajos, con sus rabietas, con sus desencuentros de dos minutos, pero en el fondo están bien, tienen una relación sólida.

Eso sí, Julián tiene que transigir mucho, porque Susana en el fondo ha sido una chica que lo ha tenido todo en esta vida.

Cuando quiso un ciclomotor para ir al instituto, su padre le compró una Yamaha último modelo, que al mes tuvo que revender porque su hija prefería que la llevara él en su Lamborghini.

Cuando se sacó el carnet de conducir, no quería utilizar ninguno de los 17 coches que su padre tiene en el garaje de la mansión. Quiso un coche hecho a medida, con todos los caprichos y preferencias que Susana había demandado. El coche finalmente costó el cuádruple de su precio de salida al mercado.

Se fue un año a estudiar fuera y exigió quedarse en una casa para ella sola con servicio doméstico las 24 horas del día, porque decía que esa era la única forma de afrontar una experiencia tan desagradable como aquella. Siempre afirmaba que ya era muy duro vivir fuera de casa como para preocuparse de cosas de las que no se había preocupado en toda su vida, fregar, barrer, hacer de comer, lavar la ropa y luego tenderla…

Con todo esto, a veces le cuesta afrontar que las cosas no pueden salir como uno había planteado en un principio. Por eso, cuando Susana le exige a Julián cosas con las que él no puede competir o no puede complacerla, porque no está en su mano, su encantadora novia lo amenaza con que a lo mejor él es poca cosa para ella y que debería buscarse alguien que la comprenda mejor, en clara alusión a alguien de su mismo estatus social.

Quizás esos son los peores momentos que Julián pasa en su relación. Lo que más desearía él es poder atender todos sus caprichos, pero no puede porque su nivel económico de clase media no se lo permite y nunca ha aceptado que el padre de ella pague todo lo que les concierne solo a ellos.

Julián lucha por llevar una relación basada en las posibilidades reales de los dos, él con su trabajo en Newine Corporation y ella con su sueldo de administrativa en una de las empresas del mejor amigo de la familia.

Porque con todo, la niña de los ojos de su padre no acabó los estudios en Administración y Dirección de Empresas que le habían pagado en la universidad privada más cara del país. Eso que incluso hablaron con algún profesor para que viera con buenos ojos los avances que la chica estaba haciendo en su asignatura; a cambio de ver ellos, con los mismos buenos ojos, alguna que otra letra del coche con el que el docente iba todos los días a clase.

Así y todo, Susana no consiguió sacar la carrera adelante y terminó por empezar a trabajar en las oficinas de una empresa de importación de telas, propiedad de uno de los mejores amigos de su padre.

En ningún momento se planteó la posibilidad de incorporar a Susana en la empresa familiar. Ya sabían sus progenitores cómo se las gastaba su hija en casa como para también tener que lidiar con ella durante toda la semana.

Ella era feliz en su trabajo y sus padres lo eran aún más teniéndola alejada del imperio inmobiliario que habían conseguido levantar con tanto esfuerzo a lo largo de tantos y tantos años de agonía.

Aby y Lolo eran espectadores de esa relación, que respetaban, pero no compartían, sobre todo, Aby. No entendía cómo podía Julián aguantar tanto tiempo con una chica como Susana y lo que menos entendía era que, si estaba con ella y era feliz a su manera, cómo no le pedía matrimonio de una vez y se iba a vivir con ella y a tener hijos a pares como hacían todas las parejas de su misma condición. La respuesta la sabía, aunque se la reservaba.

Al salir de trabajar, solían quedar los tres en un parque que estaba cerca de su casa y se juntaban para hablar y pasar parte de la tarde. Ese día Julián había llegado el primero y estaba mirando la pantalla de su móvil con cara de preocupación, en ese preciso instante llegó Lolo.

—¿Qué pasa amigo, qué haces?

—Estoy intentando explicarle a Susana que esta noche no voy a llegar todo lo a tiempo que ella espera que llegue o decirle directamente que no voy a ir —en su voz se mezclaban la decisión y el miedo.

—Pero, ¿les pasa algo, están mal? —dijo Lolo preocupado por su amigo.

—No, no es eso. El caso es que esta noche quiere quedar con su amiga Nina y su novio para ir a cenar y luego ir a tomar unas copas por ahí. Pero a mí no me apetece ni ir a cenar, ni ir a tomar copas por ahí y, mucho menos, pasar un minuto con su amiga Nina y con su novio – Julián comentaba todo esto rememorando las experiencias pasadas en similares situaciones y se notaba lo descorazonador del plan.

—Pues voy yo —dijo Lolo con decisión.

—¿Vas a dónde? —respondió Julián sin entender muy bien qué significaba ese "pues voy yo".

—Que si quieres, yo voy a esa cena. Esta noche no tengo planes —volvió a repetir con la misma decisión.

—No creo que a Susana y a sus amigos les agradara mucho el cambio, creo que ya tienen suficiente conmigo.

—Pues vale, entonces no voy —Lolo lo decía todo con tanta naturalidad que parecía que hablaba en serio. Seguidamente añadió— yo creo que deberías decírselo abiertamente, que no te apetece ir y ya está, no entiendo qué problema hay.

—El problema es que tú no llevas 17 años saliendo con Susana para entender hasta qué punto darle plantón es un problema —lo dijo con resignación.

—Pues nada, síguete inventando una excusa convincente para no acudir esta noche a tu cita.

En ese momento llegó Aby de muy buen humor.

—Llevo todo el día pensando el plan que he ideado para sacar a flote Newine Corporation, estoy deseando perfilarlo un poco mejor para empezar a ponerlo en marcha, y ustedes, ¿qué hacen?

—Pues estábamos ideando un plan… —Julián lo cortó antes de que pudiera seguir contando lo de su cita con Susana.

—Igual que tú, estábamos intentando idear otro plan de viabilidad para salvar la empresa —intentó explicar Julián sin demasiada credibilidad.

—No, estábamos viendo a ver cómo podíamos buscar una solución… —Julián lo volvió a interrumpir, esta vez cambiando radicalmente de tercio.

—Lo que yo te diga, pensando todo el día en el trabajo; lo que no hemos conseguido sacar nada en claro, la cosa parece que pinta bastante mal y no sé de qué forma, y en los tiempos que corren, vamos a poder aumentar las ventas —su argumento sonó tan pesimista que Lolo se olvidó de su conversación anterior con Julián.

—Yo llevo todo el día pensando que nos van a echar a los tres, aunque D. José dijera aquello de remar todos juntos, yo creo que no le gusta que nosotros seamos amigos fuera de la empresa —en el fondo Lolo sabía que si conseguía los resultados que tenía era en gran parte a la colaboración de sus dos amigos, así que, aunque sus resultados fueran mejor que los de ellos dos, si se quedaba solo en la empresa, el rendimiento bajaría considerablemente.

—No nos van a echar, créanme, denme solo un mes para perfeccionar mi plan de acción y verán que no se van a arrepentir. La clave la dijo Ester, el producto. Tenemos que hacerle más caso al vino que al envoltorio, esa es la clave —Aby ya les empezaba a adelantar algo de su plan.

—¡Pero si nuestro producto da pena, Aby, por Dios! ¡Que no hay quién se lo beba! pero a base de promociones y apariciones en revistas, pues hemos conseguido escapar, hasta ahora, claro está —Julián decía esto con otras preocupaciones en la cabeza y justo en ese momento una voz más que familiar le hizo aterrizar en su realidad más inmediata.

—Hola chicos, ¿qué tal estáis? —era Susana que venía con paso firme hacia ellos— Sabía que os encontraría aquí en este banco de este parque, solo os falta un perro flaco y un diábolo para parecer tres innombrables —se acercó dando besos en las mejillas a todos hasta que llegó a Julián y solo hizo el gesto de poner la cara— oye amorcito no te olvides de que esta noche hemos quedado a las nueve en el restaurante "Solo como ensaladas", así que no llegues tarde, ¿vale?

—De eso te quería hablar Susana... —Susana no le dejó terminar la frase.

—Vamos, es que no me puedo creer que me vayas a decir que no vas a estar a las nueve en punto ahí porque, vamos, no te lo perdono ni que me envíes dos mil millones de rosas rojas supercuquis a la ofi, bueno si son muy cuquis a lo mejor te perdono un poco, pero bueno no llegues tarde y ya está, ¿comprendido? —dijo a modo de sentencia.

—Sí, mi vida, solo quería preguntarte si querías que te fuera a buscar yo o ibas tú por tu cuenta —comentó Julián en un tono tranquilizador.

—Pues no lo sé, luego te hago una llamada perdida para que me llames tú y te cuento, bueno me voy, *bye!!!* —y se fue como había venido.

—¿Por qué no le has dicho nada? —preguntó Lolo confundido.

—Porque da igual, además me apetece ir a ese restaurante de "Solo como ensaladas", las ensaladas deben de estar buenísimas. Tienen algunos vinos nuestros y es un restaurante que está muy de moda.

—Pero no te apetecía ir —dijo Lolo no muy convencido.

—Pues ahora sí, Susana me ha animado.

—Susana te ha obligado, hay una pequeña diferencia —comentó Aby buscando una de las innumerables discusiones que habían tenido en relación a su relación con Susana.

—Son opiniones, para ti me ha obligado y, bajo mi punto de vista, lo único que ha hecho es recordarme las ganas que tenía de ir y que yo no había sido capaz de descubrir – como excusa sonó muy pobre.

—Yo no entiendo cómo puedes estar con alguien que te trata así. Que se quiere casar contigo, que quiere estar 24 horas al día contigo, que sólo te quiere a ti, pero que no sabe lo que tú quieres. —Aby se arrepintió de sus palabras incluso antes de pronunciarlas. No era justo darle lecciones a nadie sobre relaciones cuando él no había sido capaz de mantener la suya, pero no lo dijo, no le dijo a Julián que lo sentía. Simplemente se levantaron y fueron directos a su casa sin pronunciar ni una palabra. Julián tenía el tiempo justo para llegar a su cita.

Llegó puntual al restaurante, tanto que todavía no habían llegado ni Susana, ni su amiga, ni el novio de su amiga. Al final habían decidido quedar ellas primero para tomar algo antes de la cena.

El restaurante "Solo como ensaladas" resultó ser un restaurante en el que solo servían ensaladas. La carta estaba compuesta por 25 tipos diferentes de ensalada. Julián había guardado la esperanza de que ese nombre fuera solo una manera de enganchar a la gente, pero que luego la carta, a parte de ensaladas, tendría algo más de sustancia. Pues no, se había equivocado, el restaurante solo preparaba ensaladas.

Esto para él suponía un pequeño problema, sobre todo porque no le gustaban las lechugas, ningún tipo de lechuga. Le recordaban a una tortuga que tuvo de niño que murió de una indigestión de esa hortaliza. Su madre metió en el terrario una lechuga entera y la pobre tortuga no supo cuando parar. A partir de ahí no volvió a probarlas en ninguna de sus variantes.

La cena de Julián consistió en pan con *humus*, llegó a comerse seis panes y tres terrinas de *humus* él solo. La decoración era muy mediterránea, había cuadros de frutas y hortalizas por todo el local y al lado de cada mesa una verdura gigante. A Julián le tocó una lechuga de dos metros justo a su derecha. Susana le propuso cambiar de mesa, pero no le importó, cuanto antes acabara todo aquello mejor.

Susana y Nina se enfrascaron en una de sus conversaciones trascendentales mientras que Jacobo, que así se llamaba el novio de Nina, y Julián intentaban sacar algún tema en común con el que iniciar una de esas conversaciones triviales entre dos personas que han coincidido en su vida un par de veces y siempre en compañía de más gente.

Julián escuchaba cómo Jacobo le contaba no sé qué historia de un proyecto empresarial en el que estaba enfrascado y que consistía en capturar una especie de alga marina que se encontraba a no sé cuántos mil metros de profundidad y luego mezclarlas con otras plantas y demás hierbajos para hacer productos cosméticos de alta gama o algo así.

Jacobo era biólogo marino, además de un comunicador cansino. Era de estas personas que no transmiten nada cuando hablan; cuando han dicho más de dos frases seguidas, inevitablemente, te ves obligado a perder el interés, no porque lo que está contando no sea de interés, que en alguna ocasión sí que podía haberlo sido, sino porque su forma de contar las cosas es totalmente insulsa.

En alguna ocasión, le había dicho que tenía que ir a una universidad a dar una conferencia sobre unos proyectos que estaban haciendo en la costa y que estaba muy ilusionado con la idea. Julián no podía más que pensar en los alumnos, en lo ilusionados que estarían ellos también si supieran quién iba a ser su ponente.

La cuestión es que mientras Jacobo hablaba para las paredes, porque Julián hacia tiempo que ya no le prestaba la más mínima atención, se detuvo a pensar en lo parecidos que eran Nina y Lolo.

Los dos eran igual de ingenuos; los dos hacían comentarios que daban la impresión de que se estaban riendo del mundo; los dos habían estudiado Educación Infantil, aunque no ejercían esa profesión; y, sobre todo, los dos eran extremadamente cariñosos. No tenían medida a la hora de mostrar afecto hacia los demás.

Empezó a visualizar esa misma cena, pero con Lolo de interlocutor. Sería totalmente diferente y confiaba verdaderamente en que la relación entre Nina y su amigo podría funcionar de verdad. El caso es que no recordaba si se conocían o si habían entablado alguna vez una conversación. Sería curioso probar. Estaba dándole vueltas a la cabeza con la idea de que cómo serían Nina y Lolo de pareja cuando Susana lo hizo volver en sí.

—¿Estás tonto o qué te pasa? —inquirió dándole un sopapo en la nuca.

—¿Qué pasa? —preguntó Julián sorprendido todavía por la colleja.

—Jacobo lleva media hora preguntándote qué *aftershave* utilizas y tú mirando para el techo con cara de lelo.

—Perdona Jacobo, no te había escuchado —la cara del novio de Nina decía que sabía que no lo había escuchado durante hacía bastante tiempo.

—Te preguntaba que qué *aftershave* usas porque estamos investigando que los que contienen algas marinas rejuvenecen hasta diez años la edad que aparentamos. El laboratorio ha sacado uno espectacular —comentó en tono conciliador.

—Pues no lo sé exactamente, uso uno del supermercado, pero no sé la marca, la verdad —estaba siendo sincero, siempre cogía un *aftershave* diferente, según viera la etiqueta y el precio y, cuando no tenía, lo cogía prestado a sus compañeros de piso, así que no supo qué responder.

—Te puedo dejar unas muestras para que las pruebes y me dices, pero si te gusta tendrás que hacernos un pedido formal —dijo soltando una risita para sonar divertido.

—Descuida, si me gusta, te compraré un palé —sabía que, aunque fuera el *aftershave* más maravilloso que jamás hubiera probado, y aunque le dejara la cara como la piel de un recién nacido, no se iba a poner en contacto con Jacobo si no era estrictamente necesario. Como esa magnífica cena en un restaurante que solo servía ensaladas y que estaba decorado con verduras sacadas de una película de miedo, que bien se podía haber llamado *El ataque de las hortalizas asesinas.*

—Bueno, vete pidiendo la cuenta, Julián, que se está haciendo tarde. Por supuesto que invitamos nosotros. —cuando Susana hablaba en esos términos significaba que no pensaba pagar y la frase adecuada sería: "nos invita Julián", pero siempre hablaba de nosotros, era muy gracioso.

Pagó, se despidieron en la puerta del restaurante y, cuando Jacobo y Nina iban caminando hacia su coche, Julián empezó a imaginar cómo sería esa misma situación, pero con Lolo del brazo de Nina. Después empezó a confabular con la idea de cómo hubiera sido la cena completa con Lolo en sustitución de Jacobo y no pudo evitar empezar a reír el solo.

—¡Pero hay que ver qué tonto que eres! ¿Se puede saber de qué te estás riendo ahora? —a Susana le podía no tenerlo todo controlado, y que su pareja se estuviera riendo sin ella saber por qué era algo que la superaba.

—De nada, es solo que estaba pensando qué cara tendrá Aby cuando se entere de que le he vuelto a coger el coche —mintió descaradamente.

—¿Y eso te hace tanta gracia? Si es que tú no recibes una paga del estado porque no te has puesto a rellenar papeles que si no te contaba yo el sobresueldo que te ibas a llevar – Susana solía ser así de cruel con Julián, lo hacía inconscientemente pero lo hacía, y con demasiada frecuencia.

Nina y Lolo de pareja, ¡qué fuerte me parece! —pensó Julián, mientras ponía la llave en el contacto del coche nuevo de Aby.

Capítulo 4

La primera vez de Lolo

Lolo no se llama Lolo realmente, se llamaba Jerónimo Jiménez, pero ni él mismo lo sabe. Desde pequeño siempre lo han llamado así y así ha quedado. Tiene treinta años recién cumplidos. Mide 1.82 cm y pesa 110 kg.

Desde el punto de vista de las relaciones con personas del sexo opuesto, no se le había conocido ningún acercamiento. Ni un fugaz amor estival, ni un furtivo idilio en primavera, ni un rollito, que no de primavera, de una noche en una fiesta con alcohol de por medio, ni un efímero beso robado a la luz de la luna. Bueno, un beso robado y efímero sí que había vivido Lolo muchos años atrás.

Tenía apenas 8 años y estaba en el patio de su colegio jugando a las chapas. Debería proclamarse deporte nacional e incentivar que vuelvan a estar todas las plazas del mundo llenas de chapas y cajas de zapatos a modo de porterías. Bueno, nostalgias aparte, estaba Lolo con sus amigos jugando a las chapas y le tocaba a él arbitrar cuando una chica de su misma edad se le acercó por detrás, le tocó en el hombro y, cuando Lolo se giró, le dijo:

—Te pareces a Piraña el de *Verano azul*—todos sus amigos dejaron de jugar y rompieron a reír a carcajadas. Pero a reír de verdad, como solo un niño de ocho años es capaz de reír. Porque cuando nos vamos haciendo mayores no reímos igual, nos reímos sí, pero no como cuando teníamos ocho años, que esas carcajadas parecía que te iban a dejar sin respiración. Lolo estaba harto de que todos se metieran con él por su condición física y eso ya era el colmo, que viniera una niña a reírse de él en su cara.

—Pues tú te pareces a Pipi Calzaslargas —la niña era pelirroja y estaba llena de pecas y, ciertamente, tenía un parecido verdaderamente asombroso a la protagonista de la afamada serie.

—Yo estoy enamorada de Piraña el de *Verano azul*—dijo a modo de respuesta y, seguidamente, cerró los ojos y rozó sus labios con los de Lolo. Él también cerró los ojos para disfrutar de aquel momento, pero cuando los volvió a abrir, la niña estaba corriendo en dirección a la puerta de entrada al colegio. Su reacción fue lenta, estaba sopesando varias posibilidades, salir corriendo detrás de ella, hacer como si no hubiera pasado nada o ponerse a dar saltos de alegría. Reaccionaron antes todos sus amigos, que se levantaron de donde estaban jugando y empezaron a cantar al unísono:

—¡El gordo tiene novia, el gordo tiene novia, el gordo tiene novia!

Tenía emociones encontradas. Por un lado, se sentía emocionado y orgulloso de que una niña se hubiera acercado para besarlo, pero por otro, tenía mucha rabia porque esa acción les había valido a sus amigos para volverse a burlar de él.

Aun así, buscó a la doble de Pipi por todo el colegio. Preguntó a profesores y bedeles si habían visto a una niña de unos ocho años pelirroja y con toda la cara llena de pecas, pero ni rastro, era como si hubiera entrado al patio del colegio a besar a Lolo y hubiera desaparecido así, sin más.

No entendía nada y, finalmente, llegó a la conclusión de que eso de las novias no podía ser algo bueno.

Si unimos esa experiencia de la infancia a la ya consabida timidez de Lolo, tenemos expuesto un cóctel con el que difícilmente se consigue intimar con personas de otro género.

A sus amigos actuales, a sus amigos del alma, les preocupa esta situación. Eso de que Lolo no se relacione con nadie en el plano afectivo es algo que no les gusta. Sobre todo, sabiendo que todos necesitamos ese punto de afecto que solo una pareja te puede aportar.

En alguna ocasión le han cuestionado la posibilidad de que fuera homosexual y no lo hubiera confesado.

—A veces los envidio —dijo Lolo sin venir a cuento, mientras estaban los tres viendo la tele en el sofá.

—¿Que qué? —preguntó Julián, sin entender a qué venía ese comentario.

—Pues eso, que a veces me pongo a pensar en sus vidas y me da envidia. A mí también me gustaría tener citas y poder quedar y tener relaciones así, ya ustedes me entienden —lo dijo haciendo un gesto para que quedara claro a qué se refería exactamente.

—Eso no se planea, surge y ya está.

—¿Y tú crees que podría surgir mientras mi miembro viril responda? —preguntó con demostrada curiosidad.

—¡Pues, claro, hombre! Si eres súper joven todavía —el comentario de Julián sonó a todo menos a convincente.

—A lo mejor eres *gay* y no lo sabes —Aby lo comentó porque hacía muchísimo tiempo que lo pensaba y nunca había visto el momento de decírselo.

—¿Cómo no voy a saber eso? A mí no me gustan las cucas, bueno, la mía sí, pero solo porque es mía. Me gustan las mujeres y mucho. Me sé todos los nombres de las *play mates* de los últimos 25 años, son mis "ídolas" —lo matizó recreándose en las fotos que tenía de las mil revistas que guardaba como un tesoro—. El caso es que nunca se me ha acercado ninguna con intenciones de ese tipo, siempre ha sido para que las ayudara con deberes de clase o con problemas del trabajo. La única que se acercó una vez para darme un beso fue hace muchos años y ya saben que para mí es la innombrable.

—Pero es que no puedes esperar a que se acerquen a ti. Tienes que ser tú el que se acerque a ellas. ¿Cómo eres tan buen vendedor de vinos? Porque eres tú el que insistes con los clientes hasta que te compran, por pena o por pesado. Pues en esto del amor es algo parecido, hay que insistir, cuando una mujer te gusta, hay que hacérselo ver y ya luego el destino dirá. —Aby había utilizado esa técnica desde que era adolescente y no se podía quejar de resultados, es más, era la táctica que estaba utilizando para llevar a cabo su plan.

—Te voy a hacer caso —dijo con decisión— ahora mismo voy a bajar al parque y a la primera que me guste le voy a decir eso mismo, que me gusta y mucho, lo tengo decidido.

—Lolo, no es tan exagerado como te ha dicho Aby. Hay que ir poco a poco. Primero, debes buscar a alguien que te guste de verdad. Después, y con mucha paciencia, la vas conquistando con miraditas, frasecitas en las que insinúas cositas, detallitos que tú sabes que le encantan. Y, cuando te quieres dar cuenta, llevas toda la vida con la misma persona y te sientes el hombre más feliz del mundo – en el tono de su voz se podría intuir a qué se refería con "el hombre más feliz del mundo".

—Tengo 30 años, creo que ya he sido demasiado paciente —esta frase la dijo desde la puerta y salió.

—¡Suerte! —consiguió animarle Aby antes de que la cerrara definitivamente.

El parque estaba repleto de gente. Lolo fue directamente a la zona donde se solía poner cuando bajaba solo al *pulmón de la ciudad*, como lo llamaban algunos. Le costaba comprender eso de *pulmón de la ciudad*. Si la ciudad en sí era un pulmón negro y contaminado, que hubiera en el centro de la misma dos metros cuadrados con césped, tres árboles mal contados y dos remos para niños, le parecía demasiado para considerarlo un pulmón en condiciones. Pero eso no venía al caso de lo que había ido a hacer a aquel recinto.

Se fue directamente al parque infantil. Había estudiado Educación Infantil. Se le daba especialmente. La carrera la había sacado sin ninguna dificultad, pero sobre todo era un enamorado de los niños. Tenía ese sexto sentido para tratar con los más pequeños.

Cuando bajaba, la mayoría de los críos que había en el parque se le acercaba sin conocerlo de nada. Él les contaba historias, les planteaba juegos inverosímiles, les pintaba las caras, les hacía globos con mil formas que ellos tenían que adivinar, en definitiva, y como se suele decir en estos casos, no se sabía quiénes eran los niños y quién el adulto.

Estaba con un reducido grupo en los columpios jugando a una variante del juego de la cogida, que él mismo se había inventado haciendo las prácticas de la carrera, cuando se acercó una joven de unos 25 años y se dirigió a uno de los niños más pequeños del grupo:

—Pedro, nos vamos, despídete de este señor —la voz de la chica denotaba desconfianza.

—Hasta luego, Pedro, encantado de conocerte —dijo Lolo sin percatarse de los verdaderos motivos por los que la desconocida se estaba llevando al niño.

—No me quiero ir —dijo Pedro con los brazos en jarra— todavía nos queda una hora para irnos y yo me quiero quedar aquí.

—Venga, Pedro, no queremos molestar a este señor —Verónica, que así se llamaba la chica, no sabía cómo desprenderse de aquel desconocido que estaba jugando con su sobrino.

—No es ninguna molestia, ¿quieres jugar con nosotros? Es una variante del juego de la cogida —a Lolo le encantaba que los adultos jugaran con ellos, le parecía una forma básica de que los niños se integraran mejor con los mayores y por que se lo pasaban mucho mejor cuando se mezclaban entre todos.

—Venga, tía, juega con nosotros, que nunca juegas conmigo a nada y este juego es muy divertido —el tono de súplica hizo que Verónica tuviera que acceder, además, le parecía una buena forma de conocer un poco más al señor que estaba jugando con esos niños sin que a ningún padre le preocupara en absoluto.

Estuvieron jugando más de tres horas, tanto que Verónica se dio cuenta de lo tarde que era porque empezó a oscurecer. El pánico apareció en su cara. Su hermana le había dicho que estuvieran como máximo dos horas en el parque y ya llevaban más de cinco.

Al coger el móvil de su bolso tenía más de quince llamadas perdidas y ocho mensajes de texto. Sin soltar el teléfono llamó a su hermana para tranquilizarla, pero fue en vano, su hermana estaba histérica. Pedro era su único hijo y tenía algunos problemas de salud, que hacían que estuviera toda la familia alerta ante cualquier contratiempo y, pasado todo ese tiempo sin noticias del pequeño, ya se habían puesto en lo peor.

—Adiós y gracias —se limitó a decir Verónica, mientras recogía todos los trastos de Pedro, se colgaba el bolso en el hombro y salía despavorida hacia la salida del parque.

A Lolo no le dio tiempo a decir que le había encantado conocerla, que le encantaría volver a verla, que lo sentía mucho por lo de la hora, que si podía hacer algo para ayudarla, que si no tenía otros planes y le apetecía, le encantaría casarse con ella esa misma tarde, pero nada de eso le pudo decir porque ya había desaparecido.

Se quedó con la misma sensación de niño cuando la *innombrable* desapareció del patio del colegio. El resto de niños lo llamaban para que siguiera jugando con ellos, pero Lolo no estaba de humor. Le apetecía volver a casa y resignarse de una vez por todas a no tener nada con nadie. Si no podía ser, no podía ser. ¡Qué se le iba a hacer!

Se despidió de los niños y de sus padres. Cuando iba a abandonar el parque, escuchó un claxon desde la otra calle, levantó la vista y vio que era Verónica saludándole con la mano y la cara de Lolo se iluminó.

Ella le hizo señas de que la llamara y le gritó un número de teléfono, que Lolo aprendió de memoria sin necesidad de que se lo repitiera por segunda vez. Le había dado su número de teléfono sin que él se lo hubiera pedido, y no era para hacerle los deberes, ni sacarla de ningún apuro laboral, simplemente quería hablar con él. ¡Le daba su número de teléfono personal para que la llamara y hablar con él!. Le costaba creérselo.

Se fue corriendo a casa y, nada más entrar por la puerta, se puso a entonar una canción con el número de teléfono que Verónica le había dado, al mismo tiempo que bailaba de una forma muy ridícula.

—¿Estás bien? —preguntó Aby, extrañado ante el comportamiento de su amigo.

—La he conocido, la he conocido, he conocido a mi futura esposa. Lo tengo claro, es la mujer de mi vida y estaré cien años con ella como está Julián con Susana. No hay otra en mi vida, lo tengo claro. Será la madre de mis hijos y la nuera de mi madre y la cuñada de mi hermano y mi amante y mi amiga. Será mi amor platónico, que no había conocido, pero que ahora al conocerla, pues ya no es platónico porque me ha dado su número y eso quiere decir que se quiere casar conmigo. Soy feliz, soy más feliz que Belén Esteban en un mercadillo —todo esto lo decía con el mismo ritmo de la canción y con el mismo baile que había utilizado para entonar el número de teléfono anteriormente.

—¿Has conocido a alguien en tu primera salida en busca de alguien? No me lo puedo creer —comentó Julián esperando una explicación convincente.

Lolo les explicó con pelos y señales todo lo ocurrido durante la tarde. Cómo ella se había ido y cómo había vuelto con el coche solo para darle su número.Estaba eufórico rememorándolo.

—¿Por qué no la llamas? —preguntó Aby animándolo.

—Todavía es demasiado pronto. Pensará que estás desesperado —intervino Julián, mostrando su punto de vista.

—¡Qué piense lo que quiera!, cuanto antes descubras si quiere algo contigo, mucho mejor —dijo Aby ofreciéndole el teléfono.

—Haz lo que quieras, Lolo, pero yo creo que te precipitarías.

Pero Lolo no estaba para pensar demasiado, estaba muy excitado para que el raciocinio hiciera acto de presencia en su estado de ánimo. Por otro lado, le apetecía muchísimo volver a escuchar la voz de Verónica, así que cogió el teléfono que le tendía Aby y se metió en su cuarto.

Pasaron cuarenta y cinco minutos aproximadamente hasta que Lolo volvió a aparecer por el salón. Sus dos amigos lo miraban expectantes, tenían curiosidad por saber algo más sobre esa tal Verónica que tanto había calado en el corazón de su gran amigo.

—Me ha invitado a salir —dijo sin más, como si no fuera consciente de lo que esas palabras significaban.

—¿Te lo ha dicho así? ¿Quieres salir conmigo? —a Julián le parecía de lo más romántico.

—Exactamente, no. Me ha preguntado si tenía planes para este sábado, le he dicho que no y me ha comentado que le encantaría invitarme a cenar —Lolo lo decía entre asustado y confuso.

—¿Y qué le has dicho? ¡Estás pasmado! —gritó Aby para que su amigo se activara.

—Le he dicho que sí, que me encantaría, pero ahora no sé qué más se hace —realmente estaba asustado ante su primera cita.

—De eso ya nos encargamos nosotros —Aby estaba emocionado de haber contribuido en parte a la consecución de esa primera cita, con lo que se veía en la obligación moral de instruir a su amigo en los preparativos.

Durante toda la semana Lolo estuvo abstraído, ausente. Había vuelto a hablar con Verónica en un par de ocasiones más, pero el encuentro del sábado lo tenía totalmente fuera de lugar.

Por fin el sábado llegó. Durante la mañana fueron a unos grandes almacenes a vestir a Lolo con una ropa mínimanente aceptable para acudir a una cena. Julián había quedado con Susana, por lo que fue Aby solo con Lolo.

Entraron en la sección de caballeros y Aby le dijo al dependiente que le sacara ropa a su amigo, que esa noche tenía una cena muy importante. Al dependiente pareció importarle más bien poco el motivo de su visita y empezó a calcular cuánto podría sacar de comisión en una venta de ese tipo.

Solo faltaba la música de fondo para que Aby se sintiera Richard Gere en *Pretty Woman*. Lolo no tenía la misma percha que Julia Roberts, pero sí el triple de entusiasmo y el cuádruple de confianza en su amigo para dar con el atuendo adecuado para tan especial ocasión.

Después de varias horas de recorrido por las más diversas tiendas de moda masculina, se decidieron por un pantalón vaquero de pata ancha, una camisa de botones azul marino con cuello mao, un pulóver muy juvenil a juego con la camisa y unos zapatos negros clásicos pero elegantes.

Pasaron por una barbería para que le recortaran un poco las greñas y por una perfumería para comprarle el primer perfume masculino que iba a utilizar en su vida. Este último detalle corrió a cargo de Aby, que no daba crédito a lo que le había dicho su amigo sobre el uso de ese producto en cuestión.

Finalmente, fueron a almorzar a un restaurante japonés de un conocido centro comercial, se tomaron tres copas de sake cada uno y se fueron caminando a casa con las bolsas de la compra, un poco achispados y con el ánimo de que aquella iba a ser una gran noche.

Aby se acostó nada más llegar al piso, Julián no había llegado todavía y Lolo no paraba de dar vueltas por la casa. Llamó por última vez a Verónica para confirmar hora y restaurante en el que habían quedado y se puso a ver la tele, más que a verla a mirarla, porque no hacía otra cosa que pensar en cómo no quedar mal ante su cita.

Quería impresionarla, quería impresionarla tanto que no tuviera dudas de que él era el hombre perfecto para que compartiera su futuro libro de familia.

Se empezó a preparar tres horas antes de la hora acordada para la cena, y eso que el restaurante estaba a escasos 20 minutos en coche desde su casa, pero no quería que fallara nada. Se duchó, se afeitó, se engominó, como nunca lo había hecho hasta ahora, se vistió con su nueva ropa, se puso un poco más de perfume que el recomendado en estos casos, "la falta de costumbre, claro está", y se dispuso a salir con 45 minutos de antelación sobre la hora prevista, "para que no hubiera contratiempos", les había dicho a sus amigos.

Aby y Julián estaban verdaderamente entusiasmados, les emocionaba ver a su amigo tan feliz, les emocionaba ver que estaba ilusionado de verdad. Se habían planteado acompañarlo y sentarse en la mesa de al lado, como si fueran dos desconocidos para estar con él en aquel momento tan especial, aunque automáticamente desistieron de esa idea.

Finalmente, le pidió las llaves del coche a Aby y se marchó al restaurante. Como ya les había anticipado, llegó media hora antes de la hora acordada, pero los camareros lo acomodaron en la mesa y le sirvieron una bebida aperitiva en lo que esperaba.

El sitio era realmente espectacular, con una decoración minimalista y cuidado hasta el mínimo detalle en el servicio. Nunca había estado en ese restaurante y la verdad es que las únicas veces que había estado en uno era para comidas de trabajo y siempre con los compañeros.

Eran las menos cinco y por fin la vio aparecer. Estaba realmente guapa, llevaba un vestido negro palabra de honor y un collar de plata que realzaba, aún más si cabe, su impresionante melena rubia.

Lolo estaba encandilado, no la recordaba tan guapa, sobre todo porque la había visto solo una vez, en el parque y con una ropa que nada tenía que ver con la vestimenta que había elegido para la ocasión.

Él le hizo señas con la mano, pero ella estaba parada con el camarero en la puerta. No entendía cómo el empleado del restaurante no le avisaba de que su acompañante había llegado hacía bastante tiempo.

En ese instante apareció una figura masculina detrás de Verónica y Lolo se quiso morir. No se podía creer que hubiera traído a un amigo para no cenar sola con él.

En un momento dado dudó si marcharse del restaurante y luego llamar para saldar la cuenta de dos cervezas que se había bebido. Decidió quedarse, aunque con una vergüenza que no conocía en sí mismo.

Verónica y su acompañante se acercaban hacia él con el camarero que había atendido a Lolo a su llegada. Para su sorpresa, los acomodó tres mesas antes de llegar a la de él. Estaba confuso, le hubiera gustado acercarse a la mesa y decirle a Verónica que estaba ahí, que ya había llegado, pero no lo hizo.

Por el contrario, decidió ir al servicio y pasar al lado de ellos a ver si ella se daba cuenta de su presencia. Cuando lo hizo, se dio cuenta de que la chica no era Verónica. Se parecía, sí, pero no era ella.

Una sensación de paz, tranquilidad, angustia contenida y, en el fondo, un poco de ridículo lo invadió. Se moría de ganas de contarle a Verónica el malentendido.

Siguió en dirección al baño de todos modos. No tenía muchas ganas, pero sería una excusa perfecta para arreglarse un poco, meterse la camisa por dentro, colocarse el pelo y ponerse un poco más de perfume, que por supuesto había llevado en el bolsillo delantero del pantalón.

Volvió a su asiento. Eran ya las 21:15. Se retrasaba quince minutos. Le pidió al camarero que por favor le trajera otra cerveza y algo de picar, ya que con las dos anteriores estaba algo contentito y no quería que cuando llegara ella, pues lo viera más animado de lo normal. Se tomó esa cerveza y le dio tiempo de dos más, eran ya las 21:45 y Verónica no aparecía.

Llamó a sus dos amigos para preguntarles si eso era normal. Los dos le dijeron que sí, que no se preocupara y Aby le recordó la vez que había quedado él con aquella chica que él sabía, no quería nombrar a Marta delante de Julián. Lolo se acordó de aquella desastrosa noche y se quedó más tranquilo.

A las 22:18 la llamó. Sonaba, había tono, pero no contestaba nadie. Durante los minutos siguientes, la vio entrar en más de treinta mujeres diferentes, pero tenía claro que esta vez sí que ninguna de ellas era Verónica.

A las 22:43 ya había bebido demasiado y no había comido casi nada. La había llamado unas diez veces y le había dejado dos mensajes en el contestador.

El sentimiento de desolación por sentirse traicionado y el de preocupación por el remordimiento de creer que le había pasado algo, se mezclaban en su cabeza sin saber discernir cuál lo atormentaba más.

Todo el personal del restaurante lo miraba, consciente de lo que había pasado y sabedor por la experiencia de muchos años en el mundo de la restauración que esas cosas pasan muchas más veces de las que nos imaginamos. Lolo pagó y salió del restaurante como había entrado, por la puerta y solo.

Para quitarse de encima el sentimiento de preocupación llamó a todos los hospitales de la ciudad y a la policía. Estos últimos le dijeron que para denunciar una desaparición formal debía dejar pasar las 24 horas pertinentes y que si él no era familia directa de la susodicha poco podían hacer para ayudarle.

En parte se quedó más tranquilo. Volvió a casa en taxi, no solo estaba demasiado bebido para conducir sino que su estado de ánimo era tan deprimente que no se atrevía ni a coger el ascensor él solo.

Entró en casa y Aby y Julián estaban despiertos esperando a su amigo. Este los saludó con un gesto de cabeza y ambos entendieron que era mejor no preguntar nada.

Se metió en su habitación y se acostó con la misma ropa y el mismo olor a perfume con el que había salido unas horas antes. Nunca apagaba el móvil al irse a dormir y nunca le activaba el modo silencio al meterse en la cama. Sobre las tres de la mañana sonó un mensaje de texto.

Lo siento.

Capitulo 5

Newine Corporation

Habían pasado varias semanas desde la reunión que habían tenido con D. José y nada había cambiado respecto al incremento de las ventas que había exigido el máximo responsable de la empresa. Todavía ninguno de los trabajadores estaba incluido en las listas del paro, pero algo se cernía en el ambiente que decía que no pasaría mucho tiempo antes de que eso ocurriera. Estaban todos absortos delante de sus ordenadores.

Lolo estaba más ausente de lo habitual en él. Desde el incidente de su primera cita había cambiado algo su estado de ánimo. Nunca le contó a nadie lo que había ocurrido en realidad, pero cuando sus amigos le preguntaron que qué tal se lo había pasado, se había limitado a responder que no estuvo mal y ya está, pero con una entonación que no invitaba a pedir más detalles. Con lo que nadie lo hizo.

Él por su parte volvió más veces al parque como solía hacer, pero no apareció más, ni ella ni su sobrino. Fue algo parecido a lo que le había ocurrido con la *innombrable* en el colegio. Había aparecido, lo había ilusionado y se había esfumado como por arte de magia.

Ahora tenía la cabeza en otra cosa, evitar ser él o uno de sus amigos los primeros en dejar de pertenecer al grupo de distribución vinícola del que formaban parte.

Trabajando con sus diferentes carteras de clientes estaba, cuando entró Isabel en la oficina. Traía consigo una carpeta. Se sentó en una de las mesas que había libres, abrió la carpeta y sacó un considerable número de sobres.

Todos se temieron lo peor. Eran cartas de despido, lo que pasa es que había tantas que solo podía ocurrir que los fueran a echar a todos y eso era complicado, sobre todo porque la empresa era demasiado grande como para desaparecer de la noche a la mañana, así sin más.

Empezó a llamarlos uno a uno y a entregarles sus sobres personalizados. Pidió que no los abrieran hasta que todos tuvieran el suyo y ella se hubiera marchado. Seguidamente indicó que si alguno tenía alguna duda sobre el contenido de su sobre, podría pasar por el despacho del director de Recursos Humanos, que estaría encantado de explicarles los términos en los cuales se dirigían las cartas. Después de decir estas palabras, sí que es verdad que se vivió un estado de nerviosismo generalizado.

Carlos, que fue el primero en recibir su sobre, era el que tenía la cara más pálida. A él también le habían mandado una carta desde el departamento de Recursos Humanos. Pocas posibilidades había en ese caso concreto. Ese departamento solo se encargaba de las altas, las bajas y los partes de vacaciones, así que si él ya estaba dado de alta y con las vacaciones asignadas a principio de año, no había alternativa, estaba despedido.

Llevaba algún tiempo sin mascar chicle, lo que hacía pensar que o se lo había tragado o no tenía humor para hacer pompitas. A medida que Isabel iba llamando al resto de la plantilla, Carlos se iba tranquilizando ante la idea de que no podían despedir a todo el departamento comercial de la empresa. Era algo imposible.

Por su parte, Aby, que sí creía que esas cartas eran de despido, ya estaba pensando en cómo reclutar a los más válidos de la empresa para llevar a cabo su plan de viabilidad. Este se podía perfectamente materializar sin necesidad de Newine Corporation y sí con cualquier otro inversor que apostara por el proyecto que quería poner en marcha.

Cuando la secretaria de D. José acabó de repartir todos los sobres que llevaba en su carpeta, solo tres empleados se habían quedado sin uno. Eran tres empleados que habían empezado a trabajar esa semana en periodo de prácticas.

El resto de la plantilla tenía su sobre encima de la mesa. Cuando Isabel puso un pie en el pasillo que iba en dirección a su despacho, todos al unísono, y como sedientos que tienen en ese sobre una lata de refresco, abrieron los sobres, algunos incluso rompiendo parte de la carta que había en su interior.

Las caras de los trabajadores de Newine Corporation pasaron de un estado de miedo, al desconcierto y a la satisfacción en cuestión de segundos. Era una carta personalizada de incentivos. En ella se le detallaba a cada trabajador lo que la empresa esperaba de ellos en un periodo de tiempo determinado, con unos suculentos incentivos que iban mucho más lejos de las meras comisiones que cobraban hasta ahora.

Finalmente, había un incentivo grupal. Si conseguían una cifra determinada entre todos, se les pagaría un mes de vacaciones con todos los gastos pagados al destino que ellos eligieran en democrática votación. La frase decía textualmente: "sin importar lo lejos o lo inverosímil de la propuesta".

Si bien es cierto que la cifra a conseguir parecía prácticamente imposible, la mente de todos empezó a volar y unos ya se veían en Australia con los canguros, otros en Copacabana tirados boca arriba sin pensar en nada, otros recorriendo los viñedos de Burdeos, otros en las Islas Seychelles, para muchos el paraíso en la tierra.

Lolo estaba pensando en Benidorm, en sus chiringuitos, en su conglomerado de apartamentos, en sus locales importados de la Inglaterra más cañí. Ese sería el lugar que él hubiera elegido para pasar esas vacaciones de incentivo que la empresa les proponía. Probablemente la propuesta no saliera a votación, aunque para gustos los colores.

Cuando todos terminaron de leer sus cartas, cayeron en la cuenta de que hacía dos meses que Pepito había contratado a un nuevo director de RRHH. El día que empezó a trabajar se presentó en la oficina, pero desde ese día no habían vuelto a tener noticias de él. Ahora aparecía con esta carta firmada de su puño y letra.

Estaba claro que la idea había sido suya, puesto que D. José no tenía ni idea de lo que era eso de los incentivos. Él era del palo y la zanahoria. El mayor incentivo que tenían sus empleados era su sueldo y su mayor obligación era hacerlo a él un poquito más millonario de lo que era.

Carlos respiró tranquilo. Su mayor anhelo desde que se había incorporado a la plantilla de Newine Corporation era relevar a D. José Carlos Rodríguez en su puesto. No tenía descendencia ni ascendente ni descendente, por lo que toda su fortuna iría directamente a la persona que él creyera oportuno. Debemos reconocer que Carlos era el candidato perfecto. Pepito lo trataba como a un hijo. Era el único empleado que había tenido alguna reunión privada con él en su despacho, de hecho nadie había visto nunca el despacho del gran jefe. Era solo cuestión de esperar.

La carta decía expresamente que no debían comentar los objetivos personales planteados para cada uno, ya que habían sido calculados en función del rendimiento que cada empleado podía aportar a la empresa. Con lo cual no era conveniente que fueran la comidilla de la oficina, ya que eso conllevaría el efecto contrario al que se pretendía con la acción llevada a cabo durante la mañana.

Pasados escasos dos minutos del revuelo inicial por la lectura de tan llamativa carta, Julián, Ester, Lolo y Aby se reunieron en la cafetería de enfrente del edificio. Salieron los tres sin hacer mucho ruido, aunque Carlos los había visto perfectamente y no le gustaba un pelo la nueva incorporación que habían hecho los tres amigos.

Con la intimidad que les daba la mesa de la cafetería, hablaron con sinceridad de las propuestas que le habían hecho a cada uno. La verdad es que no distaban mucho las unas de las otras, algunas cantidades sobre algunos productos que tenían algo abandonados, pero en líneas generales estaban manejando unos importes muy similares los cuatro.

A Carlos no le preocupaban esas cantidades. Estaba ilusionado con la carta como lo estaban todos sus compañeros, pero su cabeza estaba en otra parte.

—¿Qué les parece la idea de Pepito de animarnos de esta forma? —preguntó con una sonrisa en los labios.

—A mí perfecto, la verdad. Me parecen objetivos fácilmente asumibles y unos sobresueldos que dan un poco de vértigo —Julián creía que eran algo desmesurados los importes planteados en la carta, aunque no lo dijo en voz alta para que no lo tacharan de insensato.

—En nuestro país no está demasiado extendido este tipo de acciones, pero en el resto de Europa es algo muy habitual. Nos tenemos que dar cuenta de que si hacen este tipo de cosas es porque a ellos les va a reportar el doble o el triple de beneficio. Aquí nadie hace nada por nada —Ester veía como algo muy normal tomar este tipo de medidas en una situación como la que vivía en la actualidad la empresa que representaba.

—A mí me han dado una inyección de moral que ahora mismo lo único que tengo ganas es de vender todo el vino que tenemos en los almacenes, todo el que nos va a venir la semana que viene y todo el que nos vendrá en los próximos diez años —todos rieron a la vez la ocurrencia de Lolo, a pesar de que él lo dijo calculando cuantas cajas serían las que recibirían en los diez años siguientes.

—A todos, Lolo, nos la han dado a todos. Pero no ha llegado lo mejor, esperen a que les cuente la idea que se me ha ocurrido para acelerar todo ese proceso de ventas. Entonces sí que estas cartas van a tener un verdadero valor —como todavía Aby no había contado nada sobre su plan, algo de nerviosismo se notaba entre sus amigos y Ester.

—¿Todavía no nos vas a adelantar nada? —dijo esta última.

—Todavía no, es demasiado pronto y no quiero que nada haga que se nos adelanten.

—Pues tengo que informarte de que en la empresa ya se está hablando de que algo te traes entre manos. Carlos nos ha estado preguntando a todos si sabemos algo. Y si lo pregunta Carlos, es evidente que lo pregunta Pepito —Ester, aun diciendo la verdad, necesitaba presionarlo un poco para sonsacarle algo a Aby sobre su plan, sobre todo, porque había dicho que ella era una parte más que importante del mismo.

—Me da igual lo que hablen, no estoy haciendo nada malo ni perjudicial para la empresa, todo lo contrario, estoy ideando una fórmula para que todos podamos alcanzar la cifra final que había en la carta, e incluso superarla, pero todo a su debido tiempo.

—Es imposible llegar a la cifra que había en la carta, Aby, por favor no seas iluso —Julián siempre se había caracterizado por ser muy poco entusiasta, demasiado pragmático en todos sus planteamientos—. Por eso nos han ofrecido ese viaje imposible, porque saben que no se puede llegar a esa cifra en una situación como la que estamos viviendo. Nos piden que lleguemos a números de cuando éramos los únicos, cuando ninguna empresa de distribución de vinos nos podía hacer sombra. En la actualidad son muchas y, permíteme que te diga, por varios motivos mucho mejores que nosotros.

—Por eso no me hubiera sorprendido de que nos echaran a todos esta mañana. Si le planteo mi plan a cualquier inversor, se une al proyecto sin ningún género de dudas —dijo Aby con confianza.

—¿Y por qué no lo haces? —preguntó intrigada Ester— seguro que sacarías más dinero de lo que vas a sacar quedándote en Newine. Date cuenta de que todo el grueso de lo que factures irá a manos de Pepito.

—No soy ambicioso. Tú misma me dijiste hace algún tiempo que antes eras más feliz aunque ganaras menos dinero. Este proyecto lo quiero sacar adelante por satisfacción personal. Me gustaría que Newine Corporation fuera una empresa más grande, yo no necesito más. ¿Realmente crees que dándole el proyecto a un inversor y quedándome con una parte importante del pastel sería más feliz?

—No lo sé —respondió Ester, aunque realmente conocía perfectamente la respuesta.

—Yo el otro día conocí a alguien que había conseguido ser el triple menos feliz o algo así, alucinante, ¿verdad? —el comentario de Lolo no sorprendió a nadie, pero hizo que todos se quedaran de mucho mejor humor.

A Ester le había encantado la apreciación de Aby sobre la idea de no necesitar nada más para ser feliz. Le gustaba ese tipo de personas, con afán de superación, pero humildes.

Desde que habían empezado a tener contacto a raíz de la reunión con D. José, Ester había comenzado a ver a Aby con otros ojos. Sin explicarse muy bien por qué, le resultaba hasta atractivo. Algo que nunca le había sucedido, ya que cuando lo conoció le pareció simplemente mono, normal. Sin embargo, ahora era distinto. Ahora creía que le gustaba y mucho.

Desechó esos pensamientos de su cabeza y se concentró en su pareja. Llevaba con él muchos años y era verdaderamente feliz. Así que, aunque sabía que Aby estaba soltero, ni se le pasó por la cabeza insinuarse o dejar ver que sentía algo por él, a pesar de que ni ella misma sabía lo que era exactamente.

Aby se quedó mirando a Ester mientras esperaban que el camarero de la cafetería trajera la cuenta para volver a la oficina. Seguía manteniendo la misma opinión sobre ella desde que la vio. Ester era una mujer que llamaba la atención, su forma de vestir era extremadamente elegante, su forma de caminar hacía que supieras que era una persona segura de sí misma, su diálogo, siempre ameno y fluido.

Después de estar un tiempo mirando y pensando, llegó a la conclusión de que Ester le gustaba "muy mucho". Sin embargo, esa idea la quiso despejar de inmediato de la cabeza. Aparte de que era una compañera de trabajo, y no le apetecía tener una relación con alguien de la oficina, Ester tenía novio y le parecía una traición hacia esa relación inmiscuirse en la misma. Además, Ester no había dado ningún tipo de señal de que sintiera lo mismo por él.

Así que se dedicó a pensar en cómo llevar a buen puerto los dos planes que tenía en marcha. Encontrar a la mujer ideal para él y reflotar Newine Corporation. Curiosamente Ester lo podría ayudar en los dos, aunque la escogería solo por la motivación empresarial.

Capítulo 6

Jessica

Odio utilizar el transporte público. Sé que este sentimiento va en contra del medio ambiente. Sé que todos deberíamos hacer uso de este tipo de servicios. Que si todos fuéramos un poco más conscientes y utilizáramos la guagua para desplazarnos, mejoraríamos considerablemente la situación del planeta.

Pero no puedo, sobre todo, con la guagua. No aguanto estar esperando a que llegue el conductor con su cara de pocos amigos, con esa sensación de que te está haciendo el favor de su vida llevándote al destino solicitado. Ni que decir tiene que los horarios no suelen coincidir con tus necesidades más básicas.

En mi caso, por ejemplo, salimos de la oficina a las cinco y la parada de guaguas está a quince minutos andando, más o menos. El conductor pasa justo a las 17:15 con una precisión que ya quisiera para sí más de un piloto de fórmula uno. El caso es que no solemos llegar a la hora exacta y tenemos que esperar hasta las 18:15 para coger el siguiente.

También he de decir que el trayecto desde la parada hasta nuestra casa tarda exactamente 45 minutos, debido a que se recorre todos los entresijos de la ciudad a modo de tour turístico.

En muchas ocasiones, me han dado ganas de avisar a los turistas para que no cojan la guagua que les hace el tour por la ciudad, que les cuesta 25 euros, y que directamente paguen 1,25 euros y se vengan con nosotros. Seguro que con Lolo se lo pasan mucho mejor.

En definitiva, odio utilizar el transporte público. Pero ya les comenté anteriormente que creo mucho en el destino, que ya está predeterminado y todo eso.

Hacía mucho que no utilizaba ese medio. Siempre nos turnábamos para ir en un coche u otro y así íbamos todos en coche al trabajo. Habíamos alquilado entre los tres una plaza de garaje cerca de la oficina y no teníamos ningún problema para con el transporte.

Sin embargo, ese día fue diferente. Esa semana le tocaba a Julián llevar su coche y fuimos todos juntos a la empresa. Pero a la salida, justo a las cinco de la tarde, Julián nos anuncia que no nos va a poder llevar a casa porque lo acababa de llamar Susana y tenía que pasar a recogerla porque ha quedado con Nina para ir al club.

Mi primera reacción fue exigirle que le dijera a Susana que esperara un poquito hasta que nos llevara a casa y luego la acercaría a ella, pero desistí, sabía lo innecesario de esa propuesta tratándose de Susana y de ir al club con Nina.

Así que, malhumorado, le dije a Lolo que recogiera sus cosas, que nos quedaba todavía una buena caminata y que si íbamos a buen ritmo, todavía podríamos coger la guagua de las 17:15.

Directamente me dijo que no, que optaba por quedarse en la oficina ordenando y clasificando unos cuantos pedidos que tenía pendientes y que prefería que estuvieran en el almacén a primera hora de la mañana.

Ya eran las 17:07. Ya iba a tener que esperar la guagua de las 18:15, o al de las 19:15, y ya iba a llegar a casa más tarde de las ocho, como mínimo.

Finalmente, opté por la opción de la resignación, en algún momento se me pasó por la cabeza la idea de coger un taxi, pero me negaba a pagar 20 euros por un trayecto que tenía que haber hecho con Julián a coste 0.

En ese momento, activé mi vena positiva y me dije que no me vendría mal un paseo por la avenida hasta llegar a la parada. Hacía mucho tiempo que no practicaba ningún tipo de deporte y eso que años atrás jugaba al fútbol más de tres veces en semana, pero eran eso, otros tiempos.

Así que activé mi vena del destino y me dije a mí mismo que si Julián no podía llevarnos ese día, pues sería por algo. Llegué a la parada mucho antes de lo que tenía previsto y me sorprendió ver a más de cinco personas esperando por un vehículo que todavía iba a tardar algo en llegar.

El hecho de estar esperando en una parada de guaguas con varios desconocidos me parecía una situación cuando menos curiosa. Éramos un grupo de personas con un objetivo común: coger una guagua. No todos íbamos a ir al mismo destino, eso era evidente, pero el hecho de estar compartiendo un espacio con un mismo objetivo ya hacía que nuestro destino más inmediato estuviera cogido de la mano.

Estaba yo con esas elucubraciones, cuando se nos unieron más integrantes. Éramos en total unas doce personas y todavía quedaba más de media hora para que llegara nuestro vehículo. Entonces recordé un juego que solía realizar de niño cuando me veía en esa situación de estar con gente desconocida en un mismo lugar.

Me dediqué a inventarme sus vidas. Me quedaba mirando para uno de los viajeros y me imaginaba cómo sería su vida. El primero en entrar a formar parte de mi pasatiempo fue un señor de unos 75 años de edad, aunque por su aspecto físico aparentaba mucho menos. Llevaba un libro de esos de autoayuda del tipo *Tú eres tu mejor amigo* o algo por el estilo. También vestía de forma impecable con un traje azul marino y una camisa blanca de algodón, planchados de tal forma que las únicas arrugas que se encontraban estaban en el contorno de sus ojos.

Empecé a imaginar que había sido un empresario de éxito que, ahora, aunque algo más desligado de sus negocios, seguía desde la distancia el devenir de la empresa que habían heredado sus hijos; que desde esa posición le habían empezado a surgir las dudas sobre su existencia y de ahí el libro de autoayuda.

Lo imaginé viudo, pero con una nueva amistad, una señora más joven que él, que le había devuelto un poco a la vida después de la pérdida de su esposa, con la que llevaba casado más de cincuenta años.

Tenía la mirada perdida en la carretera, estaba absorto en sus pensamientos, no se daba ni cuenta de que no solo lo estaba mirando, sino que lo estaba escudriñando sin su consentimiento. Cuando creí que ya había cavilado suficiente sobre su vida, pasé a analizar al resto de viajeros decidiendo quién sería mi siguiente personaje.

Tardé relativamente poco en decidir que mi siguiente historia iría dedicada a una señora de unos 53 años con un carro de la compra repleto de verduras y demás productos frescos del mercado.

Iba vestida de forma poco formal y bastante desarreglada, como quien se acaba de acordar de que debe hacer esa compra, pero que hubiera preferido quedarse en casa haciendo lo que fuera, menos vestirse para ir a la calle a comprar.

Me la imaginé ama de casa, pero ama de casa con más de 35 años de antigüedad y con pocas posibilidades de jubilación.

El trabajo de ama de casa es del único que todavía no se conoce jubilación alguna. Esa señora era la auténtica ama de casa con jornada partida por tres o por cuatro, en algunos casos, incluso por cinco.

Yo agradecía mi jornada continua, pero esa mujer desde por la mañana estaría limpiando su casa, para luego empezar a hacer la comida de toda su familia, al finalizar el almuerzo empezaría a recoger la cocina con prontitud, porque a las cuatro y media debía recoger a sus hijos en edad escolar.

Por la tarde, como en esa ocasión, iría a hacer alguna compra olvidada. Para por la noche preparar la cena, pero cena de verdad, ella no dejaría que su familia cenara un bocadillo y un café con leche, en esa casa se cenaría igual que al mediodía. Además debería dejarlo todo listo para el día siguiente, porque siempre había día siguiente, todos los días del año eran días siguientes.

Pensando en cómo organizar la vida de la señora, un *broker* hablaba por el móvil y justo, en ese momento, decía que los mercados tendían a subir. Yo solo pude imaginar lo que la señora estaría pensando: "mientras los mercados tendían a subir, ella subiría a tender".

Y todo eso por amor, por ese amor de antes, de nuestros padres y abuelos que duraba hasta el jurado en el altar: "hasta que la muerte os separe".

Las parejas y las relaciones nada tienen que ver con lo que yo creía que representaba esa señora. Si mis pensamientos eran correctos, ese concepto de ama de casa estaba en vías de extinción, para el bien de la humanidad.

Volví a hacer un sondeo por los pasajeros que había en la parada en busca de la siguiente persona que iba a hacer que la llegada del transporte público fuera inminente, porque con mis dos primeras historias ya casi se había cumplido la hora de llegada.

Miraba las caras de los pasajeros y de repente me di cuenta de que una chica me miraba a mí. Al principio no le di mucha importancia, pero en una segunda vuelta descubrí que me miraba igual que yo miraba a las personas a las que les inventaba la vida.

Por un instante pensé que esa chica podría estar haciendo lo mismo que yo hacía, pero que en este caso la víctima sería yo mismo. Sin embargo, sobre la marcha desestimé esa opción por inverosímil. Lo curioso es que pasados unos minutos se fijó en otro pasajero y disimuladamente lo escudriñaba al igual que hacía yo en mi juego.

Era imposible, no podía ser que hubiera otra persona en este mundo que jugara a inventarse las vidas de las personas que esperaban en las paradas de guaguas.

El conductor llegó puntual, como siempre. Los pasajeros se pusieron todos en pie y, como si de una coreografía perfectamente ensayada se tratara, organizaron una fila en la que los dos protagonistas de mis vidas postizas ocupaban los primeros lugares.

Deliberadamente cedí mi puesto a la chica, con la intención de esperar a que ella se sentara para, así, poder yo sentarme relativamente cerca y entablar algún tipo de conversación.

Sentía curiosidad por saber si jugaba al mismo juego que yo. Evidentemente no se lo preguntaría abiertamente, pero a lo mejor a lo largo de la conversación salía el tema o algún tema parecido o algo que me diera pie a poder descubrir si era el único que le buscaba vidas a la gente en las paradas de guaguas.

Se sentó en la penúltima fila del vehículo y en el único asiento que quedaba libre en esa zona. Se veía que era una zona que prefería especialmente, ya que el resto estaba completamente vacío. Con lo cual me tuve que sentar a la mitad más o menos y me quedé con las ganas de poder entablar algún tipo de conversación trivial con ella.

Se bajó dos paradas antes que la mía, con lo que probablemente no viviría demasiado lejos de casa. La vi pasar a mi lado y justo cuando iba a empezar a bajar las escalinatas de salida, se giró hacia mí y esbozó una débil sonrisa que a mí me pareció de las cosas más sensuales que me habían ocurrido en la vida, hasta el punto de barajar la posibilidad de bajarme en esa parada para pedirle que se tomara un café conmigo. Posibilidad que deseché, entre otras cosas, porque ya estábamos en movimiento y ella desde la calle no volvió a mirarme.

Al día siguiente fui yo quien decidí no ir con Julián de vuelta a casa. Y sin dar mayores explicaciones dije que prefería quedarme avanzando trabajo.

Me costaba recordarla. No recordaba ni la ropa que llevaba; ni si llevaba algún tipo de bolso o maleta o cartera; no recordaba su cara; ni su pelo, si era rubia o morena o pelirroja, si tenía el pelo largo o corto; no me recordaba absolutamente nada de cómo podía ser la chica del día anterior.

La idea era volver a la parada a la misma hora. Por supuesto que no tenía ni idea de su vida, no me había dado tiempo de inventarme una historia para ella. Así que deseé que siempre cogiera esa línea, en esa parada, a esa hora.

Esta vez llegué con el tiempo justo para coger la de las 18:15. Allí estaba. Al verla fue como si se me activara un dispositivo en el cerebro que me hizo recordarla perfectamente.

Morena, interminable melena ondulada, estatura media, delgada, aunque con prominentes caderas, con un tamaño de pechos simplemente perfectos, ojos del color de la Coca-Cola, dientes perfectamente alineados y el maquillaje justo para parecer que no llevaba maquillaje.

Vestía con una ropa similar a la del día anterior. Iba vestida de manera informal pero elegante. Era de ese tipo de personas que se visten con un estilo hippie, pero con ropa que podría costar más que toda la ropa de una comuna hippie auténtica, no sé si me explico.

Saludé a todos los presentes con un "buenas tardes" y solo un señor de una edad similar al del día anterior me respondió, el resto hizo como si allí no hubiera llegado nadie.

Esperé a ver si ella intercambiaba una mirada conmigo, pero no lo hizo. Parecía como si ayer no hubiera ocurrido nada, como si no nos hubiéramos visto. Me dieron ganas de acercarme y presentarme, pero no venía a cuento y mucho menos insinuarle el juego de las vidas de las personas.

Se volvió a sentar en el mismo asiento y esta vez sí que conseguí sentarme relativamente cerca. En ningún momento del trayecto vi la ocasión para dirigirle la palabra. Me sentía un poco ridículo. Había estado haciendo tiempo en la oficina para llegar a la hora prevista a la parada con la esperanza de conocerla y, aunque ella estaba allí, todo indicaba que me iba a volver a casa sin intercambiar una sola frase.

A mí solo se me ocurría hacer una cosa así. Utilizar el transporte público, que era algo que como ya he comentado odiaba, simplemente por ver a una chica un día y creer que voy a conocerla de alguna forma al día siguiente.

Había dos opciones, o confiaba mucho en mi teoría del destino o había visto demasiadas veces a Meg Ryan y a Tom Hanks en *Tienes un e-mail.*

Nos estábamos acercando a su parada y ella seguía absorta en sus pensamientos. Yo he de decir que no le quitaba el ojo de encima. Si alguien me llega a observar podría pensar que era un demente o algo por el estilo.

Tocó el timbre y se dirigió a la salida. Empezó a bajar la escalinata y, sabiendo que yo la observaba, se giró y me volvió a medio sonreír. Era justo lo que estaba imaginando que iba a pasar, era mi última esperanza de tener algún tipo de contacto con ella. Estaba recreando en mi mente la misma imagen del día anterior, cuando se reprodujo exactamente igual a como lo estaba rememorando.

En ese preciso instante decidí que iría todos los días a coger esa guagua y que no pararía hasta conseguir mantener una conversación con la chica de la parada que, supuestamente, jugaba al mismo juego que yo.

Así lo hice, al día siguiente volví a excusarme ante mis amigos por mi ausencia en la vuelta a casa y otra vez volví a la parada a la hora prevista.

Todos los días hacía el mismo recorrido, todos los días llegaba a la misma hora, todos los días les decía a mis amigos que me quería quedar a seguir trabajando un poco más en el proyecto que tenía en mente para salvar la empresa. Incluso la semana que me tocaba llevar a mí el coche, lo llevaba a la ida y se volvía Julián con Lolo y yo en guagua.

Me parecía realmente llamativo cómo me había empezado a encariñar de una mujer a la que ni siquiera le había dirigido la palabra. Nuestro ritual era sencillo, yo llegaba, daba las buenas tardes, la miraba, le hacía un gesto con la cabeza a modo de saludo y ella me correspondía con el mismo movimiento.

En algunas ocasiones nos llegamos a sentar juntos pero ni una sola palabra en todo el trayecto. Cuando eso ocurría yo estaba durante todo el camino pensando una forma de hablar con ella, un "hola, perdona, ¿eres de por aquí?", un "hola, perdona, ¿tienes hora?", un "hola, perdona, ¿sabes si esta guagua tiene el mismo horario los fines de semana?", un "hola, perdona, ¿me podrías dejar tu número de teléfono por si cuando te bajes me surge alguna otra duda y me la pudieras aclarar?", un "hola, perdona, ¿te importaría que empezáramos a hablar un rato para ver si nos conocemos un poco y decidimos que queremos pasar el resto de nuestra vida juntos?".

Nunca le dije nada, eso sí, cuando iba a empezar a bajar la escalinata de salida, siempre me miraba y me dedicaba su media sonrisa, que se podría decir con total seguridad que me tenía medio enamorado.

En esa situación estuvimos casi un mes. Es verdad que en alguna ocasión fallé a mi cita y que ella se ausentó algún que otro día suelto, pero éramos fieles a nuestro ritual de la guagua de las 18:15.

Para mí formaba parte de mi rutina diaria, trabajaba durante todo el día y a media tarde iba a la parada a ver a la chica de la cual por no saber, no sabía ni su nombre.

Es por eso que me chocó tanto su ausencia durante tres días seguidos. Me sentí extraño, como si me faltara algo. Como cuando no vas a comer al mismo sitio de todos los días y cambias durante varios días de establecimiento. Ni qué decir tiene, cómo lo pasé cuando esos tres días se convirtieron en una semana entera, de lunes a viernes.

Mi cabeza centrifugaba a dos mil por hora intentando adivinar el motivo de su ausencia. ¿Estaba enferma? ¿Había tenido un accidente y estaba en el hospital?, ¿Se había ido de vacaciones?, ¿Había cambiado de domicilio?, ¿De trabajo?, ¿De ciudad?, ¿Se había mudado con su novio a otro barrio?, ¿Se había casado y estaba de luna de miel?, ¿Se había incomodado por la situación de nuestra relación y había decidido cambiar de guagua, pensando que yo era un maniaco que la estaba persiguiendo?. No era capaz de encontrar un razonamiento que me convenciera ante su repentina desaparición.

Decidí bajarme en su parada e investigar por su barrio a ver si por casualidad la veía. En ese momento me arrepentí enormemente de no haber entablado contacto con ella anteriormente. Fue uno de los únicos momentos en mi vida en el que me arrepentí de algo. Es evidente que nunca me arrepiento de las cosas que hago o que digo porque sé que tienen que pasar por algo, por todo aquello de que el destino ya está escrito y todo eso.

Opté por bajarme en su parada con la esperanza de encontrármela por alguna de las calles de ese barrio que no conocía, pero que daba la sensación de ser un pequeño pueblo dentro de la ciudad.

Tenía muy poco que ver con el bullicio y el alboroto del barrio en el que vivíamos nosotros con el gigantesco parque que había cerca de casa y que se llenaba de familias con niños y deportistas esporádicos de esos de *voy un día a correr y luego estoy dos meses comiendo hamburguesas que el parque no se va a ir de ahí, pero mis ganas de comer hamburguesas a lo mejor sí que se pasan.*

No la vi. Estuve cerca de dos horas recorriendo todas sus calles, entrando en algunas tiendas de comestibles, que creía que ya no existían, de aquellas en las que le ibas a comprar a tu madre y nunca pagabas porque siempre repetías la misma frase de: "mi madre dice que se lo apuntes". Cuando eso ocurría a mí me daba la sensación de ir a comprar gratis. No se me pasaba por la cabeza los malabares que tenía que hacer mi familia cuando llegaba la nota con todos los apuntes a final de mes.

Abandoné, llegué a la conclusión de que ya no la volvería a ver jamás. He de reconocer que alguna que otra vez he vuelto a coger el transporte público con la esperanza de encontrármela de nuevo, pero no ha habido suerte.

De toda esta experiencia, la única parte positiva que le encuentro es que después de todo le he llegado a coger cariño a la guagua, incluso al conductor lo veo con otros ojos. Ya no lo veo como el tío que se cree que me está haciendo un favor llevándome a casa, sino como el máximo responsable de que yo hubiera pasado infinidad de momentos al lado de una persona de la cual definitivamente me había enamorado.

Era curioso eso de enamorarse idealizando a una persona, de imaginarte cómo es y cómo sería a tu lado, de pasar infinidad de horas mirándola y creando una vida en común solo con el poder de la imaginación, pero a su vez darte cuenta de que esa imaginación se transformaba en sentimientos reales.

Me quedó una sensación de pérdida cuando decidí que ya no la volvería a ver. Me sentía un poco abandonado. Mis "linfocitos emocionales" no llegaron a actuar como en ocasiones pasadas, pero tuve algunos momentos de desazón verdaderamente considerables.

Pasaron aproximadamente dos meses y concluí que ya me había olvidado definitivamente de la chica de la parada de guaguas. Volví a dejar de utilizar el transporte público y, por supuesto, volví a odiarlo. Volví a pensar que el conductor se creía que nos hacía un favor llevándonos a casa e, irremediablemente, volví a recuperar mi vida anterior al suceso del juego de las vidas humanas en la parada de guaguas.

Todo volvía a la normalidad hasta que ocurrió. Salí del trabajo a media mañana a tomarme un café, nadie quiso acompañarme, así que me dispuse a salir del edificio, cuando un señor que estaba en la puerta del mismo gritó: "¡Jessica!".

En ese preciso instante se giró. Estaba igual que el último día que había bajado la escalinata de la guagua y me había sonreído. Podría decir incluso que llevaba la misma ropa y el mismo aire informal, pero elegante.

Se llamaba Jessica. Le sonrió al señor de la misma manera que me había sonreído a mí durante todos nuestros encuentros.

Me escondí dentro del edificio y Marcial, el portero, me miró con ganas de preguntarme de quién me escondía y si él podía hacer algo por mí, que no dudara en pedírselo.

Marcial era de esas personas con las que puedes contar para cualquier cosa. Te podía ayudar a cambiar un bombillo o partirle las piernas a alguien que le pidieras. Lo miré con un gesto de que no pasaba nada y él volvió a enfrascarse en la lectura de los titulares de la prensa deportiva. No era capaz de leer un artículo entero, él leía los titulares y se pasaba el día comentándolos con todo aquel que quisiera escucharlo.

Desde el otro lado del cristal, vi cómo Jessica abrazaba al señor de forma muy efusiva y no logré determinar si lo que se dieron fue un beso en la boca o si acercaron demasiado sus caras en el abrazo.

De vez en cuando Marcial levantaba la vista del periódico y me miraba escéptico moverme detrás del cristal como un detective privado que está buscando información de un encuentro furtivo.

Eso era básicamente lo que estaba haciendo, intentar descubrir qué relación tenía Jessica con ese señor y esperar cuál sería su siguiente movimiento, para yo actuar en consecuencia. Lo peor que me podía pasar es que se fueran juntos. La idea de seguirlos hasta que ella se quedara sola me parecía un poco descabellada.

Esperé pacientemente hasta que se despidieron con dos besos en las mejillas y un *tenemos que quedar*, que sonó a ese *tenemos que quedar* de: "pues nada, ya nos volveremos a ver por ahí".

Salí rápidamente del edificio sin despedirme de Marcial, que me seguía con la mirada. Me coloqué justo detrás de ella y dije: "Hola Jessica". Se giró y me miró con cara de incredulidad ante alguien que no conocía de nada pero que sabía su nombre. Yo no dije nada, me quedé de pie esperando a ver qué pasaba.

Pasados unos segundos, que a mí se me hicieron horas, dijo:

—"¡Ey, eres tú!" —su semblante había cambiado por completo, era como si se alegrara de verme— ¡Cuánto tiempo! ¿no?

—Pues, más o menos, desde que dejaste de coger la guagua de las 18:15 —me salió casi sin querer, lo dije como si ella debiera darme una explicación de por qué me había abandonado sin previo aviso. Como si tuviera que justificarse ante un perfecto desconocido de por qué había cambiado un hábito en sus rutinas.

—Tienes razón, lo siento. —por increíble que parezca fue un lo siento sincero— Me cambiaron el turno en el trabajo. Después de estar siete años en el turno de 10 a 18, una mañana me dicen que a partir de esa misma tarde estaría de 16 a 00:00. Así sin más. En serio que me hubiera gustado avisarte, pero no tenía ninguna forma de hacerlo. Por no saber, no sé ni tu nombre.

—Yo me acabo de enterar del tuyo. ¿Te puedo confesar un secreto? —no había acabado de formular la pregunta y ya me estaba arrepintiendo de haberla hecho.

—Claro —lo dijo a la expectativa de qué secreto le podía revelar un perfecto desconocido.

—Te he echado de menos —lo comenté así, sin más, como el que comenta que *qué buen día hace hoy*, o que *hay que ver lo caro que está el kilo de manzanas del país.*

Ella sonrió con esa sonrisa que me tenía cautivado desde el primer día en que la conocí y pasados unos instantes, casi imperceptibles, dijo:

—Y yo a ti. En todo este tiempo me he arrepentido infinidad de veces de no haber hablado contigo. Y, sobre todo, me he arrepentido muchas más de que tú no lo hubieras hecho también. No se me ocurrían más pistas para que vieras que me apetecía mucho conocerte. Suponía que con las sonrisas de despedida bastaría, pero fue evidente que no. Y a mí, aparte de ese momento, me daba mucha vergüenza mirarte a la cara.

—Lo intenté muchas veces, imaginaba cómo serían nuestras conversaciones, pero cuando estaba pensando cuál sería la mejor forma, te levantabas y te bajabas en tu parada.

—¿Tú también juegas a imaginarte la vida de las personas que no conoces?

—Claro, creía que era un juego que había inventado yo.

—Yo ya jugaba a eso con mi padre desde que era niña. Mi padre decía que era una forma magnífica de potenciar nuestra imaginación.

—Lo suponía, supuse que tú también jugabas cuando te vi mirándome de aquella forma el primer día que coincidimos.

—Me encanta que digas "lo suponía". Lo normal en este caso es que la gente diga: "lo sabía", porque todo el mundo dice: "lo sabía" cuando ya les han desvelado lo que ellos estaban pensando. Pero cuando pasa lo contrario no dicen: "creía que lo sabía y me equivoqué", simplemente se callan y ya está. Solo dicen: "lo sabía" cuando su pensamiento se corresponde con la realidad. Yo también digo siempre lo suponía.

—Siempre he pensado lo mismo.

Nos callamos durante un tiempo en el que parecía que todo iba a quedar ahí. Que lo siguiente que nos diríamos sería un: "bueno, pues a ver si coincidimos otra vez". Me apetecía invitarla a tomar algo, pero no sabía cómo hacerlo, me daba mucha vergüenza y no entendía el porqué.

Llevaba muchísimo tiempo esperando ese momento, imaginándolo tal cual estaba ocurriendo, y me daba la sensación de que acabaría así, con un "hasta otra".

Fue ella la que reaccionó. Supuse que era porque también le había pasado algo parecido, pero tuvo más coraje que yo y, finalmente, preguntó:

—¿Te gustaría venir a comer a casa hoy? No entro a trabajar hasta las cuatro —ante mi mutismo añadió— Si te apetece, claro está. Si tienes otros planes, lo dejamos para otro día.

—Me apetece muchísimo. Salgo de trabajar a la una y media.

—Perfecto, apunta la dirección y mi número de teléfono y yo voy preparando algo. ¿Te gusta alguna comida en particular o te da igual?

—La verdad es que como de todo, pero algo ligero estaría bien, porque yo a las tres, como muy tarde, tengo que estar aquí de nuevo.

—Perfecto, hasta después entonces.

Apunté en el móvil sus datos y nos fuimos a despedir. Nos dimos dos besos en las mejillas, pero con tanta intensidad y precisión que si no llega a ser que era la primera vez que hablábamos, se podría haber convertido en un morreo en toda regla.

Al entrar de nuevo en el edificio para coger el ascensor y subir a la oficina, Marcial, que se había quedado con toda la película sin dejar de mirar los titulares de las noticias de la próxima jornada de liga, me miró esperando algún tipo de explicación, que rehusé a dar.

Ya dentro de la oficina, me pasé el resto de la mañana sin hacer nada. En mi cabeza solo había hueco para pensar en cómo se iba a desarrollar el encuentro. Me chocaba un poco la idea de que alguien invitara a otra persona a su casa sin conocerla de nada. Porque en el fondo no nos conocíamos de nada, aunque a ambos nos diera la sensación de conocernos de toda la vida.

Salí de la oficina un poco antes de lo habitual. Quería pasar primero por el almacén para llevar uno de nuestros vinos al almuerzo.

Julián y Lolo llevaban tiempo notándome bastante apartado, pero no les quise dar demasiadas explicaciones y ellos intuyeron que estaría demasiado preocupado por el proyecto de salvar la empresa. Actividad que, por otro lado, tenía bastante olvidada.

Ester también me vio salir y, cuando pasé a su lado, noté en la expresión de su cara que quería hablar conmigo, pero no tenía tiempo y lo tuve presente para cuando volviera preguntarle si necesitaba alguna cosa.

Francamente estaba nervioso. ¿Si resultaba que Jessica era una delincuente profesional que utilizaba esa técnica para llevar hombres a su casa y, una vez allí, una banda de delincuentes comunes me daban una paliza y me obligaban a sacar todo el dinero de mi cuenta bancaria y luego me amenazaban con que si contaba algo me matarían a mí y a mi futura familia? ¿Si pasaba, como vi en un documental, que en la comida me echaba unos somníferos y me dejaba dormido y una banda de médicos rusos me sacaban todos los órganos para venderlos y luego me metían en un saco y me mandaban al fondo del mar? ¿Si era una psicópata asesina en serie que me pegaba dos tiros con una pistola con silenciador y luego me descuartizaba y me tiraba por el retrete y mi cabeza la reducía y la disecaba y la metía en el cuarto trastero con el resto de víctimas de su sonrisa encantadora? ¿Si llegaba a la casa, almorzábamos, a ella sorprendentemente le encantaba nuestro horrible vino, nos reíamos, pasábamos un almuerzo de ensueño y al despedirnos nos dábamos un beso como mandaban los cánones y luego quedábamos para vernos durante el fin de semana y nos prometíamos intentar ser lo más felices que fuéramos capaces?

Me quedé con esta última opción, porque las anteriores me daban una pequeña sensación de pánico, que no me apetecía recordar.

Cogí el coche, enfilé las atestadas calles llenas de vehículos en hora punta y llegué al barrio de Jessica sobre la una y veinticinco. A las y media en punto estaba tocando en la puerta de su casa, ya que el portal estaba abierto.

Parecía una secuencia de película, yo en la puerta de la casa de una desconocida, con una botella de vino rancio en una inusualmente mano sudada y con un imperceptible temblor en las piernas que me daba la sensación de que iba a ir a más, hasta el punto de no poder mantenerme en pie.

En algún momento se me pasó por la cabeza no tocar y volverme a almorzar a Ca' Maruquita con Lolo y Julián. Finalmente, toqué el timbre. La puerta se abrió y apareció Jessica con su larga melena ondulada recogida en un moño, una camisa blanca de hombre con los tres primeros botones desabrochados, sin sujetador, unas bragas rojas con dibujos de pisadas de perros y unos calcetines de invierno con un muñeco bordado.

Parecía que alguien la había avisado de que esa era la vestimenta que más recurría en mis fantasías sexuales. No había nada que me pareciera más sexy que una chica desnuda con una camisa de caballero que le quedara ligeramente grande.

Me miró durante un segundo y acto seguido me agarró del cuello y empezó a besarme con un deseo que pocas veces me habían demostrado. Automáticamente la botella calló al suelo y, sin tiempo para lamentar la pérdida de tan preciado producto, entramos en la casa, mientras nos desnudábamos frenéticamente.

No parábamos de besarnos el cuello, las mejillas, el pecho, los brazos, los muslos, nos estábamos comiendo literalmente el uno al otro. De repente paró en seco, me desconcerté, me sentía como un animal descontrolado que solo quería continuar liberando sus más elementales instintos.

Se fue acercando lentamente, yo intenté volver a atraerla hacia mí para terminar de devorarla, pero me apartó suavemente. Se fue agachando lentamente y empezó a jugar con su lengua en mi miembro, que viéndolo desde esa posición nunca pensé que fuera tan grande, ni que yo tuviera tanta sangre para conseguir ese tamaño. Estuvo así un tiempo, en el que tuve que hacer auténticos milagros de concentración para no llegar al éxtasis. Sin darme cuenta me colocó el condón con la boca.

Desfogado el frenesí inicial, nos tumbamos en una especie de sillón de diseño que tenía en el salón y empezamos a acariciarnos suavemente, con la yema de los dedos, con la lengua, con sus pezones, con el pelo.

En un hábil e instintivo gesto se acopló y nuestros movimientos eran tan coordinados que parecía que los hubiéramos ensayado previamente. Llegamos juntos al clímax, nuestras caras y nuestros gestos así lo delataban.

Nos quedamos uno dentro del otro durante un tiempo que no sabría precisar y, sin decirnos nada, nos metimos en la ducha. Con la erección todavía presente, seguimos dando rienda a la pasión dentro de la ducha, pero todo sin intercambiar una sola palabra. Salimos de la ducha, nos secamos, nos vestimos y, simplemente, quedamos en volvernos a ver.

Al final no habíamos comido, pero ninguno de los dos lo necesitaba.

De vuelta a la oficina llegué a la conclusión de que había sido la experiencia sexual más satisfactoria que había tenido en toda mi vida. Había sido maravilloso, nunca pensé que dos personas fueran capaces de proporcionarse placer mutuamente de una forma tan gratificante.

Intenté reprimirme, porque siempre había sido contrario a ese tipo de gestos, pero no pude evitar mandarle un mensaje contándole todo lo que sentía sobre nuestro encuentro. Simplemente me contestó que todavía estaba desnuda en el sofá oliendo mi perfume *Agua del Río* y deseando que volviera esa misma noche.

Volví a la oficina y, cuando se me pasó el recuerdo de mi encuentro con Jessica, me entró un hambre que tuve que ir a la máquina de vending a sacar tres sándwiches. Me hubiera costado mucho decidir cuál de los tres estaba más asquerosamente malo. Me costaba entender cómo podían hacer los sándwiches de esas máquinas tan mal. A veces pensaba que lo hacían a posta, que tenían como una ley no tácita que decía que esos alimentos no podían estar buenos y punto.

Cuando llegamos al piso, simplemente les comenté que había conocido a alguien y que esa noche me quedaría en su casa. Nunca les había contado detalles sobre mis encuentros sexuales y este no iba a ser menos, aunque había sido único.

La situación de mis dos amigos con respecto al sexo era algo delicada. Julián quería pero no le dejaban y Lolo quería aún más pero nadie quería dejarlo. Con lo que la explicación de que había conocido a alguien y esa noche dormiría en su casa me pareció más que suficiente.

Se me estaba haciendo eterna la espera. Eran todavía las ocho y ella no llegaría de trabajar hasta las doce. Decidí salir a comer algo por ahí para hacer tiempo y luego esperarla en su portal.

Llegó relativamente pronto y nos fuimos directamente a la cama. Estuvimos casi toda la noche haciendo el amor, corroborando así lo vivido al mediodía. En la cama éramos uno.

Al día siguiente no me enteré de nada en la oficina, estaba muerto de sueño y me dolía todo el cuerpo, ya no tenía edad para esas aventuras de veinteañero.

Empezamos a salir oficialmente a las dos semanas de nuestro primer encuentro. Hicimos las presentaciones pertinentes a nuestros círculos de amigos por puro trámite, porque no nos separábamos ni un instante el uno del otro. Lo hacíamos todo juntos, el único momento en el que no nos veíamos era cuando íbamos a trabajar.

Por supuesto me mudé a su casa. A los chicos no les sentó demasiado bien, entre otras cosas porque ahora subía un poco la cuota del alquiler y, como estaban las cosas en la empresa, no era una gran noticia, pero en el fondo lo entendieron.

Mantuvimos tres meses de relación en los que, para contabilizar las horas de sexo que tuvimos, habría que conseguir un reloj de arena con capacidad para albergar toda la del desierto del Sahara.

Ese fue básicamente nuestro problema. Empezamos una relación en la que el sexo fue el principal protagonista. Cuando la apetencia empezó a disminuir, nos dimos cuenta de que no teníamos nada en común, no había temas de conversación. Los silencios se hacían eternos.

Empecé a echar de menos mi habitación con los chicos y ella empezó a necesitar el espacio que yo había invadido. Fue duro y triste reconocerlo, pero no funcionábamos como pareja.

Era injusto, teniendo en cuenta la cantidad de gente que se pasaba la vida haciéndolo de forma mecánica, sin disfrutar plenamente de una experiencia tan maravillosa. Y nosotros, que habíamos conectado plenamente, nos dábamos cuenta de que no había nada más.

Fue ella la que me lo comentó una noche al llegar del trabajo. Me dijo que no funcionaría y que estábamos perdiendo el tiempo. A mí no me hizo falta mucho más, ya lo había pensado en más de una ocasión, pero me negaba a reconocerlo.

Comparó nuestra relación con una metáfora más que acertada.

Me habló de que lo nuestro había sido como cuando te compras un chicle de un sabor muy intenso. La primera sensación es maravillosa, pero a medida que pasa el tiempo el sabor empieza a disminuir y la goma de mascar se vuelve cada vez más pesada de masticar. Llega un momento en el que el sabor ha desaparecido por completo y el simple acto de masticar se vuelve incluso doloroso. En ese momento hay que tomar una decisión, o sigues masticando y esperas a que el sabor vuelva a aparecer por arte de magia o decides que lo mejor es tirar ese chicle que te está haciendo daño.

Evidentemente eligió la segunda opción.

Nos sentamos en el sillón de diseño que había sido testigo de nuestro primer encuentro, abrimos una botella de vino y nos reímos a carcajadas recordando los momentos vividos. Con mi cuarta copa de vino en el cuerpo, le propuse que mientras no tuviéramos pareja, nos podíamos seguir viendo.

Era una pena que algo que se nos daba tan bien se quedara apagado en el olvido. Me miró, me sonrió como solo ella sabía hacer y, simplemente, respondió:

—Ya nos veremos por ahí.

Capítulo 7

Susana (segunda parte)

Susana tiene un hobby. Tiene varios hobbies, pero uno especialmente le encanta, lo disfruta, está ansiosa cada vez que puede practicarlo. Hace todo lo posible para buscar un hueco y escaparse a realizar esa actividad que la evade del mundo, de la rutina, de su monótono trabajo de oficina, de su todopoderoso padre, de su en ocasiones cansina relación con Julián.

A menudo, él le ha manifestado que eso no es un hobby, pero ella no hace caso de lo que su pareja le dice y llama a su amiga Nina para que la acompañe en tan evasivo pasatiempo. He de decir que para llevar a cabo ese entretenimiento necesita imperiosamente la ayuda de Nina. Se ponen en contacto, quedan a una hora determinada en un lugar concreto, se visten como la ocasión merece y se van al club.

Las dos son socias de un club de campo con infinidad de actividades deportivas, culturales, lucrativas…, pero ellas van al club a hablar. Ese es su más anhelado deseo, sentarse en la terraza de la cafetería del club y ponerse a hablar.

Julián les dice que esas conversaciones tienen el mismo nivel que una reunión del G-8, que son reuniones para salvar el mundo, del más alto nivel y secretismo. Lo dice en tono de burla, pero para ellas esos encuentros son vitales para mantenerse en equilibrio consigo mismas.

Esa tarde se habían prometido que tenían que quedar. Hacía casi una semana que no se veían y no podía ser. Lo máximo que habían llegado si pisar el club habían sido tres días y porque la cafetería del club estaba cerrada por reformas. Con lo que se dijeron que sí o sí se tenían que ver ese día sin falta.

La hora elegida fue las seis en punto de la tarde y, en esa ocasión, decidieron verse directamente en la cafetería del club. Ambas llegaron con quince minutos de antelación y ambas se confesaron que lo habían hecho por el ansia que tenían de encontrarse la una con la otra.

Susana ya estaba sentada en la mesa de la terraza cuando Nina hizo acto de presencia. La cara se les iluminó al verse, se acercaron y se lanzaron dos besos al aire con el pertinente "*kiss*" y "*kiss*" que siempre pronunciaban al darse dos besos o dos intentos de acercamiento de labios con mejillas. Se necesitaban, estaba claro que esa relación era de necesidad mutua.

—Se te ve divina —dijo Susana, cuando ya estuvieron ubicadas en sus asientos y ya habían pedido sus dos gin-tonics con *twist* de limón, pomelo y lima, pepino, cardamomo, lechugas deshidratadas, y bayas de enebro caramelizadas con esencia de vainilla (lo último del esnobismo en la capital).

—Eso eres tú, Su —Nina llama a Susana, Su— que me miras con ojos de amiga de las de verdad de la buena.

—Es lo más. Por cierto, que no te había dicho nada. Me he apuntado a clases de *body painting*, *body lifting*, *body making* y me he contratado un *personal trainer*, que me da clases de alegría para el *body*.

Sin darle mayor importancia a las palabras de su amiga, Nina dijo:

—Pues yo me he apuntado en clases de *Poncio* Pilates y estoy encantada.

—Yo solo conocía las de Pilates, pero estas deben de ser nuevas, ¿no?

—Sí, son como más espirituales, te ayudan a sacar los chacras.

—¿Qué te ayudan a sacar qué?

—Los chacras. Yo no tengo muy claro todavía qué son, pero con ese nombre tan horrible que le han puesto a mí que me los saquen todo para afuera —mientras lo decía, Nina se levantó y empezó a hacer el gesto de cuando en un exorcismo quieren sacar al maligno de dentro del cuerpo. Ante la mirada de todos los socios del club, Susana tuvo que intervenir.

—Nina, por favor, no es necesario que te pongas tú a sacarlos en medio del club. Creo que es totalmente improcedente.

—Es verdad Su, pero es que me emociono – lo comentó mientras recuperaba la compostura y daba un generoso sorbo a su gin.

—Esta semana empieza el torneo de pádel solidario en el club de Rafita.

—¿Un torneo de pádel solidario? No había oído nada.

—Sí, están intentando recaudar fondos para mejorar los terrenos donde pastan los cerdos ibéricos de bellota. Por lo que cuentan hay zonas que están muy deterioradas y no hay tantas bellotitas como antes.

—Iniciativas como esta son las que faltan en nuestra sociedad. La gente no se da cuenta de que esos pobres animalitos no tienen qué comer. Ahora mismo busco el número de cuenta de ese proyecto para ingresarles algo de dinero.

—¿Te gustaría ser mi pareja?

—Me siento muy halagada, pero creo que prefiero a tu *personal trainer*. Que tú, aunque no eres fea del todo, pues no sé, me atraen más los *personal trainers* —Nina lo comentó intentando ofender lo menos posible a su amiga. La proposición la sorprendió bastante, pues desconocía esa faceta de su más íntima y mejor amiga.

—Pareja de eso no. ¡Aggg, qué asquito más grande! —Susana sufrió una pequeña indisposición al imaginarse a su amiga y a ella manteniendo relaciones. No pudo reprimir unas arcadas incontrolables, que solo se pasaron cuando se tomó de un trago más de la mitad de la copa de gin que le quedaba. Me refiero a pareja de pádel para jugar juntas, ¿de qué te pensabas que te estaba pidiendo ser pareja?

—No lo sé, como hacía casi una semana que no nos veíamos, pues pensé que a lo mejor —no continuó la frase.— Bueno, dime a qué te referías.

—Pues jugar juntas al pádel. Yo suelo ir con Marta y Nati, a veces se apunta también Conchi. Lo pasamos en grande, se nos pasa el tiempo volando y es una forma amena y sana de pasar un rato de divertimento. Eso sin obviar que es una manera ideal para interrelacionarse con los de nuestra misma condición social.

—Muy bien, ¿cómo se llama tu *personal trainer*?

—¡Ay, de verdad, eres un caso imposible! *I cannot with you.*

—Vale, lo siento. No quiero saber su nombre, con su número de teléfono me conformo —Nina, aunque tenía novio, a veces también fantaseaba con la idea de que un día un *personal trainer* la secuestrara y la sometiera durante un largo fin de semana a ejercicios físicos que la dejaran el lunes siguiente con una única idea en la cabeza, pasar el siguiente fin de semana retenida por otro *personal trainer*.

—Déjate de decir tonterías, que ahora mismo nos tenemos que ir, que entramos a trabajar dentro de nada —las dos trabajaban en oficinas de empresas que tenían su razón social en el mismo edificio.

—No me lo recuerdes, que solo de pensarlo me entran unos escalofríos por aquí —dice señalando la zona precisa a la que se refiere—, por la parte de atrás de la espalda que no puedo con ellos

—Pero, ¿por qué?, ¿tienes algún problema en el trabajo?

—Algo así. El caso es que me han asignado para llevar el Control de la Fluctuación de las Ratios de Gestión de Personal a nivel nacional.

—Pero eso es genial, ¿no?

—Lo sería si entendiera alguna de las palabras que te acabo de decir, pero yo, de todas esas palabras, la única que comprendo es personal, que es cuando algo te afecta mucho, mucho, mucho. Ahí se dice que te afecta de manera personal, pero el resto es que no tengo ni idea —la preocupación era palpable en el semblante de Nina.

—Vamos, que estás más desorientada que Heidi en Nueva York.

—Más o menos ahí, pero es que no sé qué hacer, Su, de verdad te lo digo.

—Pues, recházalo. Dile que no sabes y ya está.

—¿Rechazarlo? Tú estás más flipada que Betty la fea en un salón de belleza. No puedo defraudar al jefe en una tarea tan importante como la que me ha mandado.

—Ya lo tengo —la cara de Susana se iluminó de repente—. Llama a Levi, el chico que trabaja en la empresa de tu padre y que tiene tres carreras, dos másters y no sé cuántos doctorados. Me recuerda al típico empollón del colegio que lo sabía todo y que siempre le podías preguntar. Él seguro que sabe mucho de eso de ratios y fluctuaciones. ¿Qué te parece?

—¡Ay, Su! Tienes razón. No se me había ocurrido. Eres una amiga de esas que son de verdad, de las que ni se compran ni se venden, ni se regalan ni se comparten. Una amiga de esas que están para lo bueno y para lo malo, para la salud y para la enfermedad hasta que… ¿a qué me sonará a mí esto? —se preguntó en voz alta—. Bueno, da igual. Pues eso, Su, que eres muy buena conmigo.

—Para eso estamos las amigas, para ayudarnos entre nosotras.

—Claro que sí, Su. Por supuesto, nos tenemos que ayudar en cualquier cosa que necesitemos.

—Pues yo ahora necesito tu ayuda.

—Lo que te haga falta, pídeme lo que quieras.

—Es sobre Julián…

Capítulo 8

Siempre hay una segunda vez, para Lolo también

Después de las dos experiencias sentimentales que había sufrido en su vida y después de decidir que a partir de ahora las dos serían igual de innombrables, tomó una drástica decisión. Se quedaría soltero para siempre.

Era la misma sensación de alguien que sale de marcha y ha bebido tanto que al día siguiente no se siente persona y jura y perjura que no volverá a probar el alcohol. Pero que cuando se encuentra con la siguiente cervecita fresquita delante, no es capaz de dejarla en la jarra y le da el primer sorbo.

En el fondo, deseaba encontrar a alguien con quien compartir su vida, pero no quería pagar el precio que había pagado hasta ahora. Lo que más le costaba entender era por qué le resultaba tan difícil conocer a alguien.

En ese momento se le ocurrió que haría una lista de las situaciones en las que la gente suele conocer gente:

a) De marcha: detestaba salir de marcha; no le gustaba el alcohol; no le gustaba bailar; no le gustaba que lo pisaran y que pareciera que la culpa la tenía él por estar en el lugar equivocado; no le gustaban las aglomeraciones; no le gustaba que un tipo en la puerta de un local le dijera que no podía entrar porque estaba lleno, cuando él sabía perfectamente que no lo dejaba entrar porque estaba gordo; no le gustaba que le cobraran por un refresco de 33 cl lo que costaban 5 l del mismo producto; pero lo que menos le gustaba de salir de marcha era la falsedad. Las veces que había salido de marcha años atrás, se había dado cuenta de que en la noche se encuentra la mayor cantidad de hipocresía por metro cuadrado. Porque de marcha te encuentras con gente que no te gustaría encontrarte ni tú a ellos tampoco pero, como se ven, no tienen más remedio que poner buena cara y decir: "¡qué sorpresa, cuánto tiempo, no sabes lo que me alegro de verte!". Cuando lo que realmente están pensando es: "¡con todas las discotecas que hay en la ciudad y te tengo que encontrar en esta!".

b) Internet: era consciente de que sería la forma más fácil de conocer a alguien. Podría entrar en un chat, ponerse a hablar con alguien y concretar una cita, pero tenía miedo del encuentro. Era evidente que no era guapo, ni atractivo, ni vistoso, ni atlético, ni llamativo, bueno, llamativo sí que era, pero por todo lo contrario al *sex appeal*, más bien era llamativo por su talla XXL PLUS. Estaba la opción de la foto previa, pero también llevaría a engaño y, cuando lo vieran en persona, la decepción podría ser mucho mayor y no creía que pudiera aguantar a otra innombrable más en su vida.

c) Agencias especializadas en *singles*: esta idea no le desagradaba, no había posibilidad de engaño, ingresaría todos sus datos, con varias fotos e incluso estaba dispuesto a grabar un vídeo de presentación a modo de programa de TV. Ellos serían los responsables de organizarle las citas y ahí sí que no habría posibilidad de ausencia, pues la penalizarían de alguna forma. Aunque también en este caso había dos problemas difíciles de solventar, por un lado estaba su timidez, no se veía capaz de sentarse en una mesa con una mujer totalmente desconocida y esperar que de ahí surgiera algo, y por otro, estaba el aspecto económico. Esas agencias cobraban una pasta por organizarte la vida y su situación en estos momentos no era la más idónea para aventurarse en barcos de ese calibre.

d) Las playas y los gimnasios: *a priori* le parecieron una buena opción. Cuántas historias había oído de gente que ligaba en esos sitios. Se empezó a animar hasta que, de repente, cayó en la cuenta de que nunca había estado en ninguno de esos lugares antes y le parecía más que ridículo presentarse por primera vez para intentar encontrar pareja.

Cuando menos lo esperaba y en un arrebato de inspiración incontrolada, se acordó de lo que Julián le había dicho unos meses atrás. Debía encontrar a alguien que le gustara de verdad e irla conquistando con pequeños detalles hasta que al final consiguiera su objetivo.

Estuvo pensando mentalmente si había alguna mujer en este mundo que le gustara de verdad y, para ser sinceros, no se le ocurrió nadie. Había habido chicas a lo largo de su vida que le habían llamado la atención, pero les había perdido la pista.

Tampoco disponía de una chorbo-agenda como la de Aby, con números de mujeres que habían compartido con él momentos íntimos. Las dos únicas personas que habían compartido algo con él eran las innombrables.

Se sentía vacío. No podía ser que no hubiera nadie en este mundo por la que no sintiera algo especial. Era imposible. Entonces cayó en la cuenta de que sí que había alguien. ¿Cómo no se le había ocurrido antes? Seguramente porque hacía mucho tiempo que no la veía, pero claro que había una mujer que lo tenía encandilado.

Además, se podría decir que fue un flechazo a primera vista. La pena de los flechazos es que en el 99% de los casos son unilaterales. El flechazo le dio a Lolo, pero la chica en cuestión ni se dio cuenta de que existía, a pesar de tenerlo a escasos dos metros y estar hablando con él directamente.

Lucía era argentina de adopción y la dueña de un pequeño kiosco en el que vendía prensa, revistas, golosinas, refrescos, algún que otro coleccionable y poco más. Le daba para tener un sueldo digno, no pasar demasiados apuros económicos y, sobre todo, no tener que preocuparse por el humor de ningún jefe directo cada mañana.

Había vuelto de Argentina con 23 años recién cumplidos. En su anterior experiencia laboral había estado supeditada a los caprichos de un responsable de departamento, que lo mismo daba una orden a primera hora de la mañana, que la revocaba fulminantemente pasadas apenas dos horas.

La aventura había sido arriesgada. Con apenas el sueldo de un mes en la anterior empresa, se lió la manta a la cabeza, se dio de alta por cuenta propia y montó el chiringuito en una calle transversal no demasiado céntrica.

Le iba bien. Tenía su clientela fija de peluquerías y demás comercios de la zona, que le compraban la prensa diaria a ella. Todos los niños del barrio la tenían como proveedora principal de golosinas varias.

Ni qué decir tiene el arte que tenía para vender prensa del corazón. Parecía que había sido ella la que había escrito los titulares. Las vecinas iban a que les contara las novedades de cada semana y ella, encantada, les relataba cómo venían las revistas para que luego le compraran hasta tres o cuatro con la misma información escrita por diferentes "periodistas".

Además, todo lo narraba con ese deje que solo posee el acento argentino, que parece que canta mientras habla, y con ese ronroneo, que parece adormilar a todo aquel que se mantiene un instante escuchándola.

Debemos decir que no era demasiado agraciada físicamente, era bajita, con algún kilo de más, pero una cara sumamente dulce. Sin embargo, su mejor encanto era la simpatía. Era capaz de sacarle una sonrisa al más enfurruñado director de banco y una auténtica carcajada a Lolo.

La conoció por auténtica casualidad. Había ido a la zona a recoger un paquete a casa de una amiga de la madre, pero no había estado nunca en ese barrio de la ciudad y tampoco conocía dónde se encontraba el centro de salud que su madre le había indicado como referencia.

Caminaba despistado por las calles esperando a que el centro de salud se le apareciera como por arte de magia, cuando se topó de frente con ella. La miró sintiendo lo que podría ser un flechazo en toda regla. No era capaz de articular palabra, simplemente la miraba, no entendía el momento hipnótico que estaba viviendo y que nunca antes había experimentado. Lucía ya dijimos que no era especialmente guapa, pero hubo algo en ella que a Lolo encandiló. Fue ella quien rompió la magia.

—¡Eh!, ché, ¿estás bien?, ¿te pasa algo?

Lolo no le hacía caso y la seguía mirando obnubilado.

—Tarado, ¿me escuchás? —dijo dando una fuerte palmada delante de su cara.

—Ah, hola —comentó volviendo en sí.

—Ya decía yo si te había dado un "pasmasmos" de esos e iba a tener que llevarte al centro de salud y, muy a mi pesar, no va a poder ser porque yo no puedo dejar mi puesto aquí solo. Bueno, lo puedo dejar un poco si me voy a tomar un café al bar de Manolo, pero dejarlo para llevar a un pelotudo como vos al centro de salud, eso sí que no.

—Eso, necesito ir al centro de salud —su voz era todavía pausada y entrecortada, verdaderamente le había dado fuerte el encontrarse de frente con Lucía.

—La concha de mi madre, hay que tener mala suerte para que me pase esto a mí. ¿Pero se puede saber qué tenés? Yo te veo bien, un poco pelotudo, eso sí, pero bien. Llevate un refresquito fresquito para que veas que se te pasa todo. Andá, tomá —le dijo tendiéndole uno— este corre de mi cuenta, andate llevátelo —lo decía con un tono maternal porque realmente pensaba que Lolo tenía algún tipo de incapacidad.

—Muchas gracias, pero no es eso —Lolo había vuelto en sí— es que necesito ir al centro de salud, porque tengo que recoger un paquete en el edificio que está a lado – lo comentó en un tono tranquilizador que a Lucía le valió.

—¡Ay, qué macanudo!, pensaba que estabas re loco, ¿entendés?

Lolo no era consciente de que el *shock* que le había producido ver a Lucía había llegado para tanto.

—Sí, sí, perfectamente —dijo sin demasiada convicción.

—Va listo, el centro de salud está subiendo esta calle hasta el final y luego cuando llegués a la plaza, virá la primera entrada a la izquierda y, a unos cincuenta metros más o menos, lo encontrás —Lucía había salido incluso del kiosco para que la explicación quedara perfectamente clara.

Lolo acertó a darle las gracias y sin mirar atrás se dirigió en la dirección que Lucía le había indicado. Cuando iba por mitad de la calle, se dio cuenta de que no le había comprado nada, ni siquiera el refresco que ella le había ofrecido.

Había una explicación, estaba totalmente nublado. Era tal la vergüenza que había experimentado que no se atrevió a prolongar demasiado la conversación. Se prometió volver. Lo hizo pasadas dos semanas y fue directamente al kiosco de Lucía.

Lo reconoció al instante.

—¿No me digas que venís a buscar otro paquetito al centro de salud? Que por ahí se mueven muchas sustancias psicotípicas, psicotrípicas, psicotrónicas, dale, no me sale el nombre, sustancias para la risa. ¿Me entendés? —le dijo picándole el ojo y sonriéndole abiertamente.

—Hoy solo vengo a comprar el periódico —Lolo no entendía cómo se podía acordar de su última conversión. ¿Habría sentido ella lo mismo por él?

—¡Qué boludo!, yo hubiera aprovechado para que me trajeras un medio del portal ese al que fuiste el otro día —lo dijo con tanta seriedad que Lolo no salía de su asombro de cómo alguien podría hablar con tanta naturalidad. La cara de Lolo lo decía todo— estoy de *chanse* quilombo. Escuchame, ¿qué periódico querés?

Justo en ese instante se dio cuenta de que no había pensado qué periódico quería, porque no tenía intención de comprar ningún periódico, simplemente quería volver a verla.

Ante la incómoda situación de tener que decir que le daba igual qué periódico le diera o, peor aún, confesarle que había ido allí por ella y que no tenía intención de comprar ningún periódico, optó por la opción más sencilla, señalar un periódico al azar, pagar, darle las gracias e irse.

Aunque el azar a veces juega malas pasadas y el periódico que señaló resultó ser el más ultraderechista, intransigente, cruel con los sudacas, como así los llamaban en el rotativo, homófobo y radical de todos los periódicos que existían.

La cara de Lucía cambió por completo, solo conocía a tres señores que compraban ese periódico y eran la viva imagen del líder del tercer *reich*. Nada que ver con ese chico regordete y afable que tenía delante, aunque se dijo a sí misma que las apariencias engañaban y de qué forma. Le tendió el periódico, se puso a ordenar el kiosco y no lo miró a la cara cuando Lolo se despidió con un "gracias y hasta luego".

Su padre había sido rojo y tuvo que huir con toda su familia a Buenos Aires. Ella era muy pequeña para recordarlo, pero sentía auténtica repulsa ante todo lo que tuviera que ver con la guerra civil y sus consecuencias, aunque estas estuvieran en el aparentemente inofensivo papel de un periódico.

Estaba confundido. No entendía qué podía haberle pasado a Lucía para no despedirse de él, con lo agradable que había sido la última vez que lo atendió. Nunca se le pasó por la cabeza que tuviera que ver con el periódico, que le acababa de regalar a un transeúnte, que lo aceptó desconcertado.

La olvidó, se la quitó de la cabeza, reseteó su cerebro y anuló lo que había sentido en el primer momento en el que la vio. No quería añadir otra innombrable en su vida.

Después de tanto tiempo y haciendo recuento de las mujeres que habían significado algo en su vida, no pudo remediar recordar a Lucía y se dijo a sí mismo que sería a ella la que intentaría conquistar con detallitos y muy poco a poco como le había aconsejado Julián. Además, sentía curiosidad por saber por qué se había comportado de una manera tan extraña en su última despedida.

Fue directo al kiosco de Lucía. Esta vez le compraría revistas, golosinas o cualquier otra cosa que no fuera un periódico. Se veía que no le gustaba vender periódicos o que era lo que menos dinero le daba, vete a saber.

Dentro del kiosco de Lucía había una chica de unos dieciocho años. Estaba sola, con lo que cabía suponer que Lucía había traspasado el negocio o se había buscado otra ocupación. Era prácticamente imposible que hubiera contratado a una empleada. Lolo suponía que un negocio de esas características no daba para dos sueldos.

—¿Deseaba algo? —preguntó la chica al ver que Lolo no reaccionaba.

—Sí, quiero decir no, bueno me da igual, dame lo que quieras —respondió Lolo sin prestarle atención.

—¿Cómo dice? ¿Que le dé lo que yo quiera? ¿Se encuentra bien? —estaba desolado, lo último que esperaba encontrarse en el kiosco de Lucía era de todo menos que la susodicha no estuviera.

—¡Qué grande! —oyó a sus espaldas— ¡Qué gran honor que el presidente de las nuevas Juventudes Falangistas nos honre con su visita para reclutar nuevos adeptos a su causa!

Lolo se dio la vuelta y la vio de nuevo. No había cambiado nada, seguía siendo la misma mujer segura y resuelta que recordaba. Por supuesto, no había cambiado un ápice su singular sentido del humor, nombrarlo a él presidente de las nuevas Juventudes de los Dedos. La falange era un dedo, no entendió demasiado bien el chiste, pero le gustó igualmente la forma en la que lo dijo. El amor, supuso.

—Nena, alcanzame el último periódico de la derecha aquí para el señor —le dijo a la chica del kiosco, que obedeció de mala gana.

—No quiero el periódico, gracias—acertó a decir Lolo, que recordaba que ella se había molestado por comprar ese artículo— Deseaba este coleccionable —comentó con decisión señalando una colección de soldaditos de plomo.

—Pero si casi no quedan figuritas por venir, ya la colección ha sacado más soldados que en el desembarco de Normandía. Mirá el número de la serie, han salido ya 1.567 soldaditos, ¿no sabé cómo funciona esto de las colecciones?

—Sí claro, tengo varios coleccionables distintos —mintió Lolo descaradamente.

—Venga, dale, llevate el periódico, no te avergoncés de lo que pensás. Cada uno es libre de creer en lo que mejor le parezca, aunque eso signifique estar viviendo en otro siglo —lo dijo animándolo de verdad.

—Está bien, me llevo un periódico, pero no el del otro día, que no tenía casi fotos, eran solo letras y más letras —comentó Lolo señalando otro mucho más colorido.

—¿Pero que decís re loco?, ¡si vos sos ultraderechista!, ¿cómo que otro periódico? —Lucía no entendía nada.

—No, estás equivocada, yo no soy de eso. Yo soy comercial de Newine Corporation, una empresa de distribución de vinos. Me has debido confundir.

—No te creo, me estás vacilando en la cara. ¿Decís que vos no tenías ni idea del periódico que te llevabas el otro día?

—No, señalé ese por casualidad —no entendía a qué venía tanto misterio por un simple periódico.

—Increíble —dijo Lucía mientras se daba la vuelta— ¡qué repelotudo! Era imposible que fuera falangista. Lucía, por Dios, tenés la cabeza en otro sitio —hablaba sola mientras se alejaba en dirección a la cafetería de la esquina de la calle.

—No le haga caso a mi madre —dijo la chica del kiosco— a veces se comporta de una manera un poco rara. Al final, ¿se va a llevar algo?

—Sí, dame un paquete de pipas —era un auténtico vicio lo de Lolo con las pipas.

Se fue comiendo las pipas mientras iba de camino a la parada de guaguas. Lucía era una mujer un poco rara, no era capaz de entender por qué le daba tanta importancia a un simple periódico y la chica del kiosco era su hija, con lo que llegó a la conclusión de que estaba felizmente casada.

Definitivamente, no le convenía intentar nada desde el punto de vista sentimental con ella. Se había jurado que no volvería al kiosco nunca más. Pero, como cuando nos prometemos que no volveremos a beber después de una borrachera, Lolo volvió.

Al día siguiente sí que era Lucía la que estaba dentro del habitáculo repleto de revistas, periódicos, golosinas, una pequeña nevera para los refrescos, un mini congelador para ofrecer una ínfima cantidad de polos de hielo y los desproporcionados cartones de los coleccionables, que casi no dejaban que se le viera la cara, esa cara que irradiaba felicidad con cada gesto.

—¿Otra vez por acá? —preguntó cuando vio a Lolo aparecer al otro lado del mostrador.

—Sí, verás, pasaba por la zona y… —Lucía no lo dejó terminar.

—Te debo una disculpa. El otro día y ayer me comporté como una auténtica pelotuda con la historia del periódico. Pero, ¿sabés qué ocurre?, no me podía creer que vos fueras ultraderechista, era algo que no me cabía en la cabeza, parecés de todo menos eso —ya Lolo le había explicado que era comercial de vinos, con lo que se negó a volvérselo a comentar.

—No pasa nada, todos nos podemos confundir. ¿Tienes una hija? —hizo la pregunta asombrándose a sí mismo de su valentía al formularla.

—Y ¿por qué crees que tenías que saberlo? —respondió con otra pregunta y el tono de la misma sonaba muy, pero que muy amenazante, como una leona que defiende a sus cachorros ante una invasión enemiga.

—Claro, tienes razón, era solo… —tampoco en esta ocasión le dejó terminar de hablar.

—Es broma boludo, lo dije de broma para ver tu cara. ¿Viste que te pones re rojo cuando te hablan así? ¡Qué simpático, ver tu cara desencajada! ¿Querés mate? —dijo mientras Lolo se recuperaba.

—No, gracias, ya casi me matas antes del susto cuando me respondiste así. Será mejor que me vaya.

—Estás de broma ahora vos o qué te pasa?— preguntó mientras sacaba el coso del mate— ¿no has bebido nunca mate? Es una bebida típica argentina, yo puedo beber dos litros diarios sin problema.

—¡Ah! —comentó Lolo sorprendido de que una bebida legal pudiera tener un nombre tan siniestro.

—Vamos al banco de enfrente para que pueda echarle un vistazo a la "empresa", nos tomamos unos tragos y te cuento el quilombo de mi hija, ¿te parece?

—Vale —le parecía genial que lo organizaran de esa forma.

De los muchos fallos que tenía, quizás uno de los más acuciantes era su falta de iniciativa. No era capaz de proponer ninguna actividad, era de los que siempre esperaba a que alguien propusiera algo y, aunque no estuviera del todo de acuerdo con la decisión, la aceptaba sin más. Lucía era la que llevaba las riendas, se notaba que lo hacía de forma natural, capacidad de liderazgo, le recordaba un poco a Aby.

Justo cuando se dirigían al banco llegó un grupo de turistas para comprar algunas guías de viaje. Lucía le dejó el coso del mate a Lolo y fue a atender a los clientes.

Con su buen hacer para con las relaciones públicas, les consiguió vender ochos guías diferentes, tres revistas del corazón, una de fotografía, un periódico nacional y dos regionales, tres coleccionables, entre los que se encontraba el de los soldaditos de plomo, cinco refrescos de naranja y uno de limón, así como cuatro polos de hielo bien fresquitos.

Cuando acabó de atenderlos, Lolo ya se había acabado todo el mate. Había quedado con Aby y Julián para hacer la compra del mes.

—¿En serio te tenés que ir? —preguntó Lucía claramente disgustada.

—He quedado para hacer la compra y si no estoy, se gastan todo el dinero en cervezas y pizzas congeladas.

—Hagamos un trato —le asustaban ese tipo de proposiciones—. Quedamos mañana a las nueve en el restaurante "Solo como ensaladas", ¿lo conoces?

—Me suena, pero no estoy seguro de que…

—Bueno pues me venís a recoger mañana a las ocho y media aquí al kiosco y vamos juntos, ¿hace?

Le parecía increíble, lo estaba invitando a salir. Aunque automáticamente reaccionó, ya lo habían invitado a cenar una vez y lo habían dejado plantado, ¿se convertiría Lucía en la tercera innombrable?

—Pero solo con una condición.

—Si empezás con exigencias, mejor lo dejamos —no se podía creer que alguien le fuera a pedir nada fuera de lo normal en una primera velada— pero venga, dale, ¿qué querés?

—Solo quedaré contigo si me prometes que vendrás.

—Definitivamente estás re loco, ¿pero cómo no voy a aparecer, tarado, si soy yo la que está diciéndote de quedar?

—¿Me lo prometes?

—Claro, pelotudo, te lo prometo.

—Perfecto, hasta mañana entonces —se fue y Lucía se quedó en el kiosco sorprendida por lo que le acababa de hacer prometer Lolo.

Se iba a poner la misma ropa que se había comprado para la cita con la innombrable, pero le salió su vena más supersticiosa y optó por llevar su ropa habitual.

Tenía ganas de ir, aunque debía reconocer que sentía algo de miedo por si finalmente no aparecía. Era normal, se podía decir que se había convertido en un chico con experiencia en ese tipo de incómodas situaciones. Les contó a sus amigos la historia con pelos y señales y ambos estuvieron de acuerdo en que esta vez no le fallaría.

Esta vez salió con el tiempo justo y llegó al kiosco incluso con cinco minutos de retraso. No estaba. Las nueve menos cuarto y no había llegado. Tenía que estar soñando, no podía ser que Lucía también le fuera a dar plantón. Opinaba que básicamente no se lo merecía, ¿qué había hecho mal para que le pasaran estas cosas?

Las menos cinco y Lucía sin aparecer. Justo cuando ya había decidido que no iba a esperar más, apareció en pantalón de chándal, una camiseta con la publicidad de una cadena de supermercados y unas zapatillas de andar por casa. Oía los gritos desde muchos metros de distancia, pero no conseguía entender nada.

—Lo siento boludo, no me ha dado tiempo de arreglarme. Andate conmigo a casa, esperás viendo la tele o hablando con Diana, o qué sé yo, y salimos volando.

A Lolo no le dio tiempo a opinar. Cuando se quiso dar cuenta estaba sentado en el salón de una casa de no más de 35 m2, con Diana escribiendo en su ordenador portátil y Lucía gritándole desde el cuarto de baño que bajara a pasear al canijo, que no había ido en todo el día.

Cuando se refería al canijo, estaba hablando de un pastor alemán que, viéndolo sentado a sus pies en ese ínfimo saloncito, parecía que le estuviera diciendo: "como te habrás dado cuenta, esto es demasiado pequeño para tanta gente, así que cuando vuelva del paseo alguien va a tener que salir de aquí y, por el bien de todos, espero que seas tú y sin rechistar".

Precisamente eso era lo que estaba deseando él también, salir de allí cuanto antes. La culpa era suya por no prever la montaña rusa que era Lucía y, por ende, toda su vida.

Como Lucía no oía la puerta de salida de la casa, no dejaba de gritarle a Diana que sacara al chucho, pero ella parecía que no la oía porque no le quitaba los ojos de encima a la pantalla del ordenador. Pasados unos minutos, que a Lolo le parecieron eternos, salió de la puerta del baño y emitió un rugido en forma de frase, tras el cual el mundo entero se paró. Solo se oyó:

—¡Saca al perro ya!

El canijo se levantó, cogió la correa con el hocico, se colocó al lado de la puerta y se sentó pacientemente. Diana se quitó el portátil de sus pantorrillas, se lo tendió a Lolo y le dijo:

—Estoy hablando por el *chat* con Paula. Si Paula se da cuenta de que no estoy en el ordenador se desconectará. No le vale que le diga que voy a sacar a canijo y que vuelvo enseguida. Si a Paula no le contestas a una pregunta, se desconecta directamente, no da tregua. Estoy hablando con Paula de un asunto vital para mi vida y no puedo cortar la conversación. Canijo tiene que pasear durante quince minutos de reloj, a eso hay que añadirle los cinco que tardo en bajar y los cinco que voy a tardar en volver a subir y mi madre probablemente tarde más de cincuenta minutos en terminar de arreglarse. Escúchame atentamente amigo de mi madre. Te vas a hacer pasar por mí durante este tiempo, para que Paula no se de cuenta de que no estoy yo, solamente tienes que seguirle la corriente, Paula es así de simple. Ahora bien, como se de cuenta de que no soy yo y se desconecte, como le cuentes a mi madre algo, sobre todo esto que te acabo de decir, o simplemente como no lo hagas… —en ese momento hizo una pausa en la cual a Lolo definitivamente se le paró el corazón. Ya estaba latiendo a tanta velocidad que no sabía si lo iba a soportar, pero con esa pausa su corazón se paró definitivamente, solo se volvió a activar cuando Diana sentenció— le voy a dar a canijo la orden de ataque. Este perro iba a ser sacrificado por la policía nacional cuando tenía cinco años y ya había matado a dos instructores que tenían puestas todas las protecciones posibles, pero un antiguo novio de mi madre le contó que si se lo quería quedar ella, haría lo posible por rescatarlo, le había cogido cariño al animal. Si le hago una sola señal… —se volvió a callar y en ese momento el perro gruñó. Se tuvo que poner la mano en el pecho para corroborar que ahora sí que el corazón se había parado de verdad—, te matará sin piedad. ¿Lo has entendido todo bien?

Lolo solo atinó a realizar un pequeño gesto de aprobación con la cabeza.

—Muchísimas gracias, es usted una persona muy amable y comprensiva —se acercó a su cara y le plantó un beso en la mejilla— En serio que no sé cómo agradecérselo. Vengo enseguida, chao.

Se fue así, sin más. Cuando se recuperó, casi se le cae el portátil al suelo del tembleque que le recorría todo el cuerpo, sentía como incluso las cejas temblaban al ritmo del resto de su ser.

Definitivamente, esa familia, en líneas generales, tenía graves problemas. La primera idea que se le pasó por la cabeza fue la de salir despavorido, sería lo más sensato en una auténtica casa de locos como aquella. A Diana le sería imposible localizarlo con su perro asesino. Y Lucía no lo echaría demasiado en falta. Lo tenía decidido, debía salir de allí cuanto antes. Dejó el portátil en el sillón, se levantó lentamente y justo cuando se estaba acercando a la puerta una voz salió del cuarto de baño.

—¿Va todo bien? Salgo en nada. Servite algo si te apetece, hay birras de importación en la nevera, pero no las bebás todas, que cuestan un congo las putas cervezas de la concha de su madre – no se podía ir, conocía de primera mano la sensación de vacío que se te quedaba cuando te fallaban de esa forma.

—Volvió al sillón, cogió el portátil rezando para que Paula no se hubiera ido y decidió que debía leer toda la conversación para enterarse de qué estaban hablando y conocer un poco las expresiones que utilizaba Diana para comunicarse con su amiga. Lo que leyó a continuación lo dejó sin palabras.

PAULITA_CACHE: Hola Di, tas?????

DIANITA_BOOM_BOOM: Claro mi niña, lo q pasa es q lo puse desconectado para q no me vea Richard

PAULITA_CACHE: a mi ya me dijo hola, px he pasado del como de la mierda

DIANITA_BOOM_BOOM: yo tb haría lo mismo pero es q se pone to' pesao y to', como el mes pasao le dejé q me comiera toa la boca, pues ahora se cree q es mi chorbo y lo q está es to' loco si se piensa q voy salir con él

PAULITA_CACHE: tía, tú pasa de él, q me dijeron esta tarde q está enrollao con la Vane

DIANITA_BOOM_BOOM: la Vane, la Vane, está enrolla con el Richard, con el primo del Richard, con el tío del Richard, acabaría antes diciéndote con quién no está enrolla la Vane

PAULITA_CACHE: jajajajaja, tas más loca

DIANITA_BOOM_BOOM: oye, y hablando de Vane, el otro día me la encontré y me mandó recuerdos pa' ti

PAULITA_CACHE: recuerdos pa' mi, y de q me manda recuerdos pa' mi, la tía guarra esa

DIANITA_BOOM_BOOM: en velda, yo no sé pq se tienen tanto odio

PAULITA_CACHE: no la odio, es solo q me gustaría romperle la cabeza contra el suelo, pero de buen rollo, sin demasiada violencia. Además ¿tú has visto las pedazo de tetas que ha sacado esa de un curso pa' otro?

DIANITA_BOOM_BOOM: será de un día pa' otro

PAULITA_CACHE: da igual, el caso es q yo no me había fijado porque antes no se ponía escotes, pero ahora como llega el veranito, pos la tía las lleva por fuera y hay q ver cómo le han crecido a la piojúa esa de un año pa' otro. ¡Qué suerte tiene pa' to'!

DIANITA_BOOM_BOOM: suerte y dinero

PAULITA_CACHE: esa es otra, está forrá ¿tú has visto los zapatos q se trajo el otro día a la fiesta der' Dani?, Yessi me dijo que le habían costado 2.500 euracos

DIANITA_BOOM_BOOM: más o menos como cada teta

PAULITA_CACHE: ¿q estás hablando Di?

DIANITA_BOOM_BOOM: q Vane está operada

PAULITA_CACHE: ¿Ah sí?, ¿de qué?, ay la pobre!!!, ves, eso sí me da pena

DIANITA_BOOM_BOOM: de las tetas, Paula, se ha operado de las tetas

PAULITA_CACHE: no te creo

DIANITA_BOOM_BOOM: ¡Ay Pau, por Dios!, a veces no entiendo como puedes ser tan lela.

PAULITA_CACHE: q envidia, si mis padres tuvieran dinero yo tb me operaría y me podría una 180

DIANITA_BOOM_BOOM: ¿de tetas?

PAULITA_CACHE: no, de coficiente intelectual de ese

DIANITA_BOOM_BOOM: que pena que todavía de eso no se te pueda operar

PAULITA_CACHE: Claro que sí mi niña, de tetas y me pasearía por el parque y por el centro comercial. Vamos, es que hasta cuando fuéramos de excursión a ver la nieve, me pondría un escote que se quedarían todos fliflaos mirando, y yo toa sobrá diciendo… "aquí estoy yo, pa' qué más"

DIANITA_BOOM_BOOM: pero tendrías que entrar en un quirófano

PAULITA_CACHE: si alguien me dejan unas tetas como las de la hedionda de Vane, como si tengo que ir a la cárcel

DIANITA_BOOM_BOOM: que penita que nadie haya investigado lo suficiente para sacar adelante las operaciones de mejora del cociente intelectual

PAULITA_CACHE: cállate anda q si tu pudieras también te pondrías unas perolas de primera división

DIANITA_BOOM_BOOM: no digas tonterías, no entro yo en un quirófano ni invitándome a la operación. Oye has hablado con Pablo, después de lo del otro día

PAULITA_CACHE: no quiero hablar de eso

DIANITA_BOOM_BOOM: venga Pau, cuéntame

PAULITA_CACHE: por aquí no, te llamo mañana y hablamos

DIANITA_BOOM_BOOM: mañana a lo mejor no puedo, porque no voy a tener el teléfono

PAULITA_CACHE: ¿y qué vas a hacer con él?

DIANITA_BOOM_BOOM: no sé, por eso cuéntame ahora que puede que mañana no podamos

PAULITA_CACHE: ay es q no tengo ganas de hablar de Pablo ahora en serio

DIANITA_BOOM_BOOM: solo dime que te dijo después de la última vez que hablaron

PAULITA_CACHE: vale, pero después me cuentas tú quien es el Roberto ese que te ha agregado al Facebook

DIANITA_BOOM_BOOM: ¿no sabes quién es? PAULITA_CACHE: no

DIANITA_BOOM_BOOM: venga cuenta tú primero y luego yo

PAULITA_CACHE: bueno pues resulta que después de haber pasado de mí el otro día durante todo el partido. Que incluso sabes q lo esperé hasta que se ducharan y to' para verlo aunque fuera solo un pizco

DIANITA_BOOM_BOOM: si, eso me lo habías contado

PAULITA_CACHE: era por si no te acordabas

DIANITA_BOOM_BOOM: sí, q después le dijiste q no querías saber nada más de él y te dijo que mientras estuviera con sus amigos tú tenías que esperar o algo así

PAULITA_CACHE: y tú ¿cómo sabes eso?

DIANITA_BOOM_BOOM: me lo dijiste tú

PAULITA_CACHE: ¿tanto te conté? Pensaba q eso no se lo había contado a nadie, que vergüenza

DIANITA_BOOM_BOOM: me llamaste llorando esa misma noche para decírmelo, pero ¿Lo has vuelto a ver después?, ¿Has hablado con él?

PAULITA_CACHE: sí el otro día lo esperé en su casa a q llegara de entrenar

DIANITA_BOOM_BOOM: ¿en serio? Y ¿qué pasó?

PAULITA_CACHE: me pidió perdón, me dijo que se había puesto así de bobito porque Marcos, el capitán del equipo el de 2º q está to' bueno, ¿sabes quién es?

PAULITA_CACHE: sabes o no sabes

DIANITA_BOOM_BOOM: sí, sí, sí q sé

PAULITA_CACHE: pues contesta alelá. Pues me contó q el capitán le había dicho durante el descanso del partido que no se podían estar entreteniendo con chicas ni novias ni nada, q estaban jugando al fútbol y q eso era lo más importante, ¿te lo puedes creer?

Hasta ahí había escrito Diana antes de irse a sacar al perro de paseo, a partir de ahora le tocaba a Lolo salvar la papeleta. No parecía demasiado difícil, solo tenía que seguir el consejo de la hija de Lucía acerca de seguirle la corriente a Paula.

PAULITA_CACHE: ¿me estás haciendo caso o tienes quince ventanas abiertas y a mí me contestas cuando te da la gana?

DIANITA_BOOM_BOOM: que cosas tienes Paula, ¿cómo no te voy a hacer caso mujer? – Lolo no estaba seguro de que aquello fuera a funcionar.

PAULITA_CACHE: pues contesta cuando te pregunto, q parece que tienes la sangre de horchata, tanto cuéntame, cuéntame y cuando te cuento no me contestas

DIANITA_BOOM_BOOM: lo siento, sigue, por favor

PAULITA_CACHE: pues eso, q el capitán les había dicho q nada de novias y él para q no le llamaran la atención no me hizo caso y dijo la tontería de q él con el fútbol, primero sus amigos, pero me pidió perdón y me dijo q este fin de semana me iba a invitar a un hotel

DIANITA_BOOM_BOOM: qué bien

PAULITA_CACHE: q bien, solo q bien, estás un poco tontita la verdad, bueno cuéntame ahora quién es el Roberto ese q te ha agregado al Facebook

Lolo se quería morir.

DIANITA_BOOM_BOOM: Roberto, ¿qué Roberto? – se le ocurrió decir.

PAULITA_CACHE: estás muy rara, eh, Roberto el que me dijiste que yo debía conocer y que ahora me dirías quién era

DIANITA_BOOM_BOOM: ah, Roberto
PAULITA_CACHE: sí, Roberto

Su salvación, había encontrado su tabla de salvación. La conversación no podría prosperar más porque desde que empezara a hablar del tal Roberto se descubriría todo el pastel.

Entonces recordó un truco que utilizaba Aby cuando estaba hablando por el chat y quería cortar la conversación sin que la otra persona se enterara. Lo llamaba "Ups se me colgó" y consistía en desconectar Internet y decirle en otra ocasión a la persona con la que estabas hablando que te había fallado el servidor.

Lolo no entendía muy bien qué significaba todo aquello, pero sabía que era el momento idóneo para utilizarlo. Mientras buscaba el icono para desconectar Internet vio una última intervención de Paula en la que decía:

PAULITA_CACHE: ¿estás ahí?

Cuando Diana llegó, se creyó a pies juntillas la versión del cuelgue informático. Además la tranquilizó saber que se había desenvuelto bien mientras le tocó intervenir. Justo en ese momento apareció Lucía con un pantalón vaquero desgastado y un top que le hacía un cuerpo algo más estilizado.

Por fin había llegado el momento de salir a cenar, no se lo creía. Llegaron al restaurante con cuarenta minutos de retraso sobre la hora de la reserva. El jefe de sala los acompañó a la mesa con tanta antipatía como fue capaz de demostrar en los escasos cinco metros que había desde la entrada hasta el lugar asignado.

Pidieron dos cervezas y les trajeron una especie de canapé de soja a modo de aperitivo de la casa. Fue Lucía la que después de disculparse por la tardanza y sin tener la más remota idea del incidente con su hija, empezó a hablar.

—Empecé a salir con Marcelo con diecisiete recién cumplidos. Era el pibe más guapo del instituto y yo, como podés comprobar no era, ni soy, ni seré la más hermosa del mundo.

—¿Y cómo conseguiste llamar su atención?

—¿Qué se yo?, se fijó en mí. Recuerdo que un día en uno de los recreos me pidió que saliéramos juntos y así lo hice. Mi padre se quería morir, por lo visto Marcelo era un jugador de fútbol de la reconcha de su madre. Había jugado desde pequeño en la cadena de River y todos lo veían como el sucesor natural de Dieguito Maradona. Pero mi padre no quería en su casa a una estrellita de fútbol, el prefería un trabajador como Dios manda, no entendía cómo esos pelotudos podían ganar las fortunas que ganaban por darle patadas a un balón. Al final no llegó a nada en el fútbol, ni en la vida, creo yo. Se puso a hacer el indio en un parque enorme que hay en Buenos Aires y se partió las dos piernas, literal. Se cayó por una pendiente y se fracturó las dos piernas, año y medio de rehabilitación y no volvió a tocar un balón. Cuando se recuperó del todo me dejó, así sin más. Yo iba todos los días a acompañarlo al centro de rehabilitación y, cuando por fin se recuperó, va y me dice que ya no me quiere, que no siente nada por mí.

—¿En serio?

—Lo quería matar, no te miento. Se me pasó por la cabeza matarlo, que se volviera a caer por otra pendiente pero esta vez de cincuenta metros. Aun así me seguía llamando para follar. Mi padre de eso no sabía nada porque si no, sí que lo hubiera matado él mismo.

—Y si no estaban saliendo, ¿por qué te llamaba?

—Para follar, ya te lo he dicho. Me llamaba solo para follarme, como todos, solo llaman para follar.

—¡Ah! —Lolo no quiso seguir indagando para que no notara su inexperiencia, técnicamente él nunca había llamado para eso, bueno ni para eso ni para nada.

—A Diana la tuve con dieciocho recién cumplidos. Nunca reconocí quién era el padre. Si alguien se llega a enterar de que era Marcelo, no quiero pensar que hubiera pasado. Mi padre quería que abortara, le daba igual no saber quién era el padre, lo único que no quería permitir era que una pendeja como yo tuviera un niño que podría ser su hermano pequeño. Había plata, mi padre prosperó rápidamente en Bueno Aires y estaba muy bien relacionado, tenía un amigo médico de confianza que lo arreglaría todo. Estaba decidido, yo era una piba que aún se sonaba los mocos y no tenía ni idea de lo que era ser madre, lo vi cómodo eso de abortar, ¿me entendés?

Lolo asintió con la cabeza. Era de esas personas que saben escuchar de tal forma que incitan a la otra persona a hablar sin parar, aunque Lucía no necesitaba demasiada ayuda, lo hacía de forma inconsciente pero la empatía era un don que tenía en los genes.

—Papá lo arregló para que fuéramos a la clínica un jueves a primera hora de la mañana, yo estaba de un mes más o menos. Tenía claro que era lo mejor para todos, fuimos él y yo solos en el auto, en el trayecto no nos dirigimos la palabra, fue una situación muy tensa.

—Debió de ser muy duro.

—No sabes cómo. Entré al quirófano a las ocho en punto de la mañana y mientras me preparaban y me abrían de patas, decidí que quería ser madre. Fue una especie de visión, qué sé yo. Tuve claro que iba a tener a ese bebé fuera como fuera. Tardé aproximadamente cinco minutos en estar de nuevo con mi padre en la recepción.

—¿Cómo reaccionó?

—Me vio dirigirme hacia él sonriente y pensó que todo había salido genial. Él no sabía cuánto tardaban este tipo de intervenciones, así que le pareció normal que saliera tan rápido. Lo que no le pareció tan normal fue que hubiera salido del quirófano con el bebé dentro. No sabes cómo se puso, nunca lo había visto tan poseído, parecía que se le iban a salir los ojos de las órbitas, imagínate esa discusión. Acabó como tenía que acabar, él amenazándome de que mientras viviera bajo su mismo techo, haría lo que él dijera y yo gritándole que era mayor de edad y que podía hacer con mi vida lo que me viniera en gana.

—Pero al final se arreglarían, ¿no?

—Abandoné mi casa a la semana de esa discusión, por supuesto que no nos dirigimos la palabra durante ese tiempo. Mi hermano me pagó un piso de alquiler sin que mi padre se enterara y mi madre me iba a hacer la comida dos veces en semana con el mismo ocultismo. Si no llega a ser por ellos no sé qué hubiera sido de mí.

—¿Yel padre?

—Se lo conté después del intento de aborto y lo único que hizo fue desearme suerte, aludiendo que nosotros ya no estábamos juntos y que a saber de quién sería ese hijo. Todo eso lo dijo con una media sonrisa. Me tuve que contener, porque hasta ese día él había sido el único hombre con el que me había ido a la cama, pero si había perdido a mi padre, no me importaba perder a un pendejo de ese calibre.

—Fuiste muy valiente – Lolo estaba alucinando con la narración de Lucía.

—Mi madre y mi hermano me ayudaron mucho, sin ellos no me hubiera atrevido.

—¿Y qué hiciste viviendo sola?

—Sobrevivir, busqué trabajo y empecé a reunir para cuando naciera Diana

—¿Por qué la llamaste Diana?

—Porque nosotros siempre usábamos condón y aun así el ejército de espermatozoides del pendejo de Marcelo lograron hacer "Diana", no podía tener otro nombre —se le puso una sonrisa en la cara, la única desde que habían llegado al restaurante.

—¡Qué mala suerte!

—¿Suerte?, conociendo a Diana, ¿crees que ha sido mala suerte?

—Conociendo a Diana, tengo mis dudas —contestó recordando al angelito con su pastor alemán.

—¿Cómo? —Lucía no entendía esa respuesta.

—Nada, era una broma. ¿Y la tuviste sola, o ahí sí que te apoyó tu padre?

—No me dio tiempo de avisar a mi madre y a mi hermano, mi padre sabía que no iría. Las enfermeras y los médicos me miraban con una cara de lástima que difícilmente podré olvidar. No había nadie acompañándome en el parto, la comadrona no tuvo a nadie a quien avisar de que había nacido una niña. Me subieron a planta y pasadas casi tres horas aparecieron mi hermano y mi madre. Habían engañado a mi padre, aunque sabía perfectamente a donde iban. Mi madre había comprado un quilombo de cosas para el bebé, cremas, pañales, toallitas, ropitas, las tenía todas escondidas en casa de una vecina.

—¿En serio que tu padre no conoce a Diana?

—Sin duda fueron los cinco peores años de mi vida. Desde que nació hasta que me volví a España, tuve que criar yo sola a Diana. Mi madre me ayudaba de vez en cuando, pero era muy difícil, mi padre la había amenazado de que eligiera entre él o yo. Fue muy difícil saber que tienes a tu familia a escasas dos manzanas de tu casa y no poder ir a visitarlos. Así que un día, cuando Diana iba a empezar en el colegio, recogí todas mis cosas, me despedí de mi madre y mi hermano y me vine para acá. Trabajé en infinidad de empresas hasta que al final monté mi chiringuito y aquí estamos las dos tan felices.

—Es una historia de película.

—Más bien de culebrón. Bueno y tú, ¿no me cuentas nada?

—¿Tu perro muerde?

—¿Canijo?, pero si le pusimos ese nombre porque, con todo lo grande que es, tiene más miedo que Hello Kitty en el tren de la bruja. Cuando oye un ruido, en vez de ladrar como cualquier perro, se mete debajo de la mesa del salón y tenemos que salir a tranquilizarlo.

—Pero si era un perro policía.

—Has hablado con Diana, ¿verdad? Espero que lo que te haya pedido no haya sido muy engorroso. A canijo lo rescatamos del albergue municipal cuando era un cachorro, por no morder no muerde ni los juguetes de perro que le compramos, están todos como nuevos —Lucía tuvo que soltar una carcajada imaginándose a su hija amenazando a otra visita con el perro asesino.

La velada continuó igual de amena. Lucía le confesó que hacía tiempo que no contaba la historia de su vida y que le apetecía mucho confesarse con él. Que lo sentía si lo había aburrido con su relato, pero que necesitaba desahogarse. Lolo no solo estuvo encantado de escucharla, sino que además se sintió profundamente encantado con la persona de Lucía. Él no hubiera sido capaz de pasar lo que ella había vivido. Sin duda era una mujer muy fuerte.

Se siguieron viendo asiduamente. A veces iba él al kiosco, otras se acercaba ella al piso de los chicos. Se llevaban francamente bien. Aby y Julián ya lo habían incitado a que intentara besarla, que esas relaciones de amistad tan amigables no solían terminar bien. Lolo se moría de la vergüenza solo de pensarlo. Intentar besar a Lucía. ¡Qué locura!

Una noche, dentro del coche, justo antes de despedirse con los dos besos de rigor en las mejillas, Lucía no giró la cara y rozó los labios de Monty. Este notó cómo se estremecía todo su cuerpo. Ella abrió suavemente la boca y lo estuvo besando lentamente durante un tiempo indefinido, que Lolo hubiera matado por que no acabara nunca. Luego, se fue separando igual de lentamente y Lolo vio como le caía una lágrima por la mejilla. A pesar de su inexperiencia en esas lides, lo comprendió al instante, era un beso de despedida.

Lucía le explicó que su relación no iba a funcionar y que era una tontería seguir alargando la agonía. Ella no estaba enamorada de él y nunca lo estaría. Sentía un cariño difícilmente narrable, pero no era amor. Le contó que lo apreciaba demasiado como para hacerle daño y que por lo tanto era mejor que lo dejaran ahí, antes de que ambos sufrieran más de lo deseado. Lo que ella no sabía es que Lolo con esas palabras ya estaba sufriendo más de lo deseado. Se despidieron con un "ya nos veremos".

Lolo no la nombró su tercera innombrable. Pero sí que se juró, como el borracho de resaca, que esta sí que sería la última vez que intentaba algo con alguien.

Capítulo 9

Newine Corporation se renueva

Era evidente que el ambiente que se notaba en la empresa después del anuncio de los incentivos por parte de Pepito y el director de RRHH nada tenía que ver con el vivido antes del mismo.

Las nóminas de la mayoría de la plantilla habían subido considerablemente y eso se notaba en las caras y en las ganas de afrontar el día a día en la empresa. Aun así a nadie se le escapaba que la empresa no iba bien. A pesar de la mejoría, las ventas eran infinitamente inferiores que en épocas pasadas y la plantilla seguía siendo la misma, las oficinas las mismas, los gastos fijos similares y, con la decisión de aportar más capital por venta a sus empleados, los beneficios netos se reducían.

Con todo ello, y aunque el ambiente era bueno, todavía se dejaba notar un aire de incertidumbre en la cara de muchos de los empleados de la compañía.

Isabel hizo su entrada en la oficina a media mañana. Sin saludar a nadie, como era su costumbre, se fue acercando a la mesa de algunos de los empleados y les dejó un sobre sin mediar palabra.

Algunos pensaron que se trataba de algún tipo de incentivo mayor, pero la mayoría se percató de que se estaba acercando a la mesa de los empleados más mayores de la oficina, gente que llevaba trabajando casi desde su fundación. Algunos de ellos, los menos, habían empezado la aventura con un Pepito muchísimo más joven, entusiasta y emprendedor.

La carta les proponía una jubilación anticipada, con unas condiciones específicas que variaban en función de su edad y antigüedad en la empresa. Ninguno de ellos se esperaba una situación así, creían que las soluciones irían encaminadas en otra dirección. Ellos se sentían partícipes de los éxitos de la empresa y consideraban que, si habían llegado a posicionarse en el lugar que ocupaban en la actualidad, era gracias a ellos. Independientemente de que ahora no estuviera pasando por su mejor momento.

El mayor problema que se encontraban era que se sentían útiles. Ninguno llegaba a los sesenta y creían que todavía podían ofrecer a la compañía muchos años de productividad. La sola idea de quedarse en casa cuidando de los nietos o en el parque jugando al dominó, les producía un congojo que nunca antes habían sufrido.

Debían reconocer que las condiciones pactadas en la carta eran inmejorables. En el peor de los casos les ofrecían una suculenta indemnización, además del cobro del 80% de su sueldo neto hasta que les llegara la edad de jubilación oficial.

El problema no era económico, todos llevaban bastante tiempo trabajando y habían ahorrado lo suficiente como para no pasar apuros hasta el final de sus días. Lo que los mantenía en vilo era la idea de quedarse sin ocupación. Habían dedicado una vida entera a realizar ese trabajo y no sabían hacer otra cosa. Ninguno tenía un hobby confeso, ni una ilusión por cumplir, absolutamente todos se habían convertido en auténticas máquinas de producir dinero vendiendo vino.

Por supuesto que deseaban que llegara el fin de semana y estar en casa viendo la liga de fútbol o saliendo a comer con la familia, pero eso era el fin de semana, durante la semana se sentían plenos trabajando para Newine Corporation.

Isabel les había entregado la carta a ocho trabajadores de la compañía. Estos, después de leerla, se la guardaron en la chaqueta y siguieron trabajando como si allí no hubiera pasado nada. Parecía como si no quisieran reconocer la evidencia.

Esa misma tarde los ocho quedaron a la salida del trabajo para hablar de su situación. Al final de la reunión habían llegado a un acuerdo unánime que le plantearían a D. José en persona a la mañana siguiente.

A primera hora entraron los ocho juntos a la oficina, saludaron y se fueron directos a hablar con Isabel para pedirle una cita con D. José. Isabel les comunicó que iba a ser imposible, porque D. José estaría toda la mañana reunido, tratando varios asuntos de vital importancia para la compañía.

Sin inmutarse, los ocho caballeros se sentaron y anunciaron que esperarían hasta que lo pudieran ver en persona. La secretaria de Pepito no estaba acostumbrada a esos ademanes. Lo normal era que cuando ella anunciara un asunto como el que acababa de hacer, la sumisa plantilla acatara la explicación sin más y se volviera a su puesto de trabajo.

Lo que acababa de ocurrir la descolocó de tal manera que, haciendo que iba al servicio, se fue al pasillo y llamó a D. José desde su teléfono móvil personal.

Lo que Isabel le acababa de contar no entraba en los planes de la mañana. Aun así, no pudo aguantar la curiosidad de saber qué querrían proponerle sus veteranos trabajadores y la instó a que los convocara en su despacho en media hora.

Cuando Isabel volvió a entrar en el despacho, todos la miraron con un semblante tan serio que intuyó que ninguno se había creído su visita al escusado.

—Acabo de hablar con D. José y me ha comunicado que no hay nada en esta empresa tan importante como ustedes y los convoca en su despacho para dentro de media hora.

Sin pronunciar una palabra los ocho hombres se levantaron y fueron en dirección a la cafetería para hacer tiempo. Media hora después estaban todos sentados frente a Pepito, que para la ocasión lucía su mejor sonrisa intentando quitarle hierro al asunto.

Si D. José no fuera como es, alguno de esos hombres podía haber sido su amigo desde los inicios de la compañía, pero Pepito no era así, no entendía de amistad, ni de amor, ni de sentimientos cuando de dinero se hablaba.

Se sentó y, sin mediar palabra, esperó a que alguno de sus trabajadores rompiera el hielo. Lo hizo el menos viejo de los ocho y fue escueto. Le transmitió su deseo, y hablaba en nombre de todos, de no abandonar la compañía. Todavía se sentían válidos y no deseaban jubilarse aunque les dieran todo el dinero del que disponía la empresa.

D. José se esperaba una reacción así y también tenía preparada una respuesta para la ocasión. Les contó que ellos habían sido el pilar fundamental de la compañía en toda su historia; que sin ellos nunca se podrían haber posicionado en el lugar en el que se encontraban en la actualidad; que la decisión de apartarlos de la compañía no había sido fácil y que se había debatido con sus propios sentimientos hasta finalmente decidirlo.

Sobre todo, lo que más les intentó indicar era que debían ser solidarios con el resto de compañeros; que era de vital importancia que dejaran trabajar a las generaciones más jóvenes en pro de intentar salvar la compañía de la situación calamitosa en la que se encontraban; que abogaba por su sentido común para evitar que esa situación fuera aún más violenta de lo que ya lo estaba siendo para él; que se tenía que desprender de su bien más preciado, los compañeros que lo habían visto crecer como empresario. Pronunciaba esas palabras con un cinismo que parecía ser el único en la sala que no lo percibía.

Volvió a hablar el mismo empleado que lo había hecho en el primer turno. Además de reiterar su deseo, añadió que si la empresa decidía prescindir de ellos, que los despidiera y estarían encantados de abandonar la compañía pero con la pertinente indemnización y sin regalarle ni un céntimo ni a él ni al resto del consejo.

Este anuncio sí que dejó perplejo a D. José. La indemnización era suculenta pero no muchísimo más de lo que ya les estaba ofreciendo. Con la posibilidad que sus exempleados le planteaban, dentro de relativamente poco tiempo tendrían que volver a buscar otro empleo y no había muchas posibilidades de que otra empresa contratara a candidatos en edad de prejubilación. De todos modos, les anunció que lo consultaría con el resto del consejo de administración y que tendrían noticias de él en el plazo de cuarenta y ocho horas.

A primera hora del día siguiente tenían todos una carta de despido sobre la mesa. La conmoción fue generalizada en toda la oficina. Los rumores del porqué se había producido ese cambio de actitud por parte de D. José hacía que la imaginación de la plantilla volara a raudales. Nadie entendía nada, menos Carlos, que sin saber los motivos reales de ese cambio aplaudía todos los movimientos de D. José. El resto estaba maldiciendo a la empresa por jugar así con la dedicación y el trabajo de ese grupo de compañeros, que ya mañana no estarían sentados en sus respectivos puestos de trabajo.

El desánimo era palpable en toda la oficina, todos estaban con caras largas, menos los directamente afectados, que con parsimonia recogían sus enseres y se despedían uno a uno de todos y cada uno de sus compañeros. Hasta de Carlos se despidieron todos, aun a sabiendas de que él sabía que eso iba a ocurrir mucho antes que el resto de la plantilla.

Entre risas, bromas, alguna que otra lágrima suelta y, por supuesto, la promesa de organizar una cena de despedida, que todos sabían que no se iba a producir, salieron los ocho hombres por la puerta principal del edificio. Marcial estaba leyendo la prensa, y enterado de la noticia, no quiso despedirse de ellos. Sabía que si lo hacía, iba a empezar a llorar como un niño pequeño y él tenía que guardar una imagen de tipo duro, de portero de edificio, que bien podría ser portero de un búnker de guerra si así se lo solicitaban.

Pasó un año aproximadamente desde que los ocho compañeros habían abandonado Newine Corporation y una mañana ocurrió. La noticia explotó en la oficina como un cóctel molotov. Nadie se atrevía a decir nada delante de otro compañero, pero era la comidilla no solo en la oficina sino en toda la ciudad.

En la portada del periódico de mayor tirada del país salía la foto de los ocho ex trabajadores de la empresa con una botella de vino en las manos y un titular que decía: "Ocho prejubilados juntan sus ahorros para comprar la bodega del mejor vino del mundo".

La reunión de aquella tarde dio para mucho. Su intención no era abandonar la compañía, pero si eso ocurría, ya habían ideado un plan B. Conocían una pequeña bodega en una de las denominaciones de origen con más proyección del país.

Hablaron con el propietario de dicha bodega y le compraron entre los ocho el 51% de la empresa.

Contrataron a un enólogo australiano y le encargaron elaborar un vino a la carta. Le indicaron cómo querían que fuera y qué porcentaje de uvas querían que contuviera. El enólogo se puso a trabajar y, una vez elaborado el vino, el crítico más influyente a nivel internacional determinó que ese era el mejor vino que había probado ese año y le otorgaba 97 puntos sobre 100.

Ni qué decir tiene que las 3.000 botellas que sacaron de tan afamado vino se vendieron la misma mañana del anuncio y que los ocho compañeros triplicaron lo invertido con esa única partida.

Copaban portadas de periódicos nacionales e internacionales, no solo por el vino en sí, sino por la historia que traía detrás. De la noche a la mañana, pasaron de ser unos pobrecitos sin trabajo a los mandamases en el mundo del vino, todo eso antes de un año.

Menos Carlos, Isabel y, por supuesto, Pepito, el resto de la plantilla se alegró mucho por ellos. Parecía increíble cómo un giro tan radical podía terminar con un final tan agraciado. A Aby solo le sirvió para incrementar aún más si cabe su teoría del destino.

D. José trató por todos los medios de ponerse en contacto con ellos para felicitarlos y, por supuesto, intentar sacar tajada de tal suculenta noticia, pero la secretaria de la nueva empresa de los emprendedores le comunicó que tendría que esperar aproximadamente tres meses para poder concertar una cita con alguno de los miembros del consejo.

D. José amenazó con la archiconocida frase esa de "Usted no sabe quién soy yo". Después de anunciarle su posición en Newine Corporation, la chica le comunicó que no conocía ninguna empresa relacionada con el sector vitivinícola que atendiera a ese nombre, pero que descuidara que en tres meses lo podrían recibir sin ningún tipo de problema.

D. José colgó el teléfono y se dejó caer en el sillón de su flamante despacho, respiró hondo y se juró que haría todo lo que estuviera en su mano para hacer caer esa bodega y todo lo que tuviera relación con ella.

Capítulo 10

Agustín García

Bodeguero

Cada cierto tiempo solemos organizar catas comentadas por los propios enólogos de las bodegas que trabajan con la empresa. Son encuentros entre nosotros y los clientes reales y potenciales de la compañía.

Por lo general, no solo suelen ser catas aburridísimas en las que un erudito en la materia deja palpable ante el resto de asistentes sus ilimitados conocimientos sobre el mundo del vino, sino que en la mayoría de las ocasiones el invitado se abstrae de la realidad que nos rodea y empieza a hablar de lo que el vino le aporta y nos deleita con comentarios de este tipo.

—Nos encontramos ante un vino franco en nariz, con recuerdos de heno recién cortado en una primavera apacible, aparecen notas de acacia, lichis, bollería y un *bouquet* realmente complejo, la boca es plena, aterciopelada, con un post gusto largo, intenso, redondo, en definitiva, una maravilla de vino que no deberían perderse por nada del mundo.

Dicho esto, suelen poner caras de perdonavidas. La expresión de los asistentes ante estas afirmaciones suele ser la misma, incredulidad. Y el comentario más extendido, el siguiente:

—¿A ti te huele a eso?

—No.

—¿A ti a qué te huele?

—A vino.

—A mí también.

(silencio de 15 segundos interminables)

—Pero hay que reconocer que el señor entiende montón de vinos, ¿eh?

—Totalmente de acuerdo.

(otro silencio de otros 15 segundos, estos algo más llevaderos)

—Cuando esto acabe, ¿vamos a tomar una cerveza?

—Perfecto, de esas entiendo yo algo más.

Eso ocurría en casi todos los encuentros que organizábamos con clientes. Los enólogos y sumilleres que invitábamos tenían la capacidad de quedarse en su pedestal de ilustrados en la materia y se vanagloriaban de ver la cara de ignorantes del resto de asistentes a sus ponencias. Era algo así como si tuvieran miedo de que los allí presentes les arrebataran su saber y les produjera pánico compartirlo.

Esa mañana fue totalmente diferente. El ponente era el enólogo de una pequeña bodega situada en una de las regiones que mayor cantidad de vino producen en el país. Sus vinos estaban muy bien avalados por los mejores críticos nacionales, además, tenían un precio muy razonable y nos interesaba captar clientes minoristas asociados al mundo de la restauración. Era evidente que este mercado no era precisamente nuestro sector más atrayente, pero teníamos que diversificar la oferta si queríamos aumentar nuestra cuota de mercado.

Me tocó a mí ir en representación de la compañía. Habíamos alquilado los salones de un lujoso hotel en el centro de la ciudad y nuestro invitado se hospedaba en el mismo hotel. Quedamos en el *hall* una hora antes de empezar la cata y yo ya había dispuesto todo en el salón para poder comenzar sin contratiempos.

A la hora prevista se presentó ante mí con un traje impecable. Tenía una mezcla de señor campechano e importante señor de negocios y un aire de amigo de toda la vida, al que te alegras de ver después de un tiempo sin tener el más mínimo contacto. Rondaría los cuarenta, aunque bien podríamos decir que tenía sesenta y no nos hubiéramos equivocado.

Es lo que tiene pasarte la mayor parte del año cuidando la tierra, porque de las pocas cosas que había aprendido yo de este mundo, y me lo habían comentado los que elaboraban buenos vinos, es que la tierra y la uva son el bien más preciado para elaborar un buen vino.

"Con buenas uvas se elaboran grandes vinos, con uvas mediocres se intenta", me solían repetir una y otra vez en nuestros encuentros. En este caso, era evidente que nuestro invitado cuidaba y mucho todo su viñedo.

Cuando entramos en el salón pareció quedar impresionado por el montaje del mismo. Nuestra empresa se caracterizaba por no escatimar recursos cuando de impresionar a nuestros clientes se trataba. El salón estaba lleno de *banners* con los logos de nuestra compañía y su bodega, así como bolsas personalizadas para cada uno de los invitados, catavinos de alta gama dispuestos en todas las mesas y varias azafatas y camareros, ataviados para la ocasión, con tal de que nada faltara durante el desarrollo del evento. De repente, Agustín García, que así se llamaba el ponente, me confesó:

—Quizás esperan ustedes demasiado de mi intervención.

—¿Cómo dice? —pregunté sin entender muy bien a qué venía esa afirmación.

—Me refiero a que no estoy acostumbrado a dar conferencias en estas circunstancias. Yo soy un pequeño bodeguero que he dado algunas charlas en asociaciones de vecinos y para reducidos grupos de amigos, pero nunca me había visto en una situación como esta —me confesó con algo de desasosiego.

—Haga lo mismo, imagínese que está en esa reunión de amigos o en esa asociación de vecinos, con la única diferencia de que hoy se ha decorado de forma especial. Nadie espera nada de nadie, simplemente queremos conocer al autor de los vinos que los críticos de este país han valorado de forma tan positiva y por los que nuestra empresa ha apostado con fe ciega —dicho esto me despedí y me reuní con los responsables de los salones del hotel para ultimar los detalles finales.

Para ser franco, no estaba seguro de que nuestro invitado fuera a estar a la altura del quilombo que habíamos organizado en su honor. Se le veía nervioso, tenso, inquieto, inseguro, como a punto de coger su maleta y salir huyendo de aquel hotel para refugiarse entre sus vides, entre las cuales seguramente se sentiría más arropado.

En ese momento empecé a preocuparme. ¿Y si se quedaba en blanco?, ¿y si no sabía qué decir?, ¿y si le hacían preguntas y no era capaz de responder?, ¿y si después de aquello a mí me despedían y yo no tenía dinero para comprar una bodega y hacerme famoso?

En ese momento me empecé a poner nervioso yo. Dejé todo lo que estaba haciendo y me dirigí hacia el Sr. García.

—¿Qué tal Agustín?, ¿más tranquilo?

—No —me respondió sin más.

—¿Le apetece tomar algo?, ¿agua, manzanilla, café, refresco, vodka, *cianuro*?

—No, gracias, estoy bien, en serio.

Yo sabía que no lo estaba y se me ocurrió una solución para tranquilizarlo. Lo había aprendido en algún curso de *Hablar en público con garantías es fácil si sabes cómo*. Por cierto, fue el curso en el que conocí a Tami, avatares del destino.

El caso es que pedí a todos las personas que estaban trabajando en el salón que salieran cinco minutos. Me llevé a Agustín conmigo y le pedí que empezara la conferencia para mí solo. Le sonó a broma pesada, pero accedió. Creo que incluso se divirtió. Esbozó alguna que otra sonrisa, lo que a mí personalmente me tranquilizó bastante. Parecía que las cosas iban cogiendo forma. Se familiarizó con el escenario y su cara cambió de semblante.

Le recordé que se comportara igual que cuando lo hacía en la asociación, que no se preocupara, que se imaginara que todos nosotros éramos los agricultores de los pueblos colindantes con el suyo y para los que estaba acostumbrado a hablar de sus vinos.

Después de eso, le indiqué que para cualquier cosa que necesitara estaría visible en la sala y me fui.

Faltaban veinticinco minutos para empezar el acto y ya estaba casi todo preparado, la megafonía, las mesas organizadas, los adornos, los vinos a su temperatura de servicio y el elemento principal del acto. Ese era el que no estaba todavía del todo dispuesto. Lo miré, nos sonreímos y yo me fui al bar-salón a tomar una tónica.

Cuando volví faltarían diez minutos para la hora indicada y noté cierto revuelo en la sala, me acerqué al responsable del hotel y le pregunté qué pasaba.

—No está —me respondió sin más.

—¿Qué no está? —dije lo más tranquilo que pude.

—El señor, no está.

—¿Cómo que no está? Si acabo de estar con él hace cinco minutos —pregunté algo más inquieto.

—No lo sabemos. Estaba cerca del atril y cuando lo hemos ido a buscar para probarle el micro craneal ya no estaba. Lo han buscado por todo el salón y por los bares, han llamado a su habitación y nada, ha desaparecido.

Me quería morir. No me lo podía creer. Se había ido. Mis peores augurios se habían hecho realidad. Parecía una escena de una película de enredos o de terror.

Inmediatamente me puse a buscarlo yo mismo. Fui al baño, al *hall*, pregunté a los botones si habían visto salir a un señor, interrogué a todo el personal del hotel que salía a mi paso, llamé a seguridad, a la dirección del establecimiento y nada, nadie sabía nada de él. Me di por vencido. Era la hora en punto de comienzo del evento y el Sr. García no estaba.

Esto sí que sería el final de mi carrera en Newine Corporation. Todavía albergaba la esperanza de que algún empleado del hotel lo encontrara por los pasillos. A lo mejor había ido al servicio y se había perdido. Ese hotel era inmenso, no era difícil perderse. Aunque luego recordaba su cara de pánico y cada vez se corroboraba más la teoría de la huida.

Finalmente cogí el micro y, arguyendo que todavía quedaban invitados por venir, anuncié que íbamos a retrasar unos quince minutos el acto, que lo sentía mucho y que esperaba supieran comprender la situación.

En ese momento comenzamos a trazar planes "B", "C", "D"… Llamé a la oficina para dar parte de la situación, pero no había nadie. No tenía ni idea de cómo afrontar la situación. Yo no podía dar la cata, no tenía ni idea de vinos.

Le pregunté al Jefe de Sala del hotel si él sería capaz de salvar el acto, que le pagaría generosamente, que le daría un lote completo de nuestros vinos, vamos, que haría lo que fuera por salvar la situación. Tampoco tenía ni idea de vinos. Era increíble que el responsable máximo del restaurante de un hotel de esas características no fuera capaz de realizar una cata para un grupo de compañeros de profesión. Seguramente por eso mismo no se atrevió.

En el fondo hay un grave problema de formación en el sector de la restauración de nuestro país. Es algo incomprensible. La culpa la tienen los propios consumidores.

Cuando vamos a una ferretería a pedir un tornillo, el ferretero nos orienta de manera magistral en el mundo de las tuercas, aunque estas cuesten menos de 0,30 euros. En cambio, cuando vamos a un restaurante y pedimos que nos aclaren la diferencia entre dos vinos, que cuestan 60 euros cada uno, es increíble que la única respuesta que obtengamos, como norma general, sea: "este está bueno y este está un poco mejor".

Si un ferretero nos respondiera eso sobre dos tornillos, creo que directamente lo denunciaríamos ante la Guardia Civil.

Me di por vencido. Estaba claro que aquello no tenía solución. Diría que Agustín se había sentido indispuesto; que lo habíamos llevado al hospital para que lo trataran de una subida de tensión o algo así; que aun así podíamos tomar nosotros los vinos y el ágape que estaba preparado y que, desde que supiéramos algo sobre el estado de salud del Sr. García, se lo haríamos saber.

Ya me había levantado, cogido el micro y, cuando me disponía a soltar aquel discurso cutre, mezquino, falto de credibilidad, que a mí mismo me producía asco, ocurrió.

Por la puerta principal de la sala entró un campesino vestido con ropa de campesino, botas de campesino, camisa de campesino, en definitiva, un campesino con letras mayúsculas. Estaba saludando a los invitados uno por uno. Era increíble, después del plantón de Agustín, lo único que me faltaba era que me boicotearan el "no evento".

Empecé a hacer señas a seguridad para que, sin armar demasiado revuelo, acompañaran a aquel individuo a la salida. Él iba a lo suyo, seguía saludando a los invitados, que lo miraban incrédulos, y a su vez se iba acercando hacia nuestra mesa.

La indisposición me dio a mí. Era Agustín, el campesino era Agustín. El propietario de la bodega que estaba en boga de todo el país aparecía en el salón más importante del hotel más lujoso de la ciudad como si fuera a ordeñar un rebaño de ovejas. Casi hubiera preferido que la ambulancia se lo hubiera llevado de verdad. Saludaba a todos los invitados como si los conociera de toda la vida. Los asistentes iban vestidos con sus mejores galas y el señor que les iba a dar la cata y que no paraba de estrechar manos parecía sacado del programa *Granjero busca esposa*. Era surrealista, aquello no podía estar pasándome a mí.

Cuando por fin llegó hasta donde estaba, lo entendí todo. Se le veía tranquilo, relajado, confiado, seguro de sí mismo, con una sonrisa que iba de oreja a oreja, aunque eso no era demasiado difícil, ya que tenía dos pabellones auditivos dignos de mención.

Se me acercó y solo acertó a decir:

—Tenía usted razón, lo mejor es dar la cata como si estuviera en la asociación de vecinos.

No le respondí, le dejé hacer. El pánico todavía me recorría todo el cuerpo. Había dedicado muchas horas a preparar aquel evento y entre los asistentes se encontraban algunos de los más importantes clientes que poseía la compañía. Si aquella cata salía mal, era probable que muchos de ellos dejaran de confiar en nosotros.

Este tipo de actos era algo así como cartas de presentación, decías mucho de ti cuidando todo los detalles, el hotel de lujo, servicio de azafatas, decoración, cóctel posterior... Pero en ese momento el que se disponía a llevar el peso del acontecimiento era un híbrido entre el abuelo de Heidi y el protagonista de *La casa de la pradera.*

No varié la presentación. Lo presenté como cuando lo había visto una hora antes en el *hall* del hotel. Isabel me había preparado un pequeño discurso de presentación para nuestro ponente, pero a medida que lo leía, me daba cuenta de que no pegaba para nada con el señor que tenía a mi lado. No era creíble que los vinos de los que todo el mundo hablaba tuvieran algo que ver con el espantapájaros que acababa de entrar en la sala.

Cuando hube terminado mi intervención, le cedí la palabra a Agustín. Este me sonrió, me hizo un gesto de agradecimiento con la cabeza y se levantó. Se saltó todos los protocolos de saludo, de ubicación y hasta se negó a utilizar el micrófono craneal que le habíamos preparado. Simplemente se puso en medio de todos los asistentes y empezó a hablar.

—Muy buenas tardes a todos. Ante todo les voy a explicar el porqué de estas pintas. En principio no iba vestido así —dijo señalando sus vestimentas— me había comprado un traje para la ocasión, que me costó más que toda la ropa que he utilizado a lo largo de mi vida para trabajar en el campo y en la bodega. No quería venir, me han obligado mi mujer, mis hijos, mis amigos, todos me han animado a venir, pero he venido solo, no quería que me acompañaran. Suponía que esto de hablarles de lo único que he hecho a lo largo de mi vida sería algo sencillo. Nunca antes me había puesto un traje, me sentía incómodo; nunca había estado en un hotel de estos, me sentía ridículo; nunca antes había tratado con gente tan importante, me sentía desubicado; pero, sobre todo, nunca en toda mi vida me había sentido así, ni por nada ni por nadie. Entonces el chico de la compañía —dijo señalándome— me dijo que me comportara igual que lo hacía cuando bebía vinos en mi asociación de vecinos y eso voy a hacer. Son ustedes los que quieren probar mis vinos, son ustedes los que quieren que sea yo el que les cuente qué me parecen, son ustedes los que vienen a verme a mí y no yo a ustedes. Yo sería más feliz ahora mismo dando un paseo por mi viñedo y revisando que las uvas están madurando de forma correcta. Por lo tanto, son ustedes los que, si quieren, me van a escuchar hablar de mis vinos vestido como lo hago todos los días de mi vida. Puedo entender que a alguno de ustedes le incomode esta situación y comprenderé perfectamente que prefieran abandonar la sala, pero a los que se queden les prometo que van a pasar un rato muy, pero que muy agradable. Procedan a servir el Tajinaste Seco...

Parecía que lo llevaba haciendo toda la vida, habló con soltura, desparpajo, daba la impresión de que me estaban gastando una broma de cámara oculta. Agustín resultó ser un orador impresionante, manejaba a la perfección los tiempos, los silencios, las miradas, los gestos, las posturas, era algo increíble.

Una vez hubo terminado con su lección del porqué de las apariencias, que nos dejó a todos de una pieza, procedió a la cata de sus vinos. Aquí sí que es verdad que nos dio una clase magistral de cercanía a la hora de hablar de vinos.

Se ponía los vinos en la nariz y le olían a cosas que todos podíamos reconocer sin ninguna dificultad, peras, moras, manzanas, café, melocotones, piñas, regaliz… aromas que todos tenemos asociados a nuestra memoria más reciente. ¿Alguien ha olido alguna vez heno recién cortado en una primavera apacible? Pues eso, difícil que un vino te pueda oler así.

Explicaba con nitidez las sensaciones que le producían los diferentes vinos, pero sin estridencias, de forma muy coloquial, que nos tenía a todos embelesados.

Nos habló de historias, nos contó el porqué de cada uno de los nombres de sus vinos, de cómo los elaboraba, de por qué unos nos producían unas sensaciones y otros, otras totalmente diferentes. En definitiva, nos habló de vinos, nos habló de sus vinos.

Pero, sobre todo, se preocupó de que todos entendiéramos su trabajo, ese arduo trabajo con el que conseguía que nosotros pudiéramos disfrutar de sus productos.

El acto fue todo un éxito. No pararon de llegarnos elogios por parte de todos los asistentes, hasta hubo quien me felicitó por el "golpe de efecto del disfraz" de Agustín. El primer sorprendido con el resultado debo reconocer que fui yo. Jamás pensé que todo pudiera salir tan bien, más aún recordando cómo se habían desarrollado los acontecimientos.

Apenas tuve tiempo de hablar con Agustín una vez hubo terminado su intervención. Nada más dar por concluida su parte, lo abordaron todos los asistentes para preguntarle por todo lo relacionado con sus vinos, su bodega, su vida, incluso algún periodista le propuso realizarle una entrevista a nivel nacional.

Entre toda esa vorágine, le dio tiempo de cruzarse una mirada conmigo, me hizo un gesto como para que no me fuera sin hablar con él antes, no tenía intención de hacerlo, aunque me pareció que se quería asegurar. Por mi parte yo me dediqué a cerrar pedidos y a tomar nota de futuros clientes que se interesaban por todos nuestros productos. Parecía que la noche iba a ser todo un éxito.

Entre todos los asistentes se encontraba Helena Salazar, la sumiller responsable de compras de una importante cadena de restaurantes de la ciudad. Habíamos coincidido en varios eventos, pero nunca nos habían presentado formalmente. Sabíamos quiénes éramos, aunque nunca habíamos cruzado dos palabras.

Aquella noche parecía que iba a ser diferente. La vi acercarse con aire desprevenido. Yo estaba hablando con dos responsables de economato de dos hoteles familiares, cuando me saludó levantando un poco las cejas y esbozando una media sonrisa. Eso fue suficiente para liquidar la conversación con mis interlocutores y seguirla para forzar un encuentro *fortuito*.

—Hola Helena, ¿qué tal? —dije como quien saluda a una antigua amiga.

—Hola Aby, felicidades por el evento, ha estado genial, normalmente este tipo de actos suelen ser muy aburridos.

—Bueno, la verdad es que Agustín es un personaje de mucho calibre —lo comenté como si yo supiera que la cata iba a salir de la manera que salió.

—Me ha encantado y sus vinos, también. Tenía pensado llamar mañana a Carlos para que me pasara precios —Carlos tenía en su cartera los restaurantes de Helena.

—Si quieres, toma mi tarjeta, me llamas a mí y, si eso, ya le paso yo el pedido a Carlos —no sonó demasiado convincente, no venía a cuento que me llamara a mí, pero quería ver su reacción.

—Muy bien, de todos modos prefiero tratar esto con Carlos, gracias de todos modos y felicidades de nuevo.

Se fue, sin más. Se fue. Pensaba que podríamos haber mantenido una de esas conversaciones triviales típicas de situaciones de este tipo, pero se fue. Me salió mal la jugada, mi intención era que tuviera mi teléfono y que se diera cuenta de que me apetecía que me llamara, pero se ve que no funcionó. En ese instante activé mi teoría del destino y me dije que Helena no era la opción ese día.

Me puse a buscar a Agustín para ver qué era lo que quería, ya que era muy tarde y yo al día siguiente tenía que madrugar. No lo encontré. No me podía creer que hubiera vuelto a desaparecer, así sin más. Lo estuve buscando por toda la sala, pregunté a todos los invitados y nadie sabía nada. Lo di por perdido, me despedí de todos los invitados, recogí la factura del hotel para pasársela a administración y me dirigí a mi coche.

Cuando iba a meter la llave en la cerradura, vi cómo se acercaba hacia mí un chico a toda velocidad. En un principio pensé que era alguien que iba a atracarme, pero luego me percaté de que era un botones del hotel, por lo del uniforme y el ridículo gorro ese que llevan. Lo de los uniformes de botones debe ser una venganza de algún estilista con muy malas pulgas. Me traía un sobre, me dijo que era del señor de la charla. Lo miré y leí: "Gracias y suerte".

Le di las gracias, le deseé suerte al chico, le di unas monedas y me metí en el coche para abrir aquel intrigante sobre color marrón. En el interior había una carta manuscrita con una impecable caligrafía que decía lo siguiente:

"Querido Aby:

Ante todo, debo agradecerte todo lo que has hecho por mí esta tarde. Quizás para ti no haya sido nada, pero para mí ha significado mucho, desconocía por completo que tenía esta capacidad para hablar en público y he disfrutado mucho. A lo mejor a partir de ahora me dedico más a promocionar mis vinos de forma directa. Pero no quiero agradecértelo por carta.

Me gustaría tener un detalle contigo que, probablemente, te cambie a tí también la vida. Mañana por la mañana te llegará a la oficina un paquete con algo muy importante. Me gustaría que lo aprovecharas. Si cuando lo veas, crees que no te va a interesar, te rogaría que lo devolvieras a la dirección del remitente.

Es de vital importancia que nadie más sepa del contenido de dicho paquete. Me despido ya, confiando en que sabrás guardar el secreto. Gracias de nuevo.

Con afecto:
Agustín García"

Me quedé *a cuadros*. Lo primero que hice fue llamar a Agustín, para ver de qué trataba el misterioso paquete, pero el móvil me dio apagado o fuera de cobertura. Luego lo llamé a su habitación del hotel, pero nadie contestó. Finalmente, me di por vencido, había sido un día muy duro y no me apetecía jugar a los detectives, más aún teniendo en cuenta cómo se las gastaba el amigo Agustín.

Puse en marcha el coche, me dirigí a casa muy despacio y, con ropa y todo, me quedé dormido en el sofá, preguntándome qué contendría el paquete del bodeguero.

Capítulo 11

Helena

Me levanté temprano con el cuerpo de otro. Había dormido fatal, me dolían todas las articulaciones. Definitivamente, el sofá me había dado una paliza en toda regla. Es lo que tiene comprar los muebles en una tienda de 4ª mano. Hasta donde yo conocía, solo había tiendas de 2ª, pero con esto de la crisis ya íbamos por la 4ª y bajando.

Llegamos a la oficina puntuales, y eso que yo tenía licencia para llegar un poco más tarde debido a la presentación del día anterior, aun así llegamos todos juntos. Al entrar todos empezaron a aplaudir y a lanzar vítores de alegría. Yo no entendía nada, pero a medida que pasaban los minutos, me di cuenta de que era por el acto del día anterior.

Los periódicos se habían hecho eco de la ponencia de Agustín y le dedicaban portadas de cómo romper con las apariencias. Todos pensaban que lo habíamos preparado juntos y yo no lo desmentí, era muy tedioso explicar la tarde que había pasado.

Al llegar a mi mesa me encontré con un paquete del tamaño de una caja de zapatos. El paquete de Agustín, me dije con ansia de descubrir lo que contenía. Disimuladamente guardé el paquete en una bolsa y salí de la oficina para ver su contenido en un lugar más tranquilo, a saber con qué me quería obsequiar el bodeguero.

Me fui a la salida de emergencias, a la escalera que formaba parte del plan de evacuación de edificio, era imposible que nadie me encontrara allí. Me senté tranquilamente y abrí la caja.

En su interior solo había un sobre pequeño. Me parecía increíble que Agustín me hubiera mandado un paquete con un mini sobre y dentro del mismo una mini nota. Parecía una broma pesada. En la nota solo había una dirección, la fecha del 30 de julio y las seis de la tarde. Era una cita, me estaba citando en un lugar que no sabía ni dónde caía para dentro de dos semanas.

Era de juzgado de guardia. Me disponía a contárselo todo a los chicos, cuando recordé que en la anterior nota me había advertido de que si desistía de hacer uso del paquete, guardara el secreto.

Era evidente que iba a ignorar las ocurrencias del Sr. García. Debía recordar lo peculiar del personaje y más aún cuando busqué en Internet dónde estaba el pueblo en el que me había citado, más de tres horas en coche.

Definitivamente, la vida me tendría que cambiar por otros motivos que no fueran Agustín García y sus encuentros misteriosos. Aun así, y por respeto a su persona, guardé el paquete en el cajón de mi mesa y me olvidé de él y de su contenido. No había terminado de cerrar el cajón y el móvil soltó un pitido.

—Hola

Así, sin más, un "hola" de un número desconocido. Aquella mañana tenía toda la pinta de ser muy dura.

—Hola —respondí—, no tengo registrado tu número.

—¿Vas dando tu número por ahí a desconocidos? Muy, pero que muy mal.

—Perdona, pero estoy trabajando y no me apetece jugar a las adivinanzas, ¿me quieres decir quién eres?

—Lo siento, no quería molestar, soy Helena Salazar.

—¡Helena! —respondí todo lo rápido que fui capaz, pero ya no contestó, se había desconectado del programa. Le mandé unos quince mensajes de disculpa, pero nada, no respondía.

Fui a la mesa de Carlos a preguntarle si Helena se había puesto en contacto con él, pero como era de esperar fue muy agradable y simplemente contestó que de sus clientes él no hablaba, protección de datos, me dijo.

Era para mandarle tres rumanos a que le hicieran una revisión de piernas, pero suave, una torcedura por aquí, una rotura por allá, nada que no curaran seis meses de reposo.

Para echarle más guindas al pavo, me puse a revisar cómo iba mi mes de ventas y casi entro en depresión. Era mi mes más flojo en Newine Corporation desde que había empezado a trabajar. A pesar de que en la tarde de ayer había conseguido cerrar unas cuantas ventas, eso no se vería reflejado en mi cuenta hasta el mes siguiente. Con lo que este mes iba a cobrar el mínimo interprofesional y rezar para que no rodara mi cabeza.

¿Había alguna forma de empeorar aún mas el día? Claro que sí. Solo necesitaba un poquito de confianza y todo se torcería de manera radical. A las doce sonó el teléfono. Era un número desconocido, descolgué y era del hospital. Mi hermana había sufrido un pequeño desmayo en el trabajo, no era grave y no hacía falta ingresarla, pero la tendrían todo el día haciéndole pruebas.

Colgué y automáticamente até cabos. Mi cuñado de viaje de negocios, mi hermana en el hospital y sus hijos salían en una hora del colegio. Si éramos la única familia que teníamos en la ciudad y los amigos de mi hermana y su marido se contaban con el muñón de una mano, ¿a quién le tocaba recoger a los diablos de Tasmania de mis sobrinos?

Lo dicho, el día se presentaba de lo más movidito. Para corroborar mis augurios, recibí un mensaje y no de Helena precisamente.

—¿Te han llamado del hospital? He tenido un pequeño percance, ¿puedes ir a buscar a los niños al cole y traerlos aquí? ¡GRACIAS!!!

Le pasé a Isabel una lista ficticia de clientes que iba a visitar y salí como alma que lleva el diablo de la oficina para poder estar a la una en punto en la puerta del colegio.

Tengo dos sobrinos, de cinco y siete años. Por separado son hasta monos, pero cuando se juntan parece que hubiera un regimiento de cuatrocientos niños en guerra con el mundo. Los quería, claro, pero había llegado a la conclusión de que no quería tener hijos. Ellos eran los culpables de que mi instinto paternal se hubiera esfumado. No estoy del todo seguro de que alguna vez hubiera albergado ese instinto en mi interior, pero vamos, que si alguna vez estuvo, lo había perdido por completo.

Llegué diez minutos antes de la una. La imagen era muy típica. Doscientas madres hablando de cómo salvar el mundo, cada una su mundo particular y el de su vecina, cuatro padres hablando de cómo salvar el mundo de su equipo favorito y yo maldiciendo mi mundo.

En esas cábalas estaba yo cuando mi teoría del destino se presentó de forma clara y concisa. Entre todas las madres, pero algo apartada del bullicio, estaba Helena. Se la veía trabajando con su tableta. Dudé si acercarme o no, después de la mañana que llevaba, lo único que podía ocurrir era que acabara en comisaría. Aunque ya puestos, ¿qué tenía que perder?

Es cierto que hacía tres horas que le había mandado quince mensajes y que no me había respondido, pero eso no significaba que no quisiera hablar conmigo por lo menos en persona. Me acerqué muy despacio y cuando estuve a una distancia de seguridad le dije:

—Hola

—¡Uy, hola!, ¡qué sorpresa! —dijo sintiéndose sorprendida de verdad— Acabo de ver tus mensajes, te iba a responder ahora mismo —mintió y se le notó.

—Tranquila, supuse que estabas muy liada —mentí yo también para ser políticamente correcto.

—¿Tienes hijos? —preguntó señalando la puerta del colegio.

—¡No, qué va! Me encantaría —volví a mentir—. El caso es que no encuentro a nadie que me ayude, ya sabes, solo es complicado —dije dejando claro que era solterísimo—. Vengo a buscar a mis sobrinos. ¿Y tú? —interrogué aprovechando la coyuntura.

—Yo sí, tengo seis, aunque en edad escolar solo tengo cuatro —lo comentó con la mirada sombría de quien tiene que criar a ese equipo de fútbol sala.

—¡Seis! —no pude evitarlo, solté un grito y la cara tuvo que ser la de alguien que ve un grupo de zombies con ganas de comer cerebros.

—¡Ja, ja, ja, ja, ja! —rió a carcajada limpia. Qué risa más sana. Se estaba literalmente muriendo de risa. Las manos en el vientre, el cuerpo medio encorvado, la respiración entrecortada, los ojos llorosos. Me había enamorado— ¡Qué cara has puesto! —acertó a decir.

—Pero, ¿tienes o no tienes un equipo completo de voleibol? —pregunté con cara de panoli.

—¡Qué va! —contestó ella divertida— Vengo a buscar al hijo de una amiga, siempre vengo y lo dejo con su abuela. Yo tampoco encuentro a ese padre, ya sabes, sola es menos complicado que para ti, pero no es fácil —también dejó claro que era solterísima.

Parecía que el día empezaba a coger forma.

Los niños salieron de clase. Parecía que mis sobrinos y su ahijado, como ella misma lo llamaba, se conocían. Tampoco era algo tan raro, ya que el colegio era más bien pequeño. Llegó el momento de la despedida. Nos dimos dos besos, nos dijimos eso de "ya nos veremos" y cada uno se fue por su camino.

No había dado tres pasos y paré en seco. No podía dejar escapar la oportunidad que el destino me había puesto delante de mis narices. Ella me manda un mensaje por la mañana, mi hermana se pone enferma, tengo que venir a buscar a sus hijos y ¿a quién me encuentro en la entrada del colegio? Definitivamente tenía que intentarlo. Salí detrás de ella con los niños a cuestas.

—Helena —dije cuando estuve a su altura.

—¡Ey!, ¿se te ha olvidado algo? —preguntó divertida.

—No, era que había pensado, no sé, a lo mejor, bueno, quizás, el caso… —no era capaz de arrancar.

—¿Te apetece almorzar? —tal cual, lo soltó así, sin rodeos, fácil de entender, sin complicaciones.

—Claro —acerté a decir— dejo a los niños con mi hermana y te llamo —el hospital al que iban mi hermana y mi cuñado era privado y tenía una ludoteca más grande que Disneyland París.

—Perfecto, te veo luego —otra sonrisa que iluminaba el mundo, media vuelta y mi corazón a doscientas revoluciones.

—Tato está enamorado, Tato está enamorado, Tato está enamorado —empezaron a cantar los dos *gremlins* cuando Helena había desaparecido.

La canción siguió todo el trayecto y continuó cuando llegamos al hospital, no paró en lo que esperábamos a que llegara su madre e, incluso, no se detuvieron cuando una enfermera les ofreció golosinas. Eran incansables, yo no hice nada para evitarlo, tenía claro que cuando se ponían eran invencibles.

Mi hermana llegó a los quince minutos con la cara de cansancio que evidenciaba la mañana que había pasado. Me contó que al final simplemente había sido una bajada de tensión y que las pruebas se las habían realizado para asegurarse de que era solo eso. Finalmente solo tenía que rellenar unos formularios y se podría ir a casa.

Los muñecos diabólicos ni siquiera saludaron a su madre absortos en su cantinela. Mi hermana me miró como pidiendo una explicación. Le di dos besos, la compadecí por la tarde que le esperaba y la bendije por la santa paciencia que había que tener para lidiar con semejantes elementos.

Nada más salir del hospital llamé a Helena. Me estaba esperando en un céntrico restaurante de la cadena para la que trabajaba. Le propuse ir a otro, entre otras cosas porque los restaurantes de su cadena no eran precisamente baratos, pero me dijo que no le importaba y que de paso trataría algunos asuntos con el gerente.

Aparcar por esa zona era imposible, así que opté por dejarlo en un *parking* cercano, que me costaría casi tanto como el almuerzo. Al entrar en el restaurante todas las miradas de la plantilla se centraron en mi persona. Era evidente que querían escudriñar a quien acompañaba a almorzar a la responsable de compras de la cadena.

Helena me esperaba en una mesa bastante apartada de la zona de tránsito rodeada de albaranes, facturas y demás documentos de gestión de compras.

—Disculpa, en seguida termino —dijo a modo de saludo.

—Tranquila, tenemos toda la vida para estar juntos —me salió sin querer. Es de estas cosas que piensas, pero que no debes decir, aunque debe ser que mi sensor de medir frases se había estropeado justo en ese momento.

—¡Je, je, je, je! Eres mucho —comentó a modo de respuesta y volvió a sonreír con esa mueca que, ya había comentado, me tenía hablando solo.

Después de un rato, que a mí me pareció interminable, enfrascada en sus papeles, levantó la vista y soltó:

—Se acabó, ya está bien por hoy. ¿Qué te apetece comer?

En ese momento la respuesta hubiera sido "a ti", pero en este caso mi sensor estuvo hábil de reflejos y optó por permitir la frase:

—Cualquier cosa, lo que tú pidas estará bien.

—Bien, probaremos el menú degustación. Es un surtido de nuestros platos más emblemáticos, está bastante bien de precio y ya que vas a invitar tú, pues no es plan de arruinarte.

Casi me da un infarto. Ese almuerzo me podía costar el sueldo de un mes entero, y no el de este mes precisamente. Algunos de sus restaurantes ya tenían estrellas Michelin y otros aspiraban a conseguirla en breve. Se me tuvo que notar en la cara el susto y el sudor frío por todo el cuerpo porque al poco añadió:

—Es una broma. He hablado con el director general, le he explicado que era una comida para tratar la entrada de los vinos de ayer en nuestros establecimientos y la incluiremos en gastos de representación.

—Pero entonces, lo normal hubiera sido que invitaras a Carlos, ¿no? —comenté con socarronería, una vez recuperado del *shock* inicial.

—Digamos —parada de dos segundos para dar más énfasis a lo siguiente— que estamos pensando en conocer algo más a fondo Newine Corporation —el tono de su voz sonó pícaro, sensual, insinuador, con segundas, terceras y hasta cuartas intenciones.

Definitivamente esta mujer me desconcertaba, normalmente era yo el que estaba acostumbrado a llevar las riendas de una *relación*, pero era evidente que, en este caso, me tendría que adaptar a las nuevas reglas del juego.

La comida resultó ser un auténtico espectáculo de sabores, texturas, sensaciones... Nunca había tenido oportunidad de comer en un establecimiento de estas características y ahora empezaba a comprender por qué la gente se gastaba auténticos dinerales en disfrutar de esos manjares.

Que en un mismo bocado se entremezclaran esa cantidad de matices era algo impresionante. Lo dulce, lo salado, lo picante, lo agrio, lo amargo, todo junto en un minúsculo trozo de comida. Indescriptible.

La cadena de Helena se caracterizaba por contratar a cocineros jóvenes de renombre, que imprimían a cada uno de los locales su sello personal. Siempre respaldados por un importante capital, que les permitía investigar con nuevas formas sin temor a equivocarse, además de unos sueldos que ya quisieran para sí muchos directivos de grandes empresas. Esa era la fórmula, materia prima de primerísimo nivel, cocineros contrastados, jóvenes, ilusionados y con unos sueldos exorbitantes.

Hablamos de trivialidades. La conversación tomó el rumbo fijo inexorable de conversación de primera cita. Creo que ninguno de los dos lo pretendió, pero así fue. Empezamos a preguntarnos por aficiones, inquietudes, viajes, experiencias laborales, en definitiva, sin haberlo buscado, creo, nos estábamos empezando a conocer.

Al poco de empezar a hablar con Helena, me di cuenta de que pertenecíamos a mundos totalmente diferentes. Ella colegio privado de primer nivel y con notas de infarto. Yo colegio público de pueblo y con una cita obligada todos los meses de septiembre. Ella vacaciones en las Seychelles. Yo campamentos de verano. Ella estudios de postgrado. Yo cursos para desempleados. Ella club de tenis. Yo plazas atestadas de niños. Ella reservados en discotecas. Yo botellones. Ella bebe grandes vinos. Yo bebo vino en días grandes. Ella ópera. Yo cine de barrio. Ella coche deportivo. Yo el cuatro latas de mi padre. Ella con acciones del equipo de fútbol más importante de la ciudad. Yo el abono más barato de ese mismo equipo. Ella viaja en primera clase. Yo no hago ninguna clase de viaje. Ella dos años en Inglaterra. Yo un curso de inglés *online*. Ella primeras marcas. Yo primeras marcas blancas. Ella ático de soltera. Yo piso compartido. Ella acostumbrada a transitar restaurante como el que nos encontrábamos. Yo era mi primera vez que estaba en uno… invitado.

En definitiva, concluí que aquella sería nuestra primera y única cita. Las personas como Helena tienden, como norma general, a relacionarse con sus semejantes. Son como un mundo aparte, se casan y se descasan entre ellos. Se han criado juntos, han ido a los mismos colegios, las mismas universidades, los mismos países extranjeros, los mismos círculos de amigos y, por ende, las mismas relaciones.

Yo no estaba en esa honda y los dos lo sabíamos. Aun así se nos hizo casi la hora de la cena. Realmente habíamos pasado un almuerzo bastante agradable, salvaguardando las distancias que ya he comentado.

Nos despedimos cordialmente. Acordamos que deberíamos repetirlo, aun a sabiendas de que eso no iba a ocurrir. Nos plantamos dos besos y nos fuimos. No recordaba que había dejado el coche en el *parking* y, cuando lo fui a recoger, el tique me costó casi tanto como mi parte de la supuesta cuenta. En resumen, un día para enmarcar.

Pasaron tres semanas desde el almuerzo con Helena y, como ya había vaticinado, ni una llamada, ni un mensaje. Había desaparecido. No me sorprendió. Intenté sonsacarle a Carlos si sabía algo de ella, pero desistí porque empezó a preguntarme por qué ese repentino interés en su clienta. Fue un palo bastante importante, sobre todo, porque me había empezado a encariñar con ella. Parecerá una tontería porque solo nos vimos un día, pero fue suficiente. Le mandé algún mensaje trivial, pero nunca respondió.

Tenía que intentarlo. No podía rendirme solamente porque ella condujera un Ferrari automático. Tracé un plan. Organicé con mi hermana que me dejara ir a buscar a los niños durante un mes. Le dije que no se preocupara, yo me encargaría de todo, los iría a buscar y se los llevaría a casa. Ella, de esa forma, se liberaría un poco de sus obligaciones, que después del susto de la tensión no era plan de forzar. No me creyó. Me conocía bastante bien como para saber que yo no haría eso si no fuera con una segunda intención. Se limitó a decir:

—Será verdad que Tato está enamorado —utilizó el mismo ritmo que sus hijos al entonar la canción.

No le respondí. Confirmé que estaba de acuerdo con mi plan y así empecé a ver todos los días a Helena.

Para organizarme en la oficina avisé de que durante un mes iba a hacer un seguimiento por una serie de locales de la periferia de la ciudad y que tendría que salir a las doce y media aproximadamente.

Mientras avisáramos de nuestra hoja de ruta y cumpliéramos con los objetivos, nuestro trabajo era bastante libre en cuestión de horarios y turnos. Por la mañana llegábamos todos temprano para organizarnos y luego cada uno decidía cómo pasaría la jornada laboral, siempre dando parte de todos nuestros movimientos y justificando todas las acciones que llevábamos a cabo.

A Julián y Lolo no hizo falta contarles nada. Sabían que algo estaba tramando sin necesidad de preguntar. Eran ya muchos años.

El primer día que llegué Helena estaba hablando por el móvil y cuando me vio simplemente me saludó con un movimiento de cabeza. Yo esperé a que acabara de hablar para acercarme, pero no colgó en ningún momento y en cuanto llegó el hijo de su amiga, le cogió la mano y sin despegar el teléfono de la oreja se fue, ni siquiera se despidió.

Esto me desalentó un poco, de hecho, barajé la idea de renunciar definitivamente a mi plan de intentar que entre nosotros ocurriera algo.

Esa misma tarde le mandé un mensaje recordándole que teníamos un almuerzo pendiente, que podríamos comer al día siguiente después de dejar a los niños, si a ella le parecía bien, claro. La respuesta fue clara y concisa:

—Lo siento, tengo mucho trabajo, otra vez será.

Analizando la frase detenidamente, no tenía por qué darme por vencido. En primer lugar "lo sentía", eso quiere decir que le apetecía quedar, pero le era imposible de verdad. En segundo lugar "tenía mucho trabajo", algo muy normal, teniendo en cuenta el cargo que desempeñaba en la compañía. Por último, "otra vez será", lo que quería decir que debería volverlo a intentar en otra ocasión, entonces seguro que sí podríamos coincidir.

Este primer análisis lo hacía mi cabeza idealista basada en el destino. Mi cabeza consciente de la realidad de las cosas me decía que esa respuesta había sido políticamente correctísima y que la respuesta que realmente le hubiera gustado darme hubiera sido:

—¡Pasa de mí ya, tío plasta!, ¿no te das cuenta de qué no tenemos nada que ver el uno con el otro?

Aun así me pudo el lado optimista y seguí con mi plan de ir a buscar a mis sobrinos al colegio. Los resultados no fueron mejores. Al día siguiente fue con una amiga. El siguiente se pasó todo el rato hablando por teléfono. El posterior directamente no fue. Otro día fue acompañada de un señor mucho mayor que ella.

A esto tenemos que añadir el sobreesfuerzo que tenía que hacer a diario para aguantar a mis sobrinos en esos interminables treinta y cinco minutos que pasaban desde que los recogía hasta que los dejaba en su casa.

Mi coche se había convertido en una ludoteca andante, con sus Playmobil tirados por el suelo, sus muñecos descuartizados sobre los sillones, sus golosinas pegadas en el techo, su colección de chicles por todos los cristales, lo que se dice un auténtico coche de transporte infantil.

Me di por vencido. Era imposible que Helena se volviera a fijar en mí. Aguanté el mes yendo a buscar a los muñecos diabólicos porque me había comprometido con mi hermana. No quería darle explicaciones, la única que le había dado era que me cogía por la zona a esa hora por motivos laborales y no me apetecía cambiar de versión.

Pero se acabó, se terminó el mes y con él mis intentos de tener algún tipo de relación con Helena Salazar.

Fui a esa presentación de casualidad. No me apetecía. Además, de esa compañía solo teníamos seis referencias en nuestros locales y el comercial de la empresa era insoportable, solo tenía contacto con él mediante mail, pedante, adulador, repugnante, Carlos de Newine Corporation era básicamente soporífero.

El caso es que no estaba él en la presentación, estaba otro de los chicos de la empresa, lo conocía de vista, pero nunca habíamos hablado. A primera vista me pareció bastante mono. Nunca me había fijado en él, pero ese día me dio un pálpito.

El evento empezó con bastante retraso, tanto que estuve a punto de irme, pero los vinos que presentaban estaban en todos los medios y tenía que tener una opinión sobre ellos porque al día siguiente mis jefes me iban a interrogar, querían tener lo primero, ellos primero.

Cuando entró el granjero por la puerta principal de la sala, lo primero que pensé fue en salir corriendo. Ya conseguiría los vinos por mi cuenta y los cataría para ofrecerle un informe al consejo de administración. Era lo que me faltaba, estar perdiendo el tiempo oyendo las batallas de un agricultor. Me negaba. Ya me estaba levantando cuando aquel señor empezó a hablar.

Todo lo que nos contó sobre las apariencias y cómo echarlas por tierra, me dio mucho que pensar, sobre todo, porque yo en el fondo era solo eso, apariencia, fachada. Era alta, delgada con curvas, guapa, rubia, ojos claros, vestía las mejores marcas, de buena familia, de grandes colegios, de postgrados, de viajes, de restaurantes de lujo, en definitiva, de apariencias.

En el fondo me gustaría coger una furgoneta y recorrer toda Europa durmiendo en los parques, comiendo bocadillos y cervezas de supermercado. Era consciente de que eso no ocurriría nunca y seguiría viviendo de apariencias el resto de mi vida. Sería hipócrita decir que era infeliz, pero lo que aquel hombre nos acababa de explicar retumbó en mi conciencia de manera atronadora.

Me encantaron los vinos, me encantó el señor y me pareció sorprendente que una empresa tan mediocre como Newine Corporation, con unos productos tan horripilantes, fueran capaces de organizar aquel espectáculo con granjero incluido.

Todo debía de ser obra del chico que estaba en representación de la compañía. Quería conocerlo. Pero me daba mucha vergüenza presentarme así, sin más. Así que me acerqué y le sonreí. Al poco me estaba dando su número de teléfono.

En líneas generales, los hombres son muy simples y este chaval no iba a ser una excepción. Intentó quedar con la excusa de los vinos, pero lo paré en seco, no quería que pensara que me apetecía entablar una mínima relación personal con él. Yo estaba allí por los vinos, aunque he de reconocer que cuando se acercó me pareció más que guapo, además de simpático y atento. Me caía bien.

Intenté indagar algo más sobre su vida a través de Carlos, pero no hubo manera, me dijo algo así como que no me podía dar información sobre compañeros por la protección de datos o algo así. Corroboré aún más que el Carlos este era tonto del todo.

Así que me armé de valor y, siguiendo los consejos del agricultor, tiré abajo las apariencias y le mandé un mensaje. Fue extremadamente borde, así que me olvidé de él. Sus contestaciones me hicieron ver que no era el hombre adecuado para mí.

Entonces me lo encuentro en el colegio de mi ahijado. Llevo 2 años yendo a buscar a ese niño al colegio a esa hora y nunca lo había visto y aunque lo hubiera visto no me hubiera fijado en él.

Estaba guapísimo, elegante pero informal. Hablamos un poco y, como si estuviera poseída, lo invité a comer. Mis palabras no habían salido de mi boca y ya me estaba arrepintiendo, nunca había invitado a ningún chico a salir en toda mi vida y la primera vez que me daba por hacerlo era con un desconocido. Estaba irreconocible.

Me puse hasta nerviosa. Llamé a mi amiga para que me diera consejo, iba de camino a casa de su madre con el niño y necesitaba que me guiaran. Al final las dos acordamos que ya una vez cometido el error, lo mejor sería jugar en casa.

Decidimos que lo llevaría a uno de nuestros restaurantes, la cuenta saldría un ojo de la cara, pero algo me inventaría para que no tuviera que pagar y tampoco se sintiera violentado porque fuera yo la que pagara la cuenta.

El almuerzo fue espectacular. Me encantó su compañía, pero a su vez me di cuenta de que lo nuestro no tendría futuro. Pertenecíamos a dos mundos tan antagónicos que sería un suicidio intentar algo juntos. Mis padres morirían si aparezco en casa con un chico así. Ninguna de mis amistades tampoco aceptaría una relación como esa. Fue una pena y más darme cuenta mientras almorzábamos y lo pasábamos tan bien.

Las apariencias, ojalá pudiera ser yo como aquel bodeguero de la charla y deshacerme de todos los clichés que llevaba conmigo y mantener una relación con Aby, pero tristemente yo vestía de boutique y el de saldo.

Después de ese almuerzo, aunque habíamos quedado en volver a vernos, yo desaparecí de su vida. Me mandó algún mensaje, que ignoré. Reconozco que fui cruel, porque ni siquiera me digné a responder.

Entonces ocurrió, empezó a acosarme. Sentí miedo. Iba todos los días a recoger a sus sobrinos y no dejaba de mirarme sin parar. No me había hecho nada, pero temía por lo que pudiera hacer. Hay mucho maniaco en este mundo.

Cuando lo veía, hacía que hablaba por el móvil, lo ponía en silencio y fingía una conversación para que no tuviera oportunidad de acercarse. Buscaba amigas para que me acompañaran con la excusa de vernos y poder tomar algo juntas, aunque no me apeteciera nada. Otro día le pedía a algún compañero de trabajo que fuera conmigo, e incluso en alguna ocasión, recogí a mi ahijado por otra puerta para que no me viera.

Lo más fácil hubiera sido dejar de ir a buscar al niño, pero llevaba dos años sin faltar ni un solo día y no pensaba renunciar por un demente. Así transcurrió un mes más o menos, yo estuve a punto de avisar a la policía, pero me contuve.

De repente dejó de venir. Ya no iba a buscar a sus sobrinos. En vez de él, venía una mujer de mi edad más o menos. Al principio me sentí aliviada, pero a las dos semanas empecé a algo así como echarlo de menos.

Sería incapaz de describir la sensación, pero se podría asemejar a eso. Sí, creo que lo echaba de menos. No entendía cómo me podía estar pasando eso, echar de menos a alguien con el que nunca había estado.

La explicación que encontré fue que en el fondo me hubiera gustado estar con él, y mientras supe que en cualquier momento lo podría hacer, me sentía segura, pero cuando desapareció y me di cuenta de que ya no le interesaba nada, me sentí fatal.

Se lo conté todo a mi mejor amiga y me aconsejó que lo dejara pasar, que no valía la pena y que sabía que esa relación no iría a ningún lado. Supongo que ella estaba en lo cierto, pero en este caso mi corazón tenía más fuerza que mi razón.

Lo que sí que no podía hacer ahora era llamarlo después de todo lo que había pasado. Así que decidí intentar contactar con él a través de la empresa.

Capitulo 12

¿Helena Salazar?

Isabel me pasó una llamada de Helena Salazar. Debía de estar equivocada, hacía más de dos meses que no sabía nada de ella y ¿ahora me llamaba a la empresa?, debía de haber un error.

Le dije a Isabel que probablemente querría hablar con Carlos. Pero me corrigió y me indicó que preguntaba por mí directamente. Sin salir de mi asombro y con algo de cautela, descolgué el teléfono de mi mesa:

—Hola —dije con voz temerosa.

—Aby, ¿eres tú? —respondí sin saber muy bien que más decir.

—Sí, soy yo —contesté algo seco, seguía sin entender nada.

—¿Qué tal?, ¿cuánto tiempo?, ¿no? —definitivamente no sabía qué decir.

—Sí, mucho. ¿Te puedo ayudar en algo? —estaba decidido a tratar solo temas empresariales, no iba a permitir que volviera a jugar con mis sentimientos, ya mis "linfocitos emocionales" habían actuado eficazmente.

—No, quiero decir sí —estaba claro que había sido una mala idea la llamada —, necesito saber cuántos vinos de Agustín García tienen en stock, es solo eso —mi voz entrecortada sonaba muy poco creíble.

—Debes llamar a Carlos, es él el que tiene el *stock* asignado a tu compañía. Siento no poder ayudarte —estaba siendo demasiado duro con ella, con solo pulsar una tecla de mi ordenador podría darle esa información.

—Oh, claro, lo llamé pero no estaba y entonces lo iba a volver a llamar, pero me acordé, —me estaba liando sin necesidad, lo mejor era cortar aquella conversación cuanto antes— bueno da igual, ya lo llamo en otro momento.

—Perfecto, pues si no necesitas nada más, voy a seguir trabajando —estaba hablando y me arrepentía de cada palabra que salía de mi boca, era como si el odio hablara por mí.

—Sí, no te molesto más, lo siento, un saludo —una lágrima empezó a correr por mi mejilla.

—Otro para ti —se me había formado un nudo en la garganta.

Colgué y automáticamente pensé: "¡qué capullo eres!".

Colgué y automáticamente pensé: "¡qué estúpida eres!"

Pasados unos cinco minutos, el teléfono volvió a sonar. Un pálpito me decía que era ella de nuevo.

—¿Sí?

—Soy yo otra vez.

—¿Te olvidaste de algo?

—Solo llamaba para decirte que te quiero.

Inmediatamente después de pronunciar esa frase, colgó. Sin más explicaciones, soltó esa frase sacada de una canción de Stevie Wonder y colgó. Tenía un cúmulo de sensaciones encontradas. Me hubiera gustado decirle que yo también, pero no me dio tiempo.

Entonces fui yo el que empecé a llamarla al móvil, pero me aparecía apagado o fuera de cobertura. No entendía nada, lo volvería a intentar más tarde.

¿Locura transitoria?, ¿enajenación mental?, ¿poseída por el maligno? Todas estas preguntas me asaltaron nada más colgar el teléfono. ¿Realmente le había dicho que le quería? ¿Realmente le quería? Estaba hecha un lío.

"Mi cuerpo dice quiero, pero mi alma tiene miedo", primero Stevie Wonder, ahora Cristina Aguilera, definitivamente, me estaba volviendo loca. Había incluso apagado el móvil para evitar volver a hablar con él.

La estuve llamando toda la tarde, pero nada, también llamé a su oficina y me dijeron que no había aparecido en todo el día. Lo intenté en los restaurantes de la cadena sin mejores resultados. Qué habilidad tenía la gente para desaparecer cuando yo la buscaba.

A las diez de la noche me decidí a volverlo a llamar. Al encender el móvil tenía más de veinte llamadas suyas. El pobre, pensé. Pulsé su nombre en mi móvil y esperé a que diera tono.

—¡Qué honor volver a saber de ti! —intenté sonar lo más irónico posible.

—Lo siento, estoy confundida —no estaba segura de que aquella llamada fuera una buena idea.

—¿Confundida? ¿Te imaginas cómo me he sentido yo toda esta tarde? —necesitaba una explicación.

—Me supongo, el caso es que no sé qué hacer —estaba siendo todo lo sincera que era capaz.

—¿Quieres que nos veamos? —teníamos que hablar esto cara a cara.

—¿Ahora? —no creo que hablara en serio.

—No, ahora no. Podemos esperar a que el hombre llegue a Marte y ya si eso quedamos para darnos una vueltita intergaláctica —le quería quitar hierro al asunto.

—Pero, es muy tarde, ¿no? —en breve tenía intención de irme a dormir, aunque no estaba muy segura de conseguirlo.

—Vivimos relativamente cerca, podemos vernos en cinco minutos.

—¿Por qué no te vienes a casa? —lo dije y me volvió a parecer que estaba poseída, nunca en toda mi vida me había comportado así con un chico y a este no solo lo invitaba a comer, sino que lo invitaba a mi casa casi a medianoche.

—Perfecto, nos vemos luego —no había terminado de pronunciar la frase y ya estaba vistiéndome y con las llaves del coche en la mano.

—¿A dónde vas a estas horas? —preguntó Lolo medio adormilado en el sofá.

—A casa de una amiga, luego les cuento —le contesté cerrando la puerta del piso.

Pasados veinte minutos aproximadamente estaba en el salón del ático de Helena. Era un piso de ciento cincuenta metros cuadrados con cuarenta de terraza, más o menos lo que ocupaba toda nuestra planta con los tres pisos, el nuestro y el de los vecinos, algo increíble.

Además estaba decorado con mucho gusto, nada de Ikea, todo muebles de carpintería. Era clásico, pero combinado con toques modernos, que le daban un aire juvenil. Jugaba con los colores, el berenjena de las paredes con el marengo en los acabados de las puertas, se notaba que había habido trabajo de decoradores.

Pasados cinco minutos se presentó en mi casa. No me dio tiempo de arreglarme demasiado. Cuando le propuse que viniera, no había caído en la cuenta de que estaba en pijama, sin pintar y con el pelo hecho un desastre. Me cambié rápidamente, me puse algo de base de maquillaje y me hice un moño.

Desde que la vi, supe que lo había preparado todo, era imposible que estuviera tan arreglada a esas horas de la noche.

Me había dejado en ascuas toda la tarde con la intención de que nos viéramos en su casa por la noche. La pobre, seguro que había estado más de tres horas en el baño arreglándose. Mujeres, pensé orgulloso de que me hubiera dedicado tanto tiempo.

Le ofrecí algo de beber y luego nos quedamos unos minutos sentados en el sillón sin decir nada, la situación empezó a ser extraña, se notaba que queríamos hablar, pero no nos salían las palabras.

¡Qué aburrimiento!, ¿para esto me invita a su casa? Llevamos sentados en este sofá más de dos horas y no dice ni mu.

Finalmente le pregunté que qué tal el día para hablar de algo, pero no me respondió. Hizo algo mucho mejor.

La besé. Después de estar sentados en ese sofá hasta que mi culo tenía la forma de un plato llano, va y me pregunta, que qué tal el día. No pude más, la miré a los ojos y la besé. Temía que se escandalizara, pero al parecer le gustó.

Besaba como nadie. Nunca nadie antes me había besado de esa forma, suave, tierno, lento, muy lento, pero de repente.

Le empecé a besar el cuello y los lóbulos de las orejas. Despacito, muy lentamente, le daba pequeños besos.

Y pequeños mordiscos que me estaban volviendo loca, me mordisqueaba los lóbulos de las orejas y yo creía que me iba a morir. Intenté zafarme pero…

Era inútil, se intentó separar un poco, pero entonces yo contraataqué con mi mano izquierda y empecé a acariciarle el pelo sin dejar de jugar con sus orejas y su cuello.

Lo del pelo fue definitivo. Cuanto más lo acariciaba, más ganas tenía de sentirlo dentro de mí.

Lo de sus pezones fue definitivo. Cuanto más duros se ponían, más ganas tenía de sentirme dentro de ella.

Me hizo el amor de la forma más tierna y delicada que yo recordara, nadie me lo había hecho a lo largo de mi vida.

Me la follé de la forma más salvaje y brutal que me había follado a nadie en toda mi vida.

Entre sus brazos no pude dormir en toda la noche.

Me quedé dormido como un tronco.

A la mañana siguiente le llevé zumo de naranja a la cama, que se tomó de un solo trago.

Casi vomito con el zumo de naranja. Me sienta fatal. Yo necesito tiempo para empezar a echarme cosas a la boca, pero en este caso no había abierto todavía los ojos y ya tenía un vaso de zumo recién exprimido entre los labios.

Me duché, me vestí, nos despedimos con un apasionado beso y me fui a la oficina.

Llegaba con el tiempo justo de ir a casa a cambiarme y llegar a tiempo a la oficina. Por el camino de regreso me di cuenta de que al final no habíamos hablado nada sobre nosotros, mejor así. A mí me gustaba ir despacio, seguiríamos viéndonos de manera informal, ya habría tiempo de hablar de cosas serias.

No hizo falta hablar nada sobre nosotros. Oficialmente éramos novios formales. Ahora me tenía que preocupar de empezar a concienciar a todo mi entorno.

Me enteré de que estábamos saliendo de manera oficial la tarde siguiente a nuestro encuentro nocturno. Me llamó por teléfono y me soltó:

—*No hagas planes para el domingo que tenemos almuerzo de presentación en casa de mis padres.*

—¿Almuerzo de presentación? ¿De presentación de qué?

—*¡Ay, qué tonto eres!, pues de lo nuestro, ¿de qué va a ser?*

Me tambaleé un poco al escucharla. Es decir, sin hablar nada, éramos novios formales y me quería presentar a sus padres. Yo que intento no conocer a los padres de mis parejas hasta, por lo menos, pasados quince años de relación.

No lo vi demasiado emocionado con la idea. Supuse que sería el nerviosismo. El almuerzo resultó genial. A mis padres les encantó Aby. Lo pasamos en grande, charlamos, nos reímos, incluso acabamos algo achispados al final del encuentro.

El padre de Helena me hubiera matado allí mismo. No paraba de mirarme con cara de asesino. Ella era hija única. Única heredera del imperio naval de su padre y, aunque todavía no había cogido las riendas de la compañía, porque su padre se sentía todavía con fuerzas, era su sino heredarla al completo.

He de reconocer que, aunque al principio me sentí bastante incómodo, al final lo pasamos muy bien. El padre acabó borracho como una cuba abrazándome y susurrándome al oído que como le hiciera daño a su hija, él mismo me estrangularía y sería el almuerzo de los caimanes que tenía en el jardín. Lo decía borracho y entre risas, pero acojonaba.

Después del almuerzo en casa de mis padres quería hacer cosas diferentes con él. Tenía muchas ganas de sorprenderlo. Estaba empezando a enamorarme y quería invitarlo al mejor hotel del país. Suponía que no le gustaría mucho la idea, pero si no le contaba nada y solo le decía que íbamos a pasar el fin de semana juntos, a lo mejor aceptaría.

Fin de semana romántico, ese fue el título que le puso a sus planes para el fin de semana. A mí no me hacía demasiada gracia, ya que mi equipo jugaba en casa y yo intentaba no perderme ningún partido en el estadio.

Sabía que había partido en el estadio ese fin de semana, yo era una de las accionistas del club, pero lo hice con esa intención, que me demostrara que le importaba más que un partido de fútbol.

No es que la prefiriera a ella antes que el partido, es que estaba en esa época en la que todo lo que haces con tu pareja te parece que está bien.

Al final accedió a venirse conmigo y yo me lo tomé como un gesto que haría que nuestra relación durara hasta el infinito y más allá.

Me dijo que lo tenía todo preparado, que no me preocupara por nada, que ella iba a correr con todos los gastos y que ya, en otra ocasión, me tocaría a mí invitarla. Fue pura cortesía, sabía que con mi sueldo no podríamos quedarnos ni en la mítica "Pensión Loli".

Lo fui a buscar con uno de los coches de mi padre. El hotel al que íbamos a ir era la apariencia por excelencia y si aparecíamos con su coche, seríamos la comidilla de todos los empleados durante todo el fin de semana, por lo que preferí que nadie tuviera oportunidad de comentar nada.

Me vino a buscar en la reencarnación automovilística del Todopoderoso Titanic, era un barco con cuatro ruedas. No entendí nada hasta que me dijo que estábamos llegando a nuestro destino, giró en una curva muy pronunciada y…

*Ahí estaba el "Gran Hotel Súper Palace***** Mega Lujo", la máxima categoría que podía tener un hotel en nuestro país.*

Era una mansión, un castillo, un palacio, era la edificación más impresionante y lujosa que había visto en mi vida. De hecho creí que íbamos a ir primero a un museo, solo me percaté de que dormiríamos ahí esa noche cuando un señor muy elegantemente uniformado le pidió las llaves del coche a Helena y otros tres se ocuparon de las maletas con desproporcionado servilismo.

Solo había estado en ese hotel en dos ocasiones y siempre con mis padres. Me encantaba. Era como estar en un cuento de hadas. El hotel era una antigua edificación que había pertenecido a la nobleza y desde hacía más de 50 años era un hotel de lujo. Me apetecía mucho pasar con Aby ese fin de semana y esperaba aún más que él lo disfrutara.

Me sentía incómodo, tantas atenciones no estaban hechas para mí. Llegué incluso a sentir vergüenza. Estábamos haciendo el *check-in* en recepción y llegó un camarero preguntándonos si nos apetecía beber algo, yo le agradecí el gesto, pero ignoré su ofrecimiento. Helena, por su parte, pidió un *Dry Martini*.

Seguidamente volvió el mismo camarero a preguntarme qué prensa solía leer yo. Le contesté que ya miraría la que hubiera en el bar y le echaría una ojeada, que no se preocupara. Automáticamente me percaté de que la chica que estaba en recepción no podía reprimir una pequeña carcajada.

Le indiqué al camarero que ya pasaríamos la nota a recepción con nuestras preferencias cuando nos hubiéramos acomodado. Le tuve que explicar a Aby que en estos hoteles, cuando llegas, te preguntan qué te apetece beber y qué prensa lees para todos los días de tu estancia ofrecerte el periódico a primera hora de la mañana y acercarte esa bebida a cualquier lugar del hotel en el que te encuentres a la hora del aperitivo, pudiéndola cambiar si así lo creías conveniente.

Me había quedado en pocos hoteles, eso es cierto, pero mis experiencias en ese sentido eran la del zumo de piña artificialmente conseguido o la mítica copa de vino blanco gasificado con la cereza dentro. Sobre el periódico, lo común, si te apetecía leerlo o lo comprabas u ojeabas el que estaba para todos los clientes del hotel, no había más opciones. Dudaba de poder apreciar todas esas atenciones con el debido disfrute.

Tenía mis dudas sobre si Aby iba a disfrutar de esta escapada tanto como me hubiera gustado a mí, pero albergaba la esperanza de que se olvidara de todo y se dejara llevar.

La habitación era hortera hasta niveles insospechados. Toda llena de encajes, por tener encajes, los tenía hasta los grifos de la ducha. Los cuadros, qué decir de los cuadros, fruta, un gran cuadro de fruta. En mi vida había visto algo tan simple como un montón de fruta toda amontonada.

La decoración se podría definir como sublime. Una combinación perfecta entre el clasicismo y el modernismo más vanguardista. Los cuadros, qué decir de los cuadros, un bodegón, un espectacular bodegón. En mi vida había visto algo tan grandioso como un auténtico bodegón de Rembrandt, herencia de los nobles que aquí habitaron.

—¿Te gusta? —pregunté al observar su cara obnubilada.

—Me encanta —contesté al contemplar su cara maravillada.

Me estaba acostumbrando al lujo, me sentía desplazado, eso era más que evidente, pero he de reconocer que me agradaba. Dicen que a lo bueno se acostumbra uno rápido y yo lo estaba empezando a conseguir.

No estaba acostumbrado al lujo, eso era más que evidente, se le veía más desubicado que un porreta en la maratón de Nueva York. No se acostumbraría a esta situación ni en un millón de años.

—¿Te gustaría que nos fuéramos? —lo dije sabiendo que la respuesta sería afirmativa.

—¿Irnos?, ahora que me empiezo a acostumbrar a esto —no entendía a qué venía la pregunta.

—Pensaba que estabas incómodo y que preferías que nos volviéramos.

—Tengo que reconocer que me sorprende que cuando vamos a la piscina, y quiero colocar mi toalla en la hamaca, venga corriendo un señor y me la quite de las manos para colocarla él, además de acomodarme una almohada para que disfrute del sol. Llama la atención, pero tampoco es que me disguste. Me hace sentir un poco inútil, pero lo llevo bien. No sufras por mí.

*—Me alegro de que lo estés pasando bien —no sabía hasta qué punto me hacía feliz que estuviera disfrutando de esta escapada. Era como si ya empezara a entrar en "mi mundo" y el de todo mi entorno, y lo hacía por la puerta grande, nada más y nada menos que en el "Gran Hotel Súper Palace***** Mega Lujo".*

Todos los sábados por la noche se celebraba la cena de gala en el hotel. Así lo anunció Helena: "Esta noche tenemos cena de gala en el hotel". Mi respuesta fue igual de galante: "pues vale".

No entendía nada, cuando le decía que teníamos cena de gala es que había que ir vestido de etiqueta y si se lo planteaba así, lo más probable es que me dijera que él las etiquetas se las quita a la ropa nada más comprarlas y se quedaría tan tranquilo.

Gracias que había traído mi polo nuevo y unos vaqueros que casi no tenían uso, porque seguro que a esa cena tendría que ir bien vestido.

¿Cómo le podría hacer ver que se tenía que poner el smoking que le había encargado?

Cuando salí de la ducha para vestirme, lo vi. Era un maniquí, sin cabeza, vestido de pingüino, que casi me mata del susto cuando me lo encontré de frente.

La verdad es que en el hotel se portaron genial. Les había dado la talla de Aby y les había pedido que me consiguieran un smoking y un maniquí, con la intención de que lo viera al salir de la ducha.

Quería que me lo pusiera. Yo nunca me había puesto nada parecido, es más, no iba a fiestas de fin de año para evitar enfundarme uno de esos ridículos disfraces. Para más inri, siempre me había reído de Julián porque a él todos los años le tocaba embutirse en uno para partir el año con sus suegros. Por ahí sí que estaba seguro que no iba a pasar, todo menos disfrazarme de algo que no era.

Me fui a la terraza de la habitación y me puse a llorar. No lo pude evitar, yo me considero una mujer muy fuerte, pero eso me superó. Se empeñaba en ir vestido con un polo de lo más hortera y unos pantalones vaqueros que parecía que habían sido utilizados para un rodeo en el lejano oeste. Me pudo la presión y rompí a llorar.

Me quedaba perfecto, parecía que me lo habían hecho a medida. La pajarita me sentaba estupendamente, me miraba en el espejo y, sinceramente, me veía hasta guapo.

Entré en el restaurante cogida de su brazo, me sentía como una princesa en un cuento de hadas.

Yo quería pasar desapercibido, pero justo cuando íbamos a entrar en la sala, va y se me cuelga del brazo. No estaba acostumbrado a llevar nada colgado del brazo, y menos una mujer como Helena, y menos una mujer como Helena en un lugar como aquel. Además me sudaban hasta las cejas.

El Jefe de Sala nos acompañó hasta nuestra mesa. Estaba todo montado para disfrutar del menú degustación del hotel, lo único que tendríamos que elegir serían los vinos y, en esa parte, yo estaba más que acostumbrada a lidiar con todo tipo de sumilleres.

Me acababa de acordar de que en ese restaurante trabajaba uno de los sumilleres más importantes del país, un reputado francés que habían sacado de un *Tres Estrellas Michelín* de París para traerlo a ese restaurante.

En la carta de vinos solo había una referencia nuestra y, aunque a mí me hubiera gustado pedirla, porque seguro que sería la única botella que venderían en todo el año, no tenía del todo claro que a Helena le pareciera bien.

—¡Qué casualidad! Tienen un vino de Newine Corporation en la carta, ¿te apetece? —estaba segura de que sería la única botella que venderían en todo el año en un restaurante como ese.

—Está bien, ¿a tí te gusta? —no quería que lo pidiéramos por compromiso.

—Para mí está perfecto.

En ese momento llegó el sumiller para tomar la nota de los vinos y se dirigió a mí directamente. Aunque Helena era una reputada sumiller, reconocida en todo el país, el toque machista de esta profesión no lo perdían ni los más afamados profesionales. Además era más que evidente que no la había reconocido. Le indiqué que queríamos el Can de 2012 del Valle de la Orotava y, sobre la marcha, anunció:

—Debo advertirle al caballero que para el menú que les hemos preparado ese vino no está a la altura, sobre todo, en el aspecto de las armonías. Le recuerdo que el plato principal es un "Lenguado sobre lecho de verduras evaporadas con espuma de cilantro y reducción Moscatel seco". Yo, en este caso particular, tendría clarísimo que al lenguado le vendría genial un Chateau Lena del 95, un *Chardonnay* californiano que es una delicia.

Me quería morir. Ya habíamos decidido qué vino íbamos a tomar, no sabía qué decir. Me disponía a acatar la decisión del sumiller, cuando Helena intervino.

—Muy bien —dije mirando al sumiller, que a su vez nos miraba con cara de suficiencia— tráigale al lenguado el Chateau Lena y a nosotros el Can 2012, muchas gracias.

Creo que fue un amago de infarto, definitivamente estuvo a punto de darle un infarto allí mismo en medio de la sala, literalmente el sumiller no sabía dónde ponerse. La respuesta de Helena había sido magistral. Esbozó una media sonrisa forzada y se fue.

—Has estado increíble, yo no sabía qué responder, si no llega a ser por ti, nos hubiera traído el Chateau ese seguro.

—Odio que me digan lo que tengo que beber o comer. Eso me lo enseñó mi padre, cuando un cliente pide un producto no lo contradigas, ya ha realizado su elección, sus motivos tendrá.

Los había observado desde que entraron por la puerta del restaurante. Estaba claro quién era de alta alcurnia y quién había venido de prestado. Sin embargo, lo que me hizo salir de todas mis dudas fue el episodio del sumiller. Qué bien había salido la chica de tan embarazosa situación, estaba seguro de que se había visto en la misma tesitura en infinidad de ocasiones. Dudé durante un rato si acercarme o no. No quería incomodarles pero, por otro lado, consideré que les haría un favor incorporándome durante un rato a la velada, así que sin más me dirigí hacia ellos.

¿Y este quién es?, hacia nosotros venía un señor de algo más de 70 años con una sonrisa de oreja a oreja y dispuesto a decirnos algo.

Cuando me quise dar cuenta, ya estaba acercando una silla a nuestra mesa.

—¿Puedo? —lo dije ya casi sentado, no suelo tener estos arrebatos pero han pasado tantos años que no me importa nada lo que pueda la gente pensar de mis acciones.

—Claro —¿qué otra cosa le podía decir? Alguien pide permiso para sentarse en una mesa en la que ya está sentado, lo normal es no contradecirlo.

—Estamos cenando y nos gustaría seguir haciéndolo a solas, si no es mucho pedir —me parecía una desfachatez que ese señor se sentara a nuestra mesa, así como quien para por ahí.

—Solo les quería hacer una pregunta y me iré —realmente era eso lo único que quería hacer.

—Pues pregunte, aunque no le garantizo que le vayamos a responder, y después váyase, por favor —intenté ser lo más educada que pude dentro de la brusquedad de mis palabras.

—¿Qué hacen aquí?

—Cenar y disfrutar hasta que ha llegado usted —ahora sí que me había pasado. Aby miraba la conversación sin decir nada.

—Es evidente, pero ¿por qué aquí? Este hotel tiene una tarifa de precios que es desmesurada y, si se han fijado, la media de edad de todos los clientes de este hotel es de 65 años.

—Pues es verdad, no me había fijado —el señor tenía toda la razón del mundo, los más jóvenes éramos Helena y yo, pero con diferencia.

—¿Tiene eso alguna importancia? Ya le hemos contestado a su pregunta, ahora si nos disculpa, nos gustaría continuar nuestra velada

a solas —me daba igual quiénes fueran los más viejos o los más jóvenes de la sala.

El señor nos pidió disculpas por la intromisión, hizo un leve gesto a modo de despedida y se alejó hacia su mesa, que curiosamente no tenía acompañante.

Al verlo caminar me di cuenta de que había nacido con *smoking*, lo llevaba con una soltura que parecía una segunda piel, además tenía en un bolsillo un pañuelo con unas iniciales grabadas, que supuse serían las de su propio nombre.

Tenía el pelo cano, pero poblado, algunas arrugas, que se acentuaban con el cansancio de su mirada. Se fue triste. Estoy seguro de que esa conversación de las preguntas quería que nos llevara a alguna parte, pero Helena se mostró implacable y no dio opción a ningún tipo de *feedback*.

—Está muy bueno el pescado y marida perfectamente con el Can 2012 —lo dije como algo para salir del paso, desde que se había ido el impertinente Aby no había dicho prácticamente nada.

—Sí, es verdad, tienes razón —me daba igual el pescado, el Can y lo que me contaba Helena. Estaba ansioso por descubrir qué quería decirnos aquel señor, pero ella no lo permitiría nunca.

Estaba furiosa. Desde que había llegado ese señor a nuestra mesa, la velada se había torcido de una manera horripilante. Aby parecía hipnotizado, le hablaba y me contestaba con monosílabos, comía como un autómata, era desesperante.

Por fin llegó la hora del café, estaba deseoso de salir de allí cuanto antes.

—¿Quieres tomar algo? —me hubiera apetecido tomar una copa, pero por lo que se veía sería en otra ocasión.

—¡Qué va!, tengo mucho sueño —intenté que el bostezo que acompañó la afirmación fuera creíble.

—Pues nada, vamos a dormir – la noche no podía haber salido peor y todo por culpa de un loco que se había acercado a nuestra mesa a decir tonterías de la edad. Cuando nos disponíamos a salir no pude evitar mirar a aquel hombre con cara de asesina en serie, él por su parte nos miraba como medio sonriendo. No quise pensar más en la situación que habíamos vivido, porque me estaba poniendo fatal.

Cuando estábamos a punto de llegar a la habitación le dije:

—He olvidado el móvil en algún sitio, llámame a ver si está en tu bolso —el móvil lo había dejado a posta encima de la mesa.

—Ya te estoy llamando, pero no suena, ¿no lo habrás puesto en silencio? —no me podía creer que hubiera perdido el móvil.

—Me lo he debido de dejar en el restaurante. Vete entrando tú, que voy a buscarlo.

—¿Quieres que te acompañe? – deseaba con toda mi alma que dijera que no.

—No hace falta.

—Muy bien, no tardes —lo único que había salido bien en toda la noche era no tener que caminar 10 minutos con estos taconazos.

Perfecto, iban a ser los 10 minutos más cortos de mi vida. Salí a toda prisa hacia el restaurante, no me hubiera podido perdonar que el señor se hubiera ido. Cuando llegué solo quedaban dos mesas en el restaurante y ninguna era la de nuestro "amigo".

Lo primero que hice fue ir a buscar mi móvil, que había recogido el Jefe de Sala y tenía a buen recaudo, y lo segundo y en el mismo acto fue preguntarle por el señor que ocupaba la mesa contigua a la nuestra.

Me explicó que por política de empresa no podía dar esa información, pero que le vendría bien compañía. Haciéndome jurar que llegaría allí de manera fortuita, me indicó que estaría en el bar del hotel tomando un *whisky* de malta. Efectivamente estaba en el bar, no pude precisar si tomaba *whisky* de Malta o de Chipre, pero ahí estaba.

Sinceramente me alegré de volver a verlo. Me parecía un chico muy afable y tenía una mirada que inspiraba confianza. Vino directamente hacia mí, con lo que deduje que le apetecía conversar tranquilamente.

Realmente no sabía qué iba a decirle. Cuando me dirigía hacia su mesa, no tenía preparado nada. Me estaba comportando como lo había hecho él hacía menos de una hora. Lo curioso es que no sabía qué hacía ahí, debería estar con Helena en la habitación y de repente me encontraba frente a un auténtico desconocido.

—Hola —acerté a decir después de que estuviera un tiempo indeterminado mirándome con cara de panoli.

—Hola —justo al terminar de pronunciar esa palabra me quise dar la vuelta y volver a la habitación, de hecho era lo que iba a hacer.

—¿Te apetece hablar?

Mucho, pensé. Realmente me apetecía hablar con aquel señor, sabía que había ido a nuestra mesa a contarnos algo y no le habíamos dejado.

—¿Por qué fue hasta nuestra mesa? Ha de reconocer que fue una situación algo violenta —necesitaba saber qué lo había llevado a interrumpir la cena de dos personas para hablar de la edad de los clientes de un hotel.

—Ante todo debo pedirte disculpas, a ti y a tu señora. Realmente no quería incomodarlos, simplemente estaba pensando en alto y me dio ese impulso de acercarme hacia su mesa, pero créeme que no quería importunarlos —empezaba a ser una situación incómoda, pensándolo fríamente me había comportado como un perturbado.

—Pero si ella no le llega a invitar a que se fuera de nuestra mesa, ¿qué nos hubiera contado? Parecía que quería contarnos algo que para usted era importante, ¿no es así? —no me podía creer que solo hubiera ido a nuestra mesa para hacernos caer en la cuenta de que éramos los más jóvenes de la sala.

—Tienes razón —dije a modo de excusa pueril.

—Y ¿bien? —había bajado hasta el restaurante a escucharlo, no me iba a ir de vacío.

—Realmente, ¿quieres que te explique a qué fui a su mesa? —ahora no estaba preparado para hacer esa reflexión en alto, no estoy seguro de haberlo estado antes tampoco, pero ahora, después de dos cervezas, una botella de vino y dos *whiskys* de malta con hielo, mucho menos. Sin embargo, era evidente que este chico había venido solo a que le relatara mis pensamientos.

—Claro, estoy aquí solo para eso. He dejado a mi novia en la habitación y me he inventado una excusa infantil para poder escaparme y que me cuente por qué fue hasta nuestra mesa.

—Está bien. Mi nombre es Alberto Monzón, tengo 72 años y tengo tanto dinero que no me preocupa el dinero. Soy uno de los empresarios más influyentes de este país, debo rectificar, era. En estos momentos todas mis empresas están en manos de mis hijos y yo solo aparezco en las cenas y los homenajes varios que me llevan haciendo desde hace 6 años que me jubilé. Me acerqué a su mesa, porque me hicieron pensar. Llevo trabajando desde los 12 años sin parar. Empecé a reflexionar a cerca de que en toda mi vida solo había estado en este hotel una vez con mi exmujer y mis hijos y los había dejado solos porque me surgieron compromisos empresariales y me tuve que ausentar. Desde que abandoné mis responsabilidades

en los negocios me paso aquí temporadas de meses, he llegado a estar más de 6 meses seguidos sin salir del hotel. Cuanto más tiempo tengo para disfrutar de todo el dinero que he ganado a lo largo de mi vida, más me doy cuenta de que el mundo está mal diseñado, porque cuando tengo tiempo y dinero para disfrutar de estos placeres no tengo ni fuerzas ni ganas de hacer nada. En esa misma situación están el 99% de los clientes de este complejo, menos ustedes. Somos todos una panda de vejestorios multimillonarios que estamos más preocupados por no saltarnos las horas de las pastillas que por disfrutar de todo lo que nos rodea. Por eso me sorprendió verlos a ustedes dos en un hotel como este, no es común, aunque cuando me puse a observarte a ti, y me di cuenta de que era la primera vez que pisabas un antro como este, empecé a atar cabos y saqué mis propias conclusiones.

Yo solo asentía con pequeños movimientos de cabeza. Dejaba que se desahogara, era evidente que necesitaba hablar. Por un lado, todo el tiempo lo había visto solo, en ningún momento se acercó nadie que no fuera del servicio del hotel a dirigirse a él. Por otro lado, los *whiskys* de malta estaban empezando a hacer estragos en su verborrea.

—La soledad, capítulo aparte. Mi familia me ha apartado de toda relación que pueda tener con ellos. No quieren que interfiera en sus planes de negocio, me han convencido de que merezco descansar, disfrutar de mi vejez, me han dicho. Toda la vida rodeado de gente, tengo más de dos millones de amigos, o tres, no lo sé. El caso es que cuando he dejado de ser influyente en los negocios, todos esos amigos de la noche a la mañana han desaparecido. Todas las personas, incluso los amigos

más leales, buscan algo, te necesitan por algo, el mundo se mueve por el interés. El día que muera, el óbito saldrá en todas las noticias a nivel nacional, vendrá gente de todas las partes del mundo a mis funerales. Me he puesto a pensar y estoy seguro de que no habrá catedral en el mundo capaz de albergar a toda la gente que querrá acompañarme en ese último viaje. Nadie se da cuenta de que el viaje trascendente es este y en este, que es el de vital importancia, estoy yo solo. Gracias y buenas noches – me levanté y me fui. Tenía los ojos llorosos y me sentía derrotado, me hubiera dado igual que enfrente de mí hubiera estado ese chico o una maceta. Me había vaciado por dentro, nunca antes había expresado tantas verdades en tan poco tiempo. Mi vida era una impostura, a ojos del mundo era el vivo ejemplo del éxito, pero en el fondo estaba muerto en vida.

Se levantó y se fue. Sin más explicaciones, "gracias y buenas noches" fueron sus últimas palabras. Todavía aguanté un rato más analizando las palabras que me había regalado este señor tan enigmático. Sinceramente sentía muchísima curiosidad por saber de quién se trataba realmente. Estoy seguro de que me mintió sobre su verdadero nombre, pero la verdad es que no le ponía cara a ninguno de los empresarios importantes del país.

Quizás me había mentido, independientemente de si su historia era real o no, me hizo pensar. Me hizo pensar también en la familia. Con Tami habíamos hablado muchas veces de tener descendencia, pero no había surgido, no lo habíamos buscado con demasiado ahínco.

Independientemente de eso, me planteé cómo sería tener hijos con Helena y su condición social. Mis hijos tendrían en principio la vida resuelta, ya que heredarían el imperio de su abuelo, algo parecido a lo que me acababa de contar mi "amigo". Me pasé todo el trayecto de vuelta con esas cábalas.

Llegué mucho más tarde de lo esperado y Helena estaba leyendo un libro con cara de ningún amigo, así que no quise forzar una conversación que a todas luces invitaba a que iba a ser calentita.

—Buenas noches —dije a modo de pedir algún tipo de explicación.

—Buenas noches —dije como única explicación.

No pronunció una palabra más, me quedé mirando un rato a ver si reaccionaba, pero no dijo absolutamente nada.

Estaba claro que quería que habláramos, pero no me apetecía contarle que había ido a ver al señor de la cena y me negaba a mentirle inventándome una *milonga-odisea* que, supuestamente, había tenido que sufrir para buscar el móvil.

Era una situación de lo más incómoda. Ninguno de los dos hablaba y yo consideraba que merecía una explicación por haberme tenido en la habitación esperando casi una hora.

Este tipo de ocasiones en los que las parejas estamos en este estado de estar juntos, pero como si no lo estuviéramos, es como mínimo curioso. Creo que nos pasamos así sin decirnos absolutamente nada más de tres cuartos de hora.

Cada uno estaría haciendo sus propias cábalas en la cabeza, pero ninguno de los dos pronunciaba una palabra. Era como estar solo, pero con el agravante de estar pensando en qué estará pensando el otro.

Cerré el libro, apagué la luz de mi mesa de noche y me hice la dormida, a ver si así reaccionaba de alguna forma.

Abrí un libro, encendí la luz de mi mesa de noche y esperé. Cuando empezaron sus leves ronquidos, cerré el libro, apagué y me quedé dormido dándole vueltas al monólogo del enigmático señor y pensando en qué estado nos levantaríamos a la mañana siguiente.

Me desperté con leves cosquillas en los lóbulos de las orejas, cuando empecé a tomar conciencia de lo que estaba pasando, la punta de su lengua ya recorría todo mi cuerpo, incluso por zonas donde no era consciente de que pudiera producir tanto placer por segundo. Pensándolo bien, dudo de que exista una forma mejor de empezar un nuevo día que de esta manera. Ya ni siquiera me acordaba de la noche anterior y de lo enfadada que me había ido a la cama.

Acertadísimo polvo mañanero.

Llegué al desayuno y lo primero que hice fue pedir una copa de champán, me sentía pletórica.

Fui directo a la zona de cafés, pero cuando me di la vuelta, Helena venía con una copa de champán para que brindáramos a las diez de la mañana. Definitivamente esta chica tiene problemas con el alcohol.

No aceptó mi copa de champán, pero le veía en la cara la alegría que le producía verme así de eufórica.

Estuve todo el desayuno buscando a mi "amigo". Me hubiera gustado despedirme, ya que al final de nuestro encuentro de la noche anterior no había tenido oportunidad.

Pregunté a los camareros si sabían algo de él, pero con la discreción que les caracteriza me dijeron amablemente que con la descripción que les daba les era muy difícil acertar de qué cliente se trataba. Me pedían mil disculpas por ser incapaces de ayudarme y se retiraban con gestos de cabeza que me sacaban de quicio. Parecían sacados de una película sobre la esclavitud.

Aby estaba un poco ausente, pero yo me sentía genial. Las copas de champán me habían achispado un poco y el desayuno me había sentado de maravilla, así que en mi cabeza solo cabía una posibilidad… VOLVER A LA HABITACIÓN Y NO SALIR HASTA QUE NOS ECHARAN DEL HOTEL.

Creo que todavía estaba la puerta abierta cuando me tiró en la cama. Tengo dos recuerdos de ese día, este que acabo de narrar y el salir con el *transatlántico* de coche del padre de Helena rumbo a casa.

De resto no me acuerdo de nada, fue tal el estado de éxtasis que pareció como si no hubiera pasado. También tengo otro recuerdo. Saliendo, miré por el espejo retrovisor y, al ver la majestuosidad del hotel en el que nos acabábamos de hospedar, me vino un pensamiento a la cabeza: "A Tami le hubiera encantado estar aquí".

Llevábamos seis meses saliendo y era todo fantástico. Todos mis miedos sobre nuestras diferencias se disiparon desde el principio. Al final nos supimos adaptar a la perfección a nuestros mundos. Yo me llevaba genial con Julián y Lolo y él parecía que había criado toda la vida a mi ahijado.

Era maravillosa. Helena resultó ser un ser excepcional, cariñosa, atenta, divertida. Esa sonrisa que me había enamorado no la perdió nunca. Nuestros mundos al fin y al cabo no eran tan diferentes. Congeniamos perfectamente con nuestros amigos comunes y nuestras familias se adaptaron con sorprendente facilidad a nuestra relación. El problema finalmente resultó ser otro. Helena cobraba más que yo.

De la noche a la mañana me dejó. Me dijo que lo nuestro no funcionaría, que nuestros mundos eran totalmente diferentes, que ya no sentía lo mismo por mí, que lo mejor era que lo dejáramos. En resumidas cuentas, me abandonó. La primera reacción de mi padre fue convocarlo en el muelle para hablar tranquilamente y luego sedarlo y mandarlo al fondo del mar. Me comentó que no era tan difícil, lo decía en serio, pero le quité esa idea de la cabeza.

No lo puede soportar. Me sorprendí a mí mismo de cómo me superaba esa situación de que ella tuviera un puesto de trabajo más importante que el mío y que, por lo tanto, cobrara más que yo. A mí mismo me parecía increíble, teniendo en cuenta la solvencia económica que ella ya tenía de por sí.

Pero no era eso, era que me sentía inferior. Me destrozaba cuando me contaba las operaciones que realizaba en su empresa y de la que ella era responsable.

En alguna ocasión la sacaban en la prensa por alguno de los logros de los restaurantes de la cadena. Lo más interesante que llegaba a contarle yo sobre mi trabajo era que había alcanzado los objetivos marcados. En esos casos ella se ponía muy contenta y yo me lo tomaba como que se estaba riendo de mí.

Me estaba volviendo loco y decidí que lo mejor para los dos era que lo dejáramos. Sin querer me acordé de Tami. Ella me había repetido la misma frase: "lo mejor para los dos".

Transcurrieron varios meses en los que lo pasé francamente mal. Me acordaba de Aby cada segundo, creía que no lo superaría. Tenía el apoyo de mi familia y amigos, incluso mi padre me decía que podíamos buscar otras alternativas que no fueran mandarlo al fondo del mar, que era cuestión de valorarlo... Después de todo lo superé. Nos seguimos llamando a pesar de todo y nos contamos cómo nos va la vida. Aunque he de reconocer que cada vez nos llamamos menos y cada vez que nos llamamos hay menos que contar.

Capítulo 13

Susana (tercera parte)

Hacía tres días que no se veían y ya tenían mono de sí mismas. Se tenían muchas cosas que contar. El favor que necesitaba Susana de Nina en relación con su novio era que lo entretuviera una tarde en lo que Susana le compraba un regalo para su cumpleaños. Julián hubiera preferido una tarde entera viendo películas mudas antes que volver a pasar tantas horas a solas con Nina.

Esa tarde iban a verse por fin en el club. Estaban las dos eufóricas. Como ya comentamos anteriormente, hacía tres días que no se veían y tenían muchas cosas que contarse. Susana salió primero de la oficina y quedó en esperar a Nina en el club, ya que a esta última le quedaban todavía cosas que hacer. Finalmente cuando salió decidió ir en taxi.

—Al club —le dijo Nina al taxista nada más sentarse.

—¿Qué club señora? —contestó el taxista con desdén.

—¿A qué club va a ser? Al nuestro —Nina estaba muy ofendida de que el taxista no supiera dónde estaba su club.

—Señora, en esta ciudad hay infinidad de clubs, hay clubs de fútbol, de baloncesto, de tenis, de póker, de brisca, por haber hay hasta clubs de alterne. ¿Me podría indicar usted si es tan amable a cuál se quiere dirigir? —la paciencia del conductor era infinita.

—Pues al club donde vamos Su y yo a hablar de nuestras cosas. Pero no me suena ninguno de esos que usted ha dicho. Espere que voy a llamar.

Marcó el teléfono de Susana y después de estar un rato diciendo "ajá, ajá, ajá", finalmente colgó y le dijo al taxista el nombre del club. Este solo atinó a decir:

—Me lo tenía que haber imaginado.

Fue directa a la *lounge* donde ya la estaba esperando su amiga con los Gin ya servidos.

—Cuánto has tardado. De verdad que así no se puede.

—¡Ay!, lo siento Su, es que no conseguía explicarle al taxista dónde estaba el club.

—Bueno, no te preocupes. Tengo un súper notición que te vas a morir aquí mismo cuando te lo cuente.

—Pues no me lo cuentes, que yo prefiero estar viva un poco de tiempo más, que todavía me quedan montón de cosas por hacer en esta vida. Me falta: operarme las tetas, hacerme un *lifting*, sacarme el carnet de la biblioteca, renovar el de identidad, tener un hijo o dos, ya veré, aprender alemán, pasar un fin de semana entero con un *personal trainer*… —Susana no la dejó continuar.

—Es una forma de hablar Nina, no te vas a morir. Aunque sí que lo vas a flipar un poco —dijo poniendo un tono de intriga a la frase final.

—Pues cuenta, cuenta, no me dejes así.

—Resulta que Aby y Helena lo han dejado.

—¡No!

—¡Sí!

—¡No!

—¡Sí!

—¡No!

—¡Que sí Nina!, no sigas que eres cansina.

—Pero si les iba genial, tú misma me lo dijiste —sus palabras salían y no era capaz de creerse que lo que le estaba contando su amiga fuera verdad.

—Eso parecía, pero yo siempre dije que esa relación no podría salir nunca bien.

—También decías que a Helena le gustaba más jugar con camiones que con Barbies y que comía más bollos que salchichas y que prefería más un felpudo que una escoba y, al final, te equivocaste un poco, así que no vale ahora decir que tú lo sabías.

—Es que eso lo decía porque conozco a Helena y a su familia desde hace muchos años y ella nunca había tenido ni un novio, ni un amigo, ni un amante, ni nada de eso. Por eso creíamos que le gustaban más las niñas que los niños. Y ahora no te hagas la nueva que tú también lo creías.

—Pero solo porque tú me lo decías, yo no la conozco de nada, bueno la conozco por lo que tú me has contado. Claro, por eso yo también pensaba que disfrutaba más viendo un desfile de *Victoria's Secret* que un desfile de bomberos un día de agosto.

—Pues nos equivocamos. Al final se ve que le gustan más los pirulos.

—¡Ay, qué graciosa, Su! Los pirulos porque tienen forma así, de pirulo. ¡Qué simpática eres! —Nina lo decía imaginándose la forma del pirulo y sus diferentes utilidades.

—Lo que no se sabe es quién ha dejado a quién.

—Eso es lo de menos, Su. Aquí la fatalidad es que se ha acabado el amor y cuando eso se acaba, la vida se para y ya no tiene sentido buscarle un sentido, porque lo que hace girar el mundo es la fuerza del amor. *The power of love for ever!* —gritó entonando el estribillo de la conocida canción. Los gin empezaban a hacer su efecto, pensó Susana al ver el estado en el que se encontraba su amiga.

—Vamos a ver Nina, mi vida, es importante saber por qué se ha terminado. Le he preguntado a Julián a ver si le sonsaca algo a Aby, pero no hay forma.

—¿Por qué tienes tanto interés en saber quién ha dejado a quién?

—Estoy segura de que ha sido Helena a Aby.

—Estás segura de que lo ha dejado por una tal María o algo así, ¿verdad?

—No, que tienes menos luces que un faro en el desierto.

—Si en el desierto no hay faros —pensó en alto Nina.

—Lo ha dejado, porque una relación así no puede funcionar. Ella, hija única de uno de los armadores más importantes del país y él un comercial de una empresa de tres al cuarto.

—Pues tú eres la hija única de uno de los empresarios más importantes de este país y tu novio es igual de comercial de la misma empresa de tres al cuarto que el exnovio de Helena y tan bien que les va.

Susana no contestó.

—Repito de nuevo, y tan bien que les va, refiriéndome a ustedes dos.

Susana estaba ausente.

—La tierra llamando a Su, responda a nuestra llamada, estamos haciendo un llamamiento desde aquí abajo, ¿nos recibe? – lo dijo imitando el sonido de una nave espacial.

—Lo voy a dejar —acertó a decir al fin Susana.

—¿El gin-tonic? Sí, es mejor que lo dejes ya que estás

como perdida en otro mundo del más allá o eso o te estás emborrachando de lo lindo, por eso es mejor que lo dejes.

—Me refiero a Julián. Lo voy a dejar con Julián.

—¡Oh, *my God* de todos los santos! pero ¡qué oyen mis oídos! ¿Que vas a hacer qué?

—Esto de Helena y Aby me ha hecho que pensar y definitivamente nuestra relación no va a ninguna parte.

—Pero si llevan toda la vida juntos y él te quiere más que la trucha al trucho.

—Eso no es suficiente. Si me quisiera de verdad, ya me habría pedido que me casara con él.

—Pero no te lo ha pedido porque no tiene dinero para pagar la celebración y tú siempre le has dicho que no lo piensas celebrar en el local de la asociación de vecinos de su tío Enrique. Ni yo tampoco pienso ir a tu boda si la celebran en un sitio así.

—Eso da igual. Papá correría con todos los gastos del convite.

—Entonces, ¿lo quieres dejar porque no te pide en matrimonio?

—No, lo quiero dejar porque ya no aguanto más. Llevo desde el primer día que empecé a salir con Julián aguantando a mi padre decirme que ese muchacho es muy poca cosa para mí. Que no tengo ningún futuro con él. Que me olvide de recibir nada de su patrimonio si me caso con él. Que solo me corresponderá lo estrictamente legal, el resto irá a un asilo de monjas de clausura. Que hay muchos hijos de amigos suyos que estarían encantados de salir con una chica como yo. Eso lo llevo oyendo todos los días desde hace más de catorce años. Y como ve que no nos casamos, pues más razón le da para pensar que no me conviene. Porque yo sé que si nos casamos cambiará. El caso es que ahora viendo esto de la relación entre Helena y Aby, pues me ha dado que pensar y creo que lo más fácil sería romper con Julián y dedicarme un tiempo para mí.

—Pero, ¿tú le quieres? Recuerda la importancia del *"The power of love"* —lo volvió a decir entonando la canción.

—Supongo que sí, llevamos más de catorce años juntos, hemos pasado por muchos altibajos, pero en el fondo claro que le quiero.

—Pues eso es lo más importante de todo. Y si lo que realmente te preocupa es que no te pide matrimonio, pues pídeselo tú a él.

—¿Te estás tomando la ginebra sin tónica? ¿O estás esnifando Peta Zetas a escondidas?

—¿Por qué?

—¿Por quién me tomas? ¿Pedirle yo matrimonio? Antes me meto a monja de clausura, donde mi padre va a depositar los millones de su herencia.

—Bueno, pues dile que o te pide matrimonio o te metes a monja de clausura.

—Eso tampoco se puede hacer —eso último lo dijo pensando en alto— lo que sí que podríamos hacer es hacerle ver que me quiero casar y que estoy cansada de esperar a que se decida.

—Es lo que te acabo de decir, ¿no? Le dices que o se casa o tararí que te vi.

—Yo no le puedo decir esas cosas, pero podemos organizarnos para que se de cuenta él solo.

—¿Sin decirle nada?

—Claro, limitada de conocimientos, que estás más despistada que Espinete en el barrio rojo.

—¿Espinete en un sitio donde las chicas se lían con los chicos sin preguntar? No entiendo nada.

—Da igual. Escúchame bien. Tenemos que organizarnos para que Julián se sienta presionado y me pida matrimonio.

—¿Y cómo piensas hacerlo?

—Tenemos que organizarnos, pero creo que lo mejor será utilizar a su mejor amigo.

—¿Te refieres al chico que tiene un solo abdominal y un perímetro de diez metros de diámetro?

—Sí, debemos utilizar a Lolo.

—¿Y cómo piensas hacerlo?

—Quedarás con él.

—¿Quedar, para qué?

—Para convencerlo de que convenza a Julián de que me pida matrimonio.

—¿Y por qué tengo que quedar yo?

—Porque si lo hiciera yo, sería demasiado evidente. Debe parecer algo fortuito.

—¡Ah!, ya te entiendo, lo espero a la salida del trabajo, me acerco a él y le digo: "hola, zampabollos, dile a Julián que se case con Susana o se meterá a monja de clausura". ¿Así estará bien?

—No exactamente, ya lo iremos perfeccionando, lo importante es ganarnos su confianza y eso lo podemos conseguir de una forma muy sencilla, únicamente tienes que...

Capítulo 14

Lolo y Nina

A simple vista, el plan de Susana no tenía excesivas complicaciones. Nina tenía que merodear la casa de los chicos. Cuando Lolo saliera solo para cualquier cosa, fingir que se encontraban y empezar a hablar. Sin atosigarlo demasiado, pero empezaría a entablar una pequeña amistad y entre tanto le iría haciendo preguntas sobre la relación de Julián y Susana. Hasta que finalmente le aconsejaría que lo mejor para esa relación era que se casaran. Susana no se lo iba a pedir en la vida, por lo que debía ser Julián el que tenía que tomar la iniciativa y Lolo el máximo responsable para que eso ocurriera. Lo dicho, a simple vista era un plan perfecto.

Pero tenía algunos flecos que para Nina eran insalvables. ¿Quedar con ese chico en los alrededores de su casa? ¿Con qué excusa? La tomaría por una tarada. Una mujer de su condición acercándose a un casi desconocido para ¿decirle qué?

Llamó a Susana para explicarle que aquello era una locura, que lo mejor sería pensar otra alternativa. Susana no se lo tomó demasiado bien. Directamente dejó de hablarle. Ya no quedaba con ella en el club y no le respondía las llamadas.

Nina le dejaba mensajes y recados en la casa, pero no había forma, Susana había desaparecido de su vida.

Le faltaba algo. Intentó seguir adelante con su vida sin Susana, después de todo, era solo una amiga. Ella tenía a su familia, a su novio, a su perro Rufo, su trabajo y muchos sueños por cumplir antes de morir, como operarse las tetas, hacerse un *lifting*, sacarse el carnet de la biblioteca… En definitiva, que si Susana prefería no saber nada de ella, ella se lo perdía.

No podía vivir sin ella. La recordaba a todas horas. La echaba de menos como nunca había echado de menos a nada ni a nadie. La echaba más de menos que a su Barbie Malibú cuando se le perdió en la playa justo el verano de su primera comunión. Lo había pasado muy mal, pero nada comparado con esta pérdida.

No saber nada de Susana la estaba volviendo loca. No comía, no dormía, casi no hablaba y, cuando lo hacía, era para hablar de Susana. Tenía un dolor en el pecho que casi no la dejaba respirar.

Tenían que solucionar sus diferencias como dos personas adultas que eran. Tenían que hablar pausadamente y discutir las cosas para poder llegar a un entendimiento y no hacerse el daño que se estaban haciendo. Le pidió el móvil a un compañero de trabajo porque sabía que si la llamaba desde el de ella, no se lo iba a coger.

—Hola Su, soy Nina, ¿qué tal estás?

—Bien, o hablas con Lolo o te olvidas de mí, ¿entendido?

—Sí, ¿cuándo quieres que empiece?

La conversación no había sido muy madura que digamos, pero no podía más, necesitaba recuperar a Susana y si para conseguirlo tenía que hablar con ese chico, pues lo haría. Al fin y al cabo no había nada de malo en conocer gente nueva, aunque los luchadores de sumo a su lado parecieran atletas de maratón etíopes.

El primer día no tuvo demasiada suerte. Estuvo toda la tarde merodeando por la casa de los chicos, pero no salió nadie. A eso de las siete de la tarde apareció Julián a comprar pan, pero nada más. Cuando lo vio casi se le para el corazón. Las consignas eran claras, solo podía hablar con "el Merlín azul". Era el nombre que le habían puesto a Lolo para que la misión fuera más enigmática aún si cabe.

Nadie más la podía ver por allí o sospecharían. Nunca se encontraba a solas con el Merlín, o directamente no salía de la casa o cuando lo hacía era acompañado de alguno de los compañeros de piso. Era una misión imposible.

Así se pasó casi tres semanas, yendo todas las tardes por el barrio de Julián, intentando acercarse a Lolo aunque solo fuera para saludarlo y empezar a tener unas primeras tomas de contacto. Pero no había suerte, todas las noches llamaba a Susana y le contaba cómo había transcurrido la tarde. Nunca tenía noticias de su objetivo, pero sí que le contaba todo el acontecer del barrio.

De esas investigaciones descubrieron que el quiosquero le era infiel a su mujer con la charcutera del supermercado; que la hija menor de edad del dueño de la librería salía con un profesor del instituto, que todos los días iba a la librería a hablar con el padre de su querida; que los vecinos de los chicos plantaban y vendían plantas que cuando te las fumabas te reías sin parar.

Pero el mayor descubrimiento que hizo Nina en esas tres semanas era que Lolo era un tipo muy raro, nunca salía de casa y en las contadas ocasiones que lo hacía siempre era acompañado. ¿Tendría miedo a pasear solo? Y cuando ya había constatado que eso era una realidad, lo vio salir en dirección al parque. Iba solo, rematadamente solo, y se dirigía él solo al parque.

Su primera reacción fue esconderse para que no la viera, aunque luego pensó que lo que pretendía era precisamente eso, que la viera. El caso es que lo siguió. Como ya se había dado cuenta, iba en dirección al parque. Ella iba unos pasos detrás de él, no quería que se diera cuenta de que lo estaba persiguiendo. Prefería cruzarse con él en el parque y saludarse de manera fortuita.

Cuando llegaron al parque, el Merlín se fue directamente al parque de los niños pequeños. Nina se quedó muy extrañada, ya que ellos no tenían hijos, ni familiares pequeños conocidos. Aun así todos los padres y madres allí presentes lo saludaron como si fuera allí todos los días.

De los niños mejor no hablar, parecía que habían visto a Mickey disfrazado, se volvieron auténticamente locos al verlo. Lo abrazaban, lo besaban, lo zarandeaban, era el despiporre padre.

Nina vigilaba en la distancia cómo el Merlín los organizaba para jugar con ellos. Si no fuera por los cien kilos que le sacaba a todos los niños, serías incapaz de diferenciar quiénes eran los niños y quién el adulto. Se lo estaban pasando de maravilla. Nina los miraba embelesada. No tenía ni idea de esa faceta de Lolo y le encantó. Prefirió no saludarlo ese día, ya encontraría otra oportunidad.

Esa semana no volvió a salir de la casa. Tuvo que esperar al lunes de la siguiente para volver a verlo hacer la rutina de ir al parque con "su pandilla". Esta vez sí que se organizó para que la viera. Se adelantó y se colocó en la acera que él utilizaba para ir al parque, pero en dirección contraria. Cuando llegara a su altura lo saludaría de manera casual e intentaría mantener una conversación trivial, una primera toma de contacto.

Así lo hizo, se colocó en dirección contraria y empezó a caminar hacia él. Estaba muy nerviosa, no entendía por qué, solamente iba a saludar a un conocido, era una tontería. Contaba los segundos que faltaban para el encuentro. Como una especie de cuenta atrás, empezó a enfilarse en su misma dirección. Faltaban veinte pasos, diecinueve, dieciocho, diecisiete… el corazón se le iba a salir del pecho, sudaba a mares, le temblaban hasta las pestañas, tres, dos, uno… aminoró el paso y: "hola", acertó a decir cuando llegó a su altura.

Ni caso, El Merlín siguió de largo, ni la miró siquiera. Lolo siguió caminando en dirección al parque y Nina tuvo que darse la vuelta para darse cuenta de que efectivamente no le había devuelto el saludo. ¿Qué había pasado? ¿Qué había salido mal? ¿Por qué no le había devuelto el saludo? No entendía nada, llevaba casi un mes haciendo guardia, esperando ese momento y cuando por fin lo consigue, él la ignora. Aquello no podía ser verdad.

Inmediatamente llamó a Susana para contárselo. Ella la tranquilizó explicándole que el Merlín era muy despistado y que probablemente estuviera en su mundo y que ni se hubiera dado cuenta del saludo. La animó a seguir así y le agradeció infinitamente todo lo que estaba haciendo por ella. A Nina no la convenció demasiado pero, solo con recordar cómo lo había pasado el tiempo que Susana estuvo sin hablarle, se auto animaba.

Lo siguiente que se le ocurrió fue hacerse pasar por una madre que está en el parque con su hijo, el problema era el hijo. Le encantaban los niños, pero no tenía ninguna experiencia en hacerse pasar por madre. Así que iba a ser complicado culminar la simulación.

No obstante, también podría ir a la zona de los niños con un libro y sentarse por allí como la que no quiere la cosa. ¿Qué libro llevaba? El único libro que había leído en su vida era *El principito* y porque se lo obligaron en el colegio. Ya lo tenía, se llevaría las revistas del corazón, de esas sí que tenía algunas y era una gran experta.

Se fue al parque y esperó. A los tres cuartos de hora apareció. Ella esta vez no tenía intención de volverlo a saludar, lo miraría insistentemente y esperaría a que fuera él quien la reconociera.

Lolo llegó al parque para jugar con sus pequeños amigos, todavía albergaba la esperanza de volverse a encontrar con Verónica. No la había vuelto a ver desde aquel día y tampoco tenía muy claro si sería positivo volverse a cruzar con ella. Ya no iba al parque tanto como antes, en parte por eso mismo, no quería volver a vivir una situación como la sufrida con Verónica.

Ese día el parque estaba más lleno que nunca y no solo de niños, sino de gente en general. Llevaba más de media hora abstraído con sus "amigos", cuando se dio cuenta de que había alguien que lo estaba mirando insistentemente. Era una mujer que leía revistas de cotilleos.

El caso es que la conocía, pero no estaba del todo seguro de qué. Era evidente que se conocían de algo, pero no era capaz de relacionarla con nadie. Cuando terminó de jugar, pasó al lado de la mujer y esta siguió mirándolo, pero sin decir nada. Cuando ya la había pasado, Lolo volvió sobre sus pasos y preguntó:

—¿Nos conocemos?

—Sí, claro, soy Nina, la amiga de Susana, la novia de Julián.

—Por supuesto, ¿cómo no había caído?

Hubo un silencio que ninguno de los dos sabía cómo solventar hasta que Lolo preguntó:

—¿Qué haces por aquí?

La pregunta le cogió por sorpresa. No esperaba una pregunta tan obvia.

—Estoy aquí en el parque —acertó a decir.

—Ya te veo que estás en el parque, ¿pero qué te trae por aquí? Nunca te había visto por esta zona.

—Es que he venido a ver a una amiga y estaba haciendo tiempo en lo que llegaba.

—¿Una amiga tuya en este barrio?

—Sí, del colegio, hace mucho que no nos vemos y hemos quedado para ponernos al día —intentó sonar lo más convincente que pudo.

—Pues muy bien, me alegro de verte, me tengo que ir, hasta otra.

—Sí, gracias, yo también, un saludo.

Misión cumplida, primera toma de contacto realizada. Estaba deseosa de llamar a Susana para contárselo. No había sido tan difícil. Ahora solo necesitaba esperar a verlo de nuevo para seguir intimando algo más con él.

—Lo conseguí —dijo a modo de saludo cuando habló con Su.

—¿Ya le has dicho que le diga a Julián que me pida en matrimonio? Y ¿cómo va a ser? ¿En un barco? ¿En una cena romántica? ¿En un crucero? ¿Qué han decidido? Bueno no me lo cuentes que quiero que sea una sorpresa. ¡Ay!, Nina estoy tan orgullosa de ti, sabía que no me fallarías.

—Lo he saludado —con esa frase intentó contestar a todas sus preguntas.

—¿Qué? ¿Solo lo has saludado?

—Fue lo que me dijiste, que me fuera ganando su amistad para luego presionarlo un poco con la intención de que le dijera a Julián que te pidiera en matrimonio.

—Pero eso fue hace más de un mes y medio —los gritos se podían oír sin necesidad de utilizar el teléfono móvil.

—Y ya lo he conseguido saludar, ahora será todo mucho más fácil, creo —pensó en alto.

Se sucedieron las veces en las que se encontraban, hablaban, se reían, pero Nina no veía la manera de empezar a hablar de Julián y Susana, ¿con qué excusa? Por su parte, Susana no paraba de atosigarla sobre si ya había empezado a hablar de Ella y Julián.

Básicamente le mentía, le contaba que sí, que estaba avanzando mucho, que casi todas sus conversaciones giraban en torno a su plan, pero que tuviera paciencia que si lo querían hacer bien, tendría que esperar un poquito, pero que estuviera esperanzada que todo iba viento en popa a toda vela.

Cuando lo que realmente estaba sucediendo es que Nina y Lolo se estaban empezando a conocer. Descubrieron que los dos habían estudiado Educación Infantil y que los dos lo habían hecho por vocación total, los dos adoraban a los niños.

Nina deseaba ansiosamente tener hijos, aunque su pareja no lo veía claro y siempre le estaba poniendo excusas para postergar la decisión de empezar a intentarlo. Ella esa situación la vivía con resignación.

En alguna ocasión había hablado con Lolo de si al él le apetecería tener niños y no había dudado ni un momento. Digamos que le había manifestado que si lo de las mujeres era instinto maternal, él tenía una necesidad paternal. Ese era uno de sus mayores sueños, criar y jugar con sus propios hijos. A Nina se le activó un algo en su corazón que no supo muy bien cómo definir.

Lolo, por su parte, sabía que aquello no llegaría a nada más que una buena amistad. Ella con novio y amiga de Susana, dos obstáculos prácticamente insalvables, pero tenía ilusión, no como las otras veces, en las que pensó que iba a pasar por el altar después de la primera cita. Esta vez era diferente, se acordaba de ella en ocasiones en las que en principio no tenía por qué.

Veía la tele y rememoraba conversaciones que aparecían en la pequeña pantalla con algunas similares que había tenido con Nina. Sin querer se le escapaba una media sonrisa, sus amigos le preguntaban qué le pasaba, pero no sabía qué contestar.

Estaba en la cola del supermercado y observaba a una chica con una camisa muy similar a alguna que le había visto puesta a ella y se le escapaba una media sonrisa, que solo cortaba la cajera con un: "*Atontao*, te cobro o me descojono contigo".

Se levantaba en mitad de la noche y lo último que recordaba era que estaba soñando y en el sueño estaban ellos dos cenando y pasándolo en grande. No podía evitar, medio adormilado, que se le escapara esa media sonrisa que, esta vez sí, nada ni nadie interrumpía.

En resumidas cuentas, era feliz, a la vez que rematadamente inconsciente de lo que estaba sucediendo. Sin pretenderlo, sin buscarlo, sin tan siquiera imaginarlo, se estaba empezando a enamorar.

Finalmente Nina decidió que no iba a involucrar a Lolo en el plan de su amiga Su para que Julián le pidiera matrimonio. Sabía que lo metería en un compromiso y él era demasiado buena persona para verse en una tesitura tan incómoda.

Entonces se armó de valor y aprovechó la tarde que le tocaba entretener a Julián para que Su le comprara los regalos, y lo abordó directamente. Ni ella misma se creía que las palabras que estaban saliendo de su boca las hubiera pronunciado ella.

—Julián, tengo que hablar contigo seriamente.

—Dime Nina, ¿qué te pasa? —su tono de voz era básicamente cansino.

—O le pides a Susana que se case contigo o te deja —en ese preciso momento le hubiera gustado que la hubiera abducido una nave espacial.

—¿Qué? —no salía de su asombro. Además Nina era como era, no la tomó en serio.

—Te lo digo en serio, está pensando dejarlo. Después de lo de Aby y Helena, se ha replanteado lo de ustedes dos.

—Pero si nosotros estamos bien así, ¿a qué viene eso de casarnos?

—Pues que quiere que den un paso más en su relación, a las mujeres nos gustan esas cosas, somos así. Nos pasamos toda la vida idealizando ese momento. Princesas, príncipes, castillos, vestiditos, peinaditos, sentirnos reinas por un día, es así, venimos así de serie.

—Susana es diferente.

—Susana es así y punto.

—Pues yo no le voy a pedir que se case conmigo.

—Pues te va a dejar.

—Ya veremos.

—Independientemente de todo, y decidas lo que decidas, esta conversación no ha tenido lugar. Si por algún motivo me entero de que ella se entera de que he hablado contigo de esto, primero me matará, pero mi último aliento será para arrancarte la cabeza de un guantazo —en su vida había hablado así, es más, lo que había dicho le sonaba a amenaza y no recordaba haber amenazado a nadie en toda su vida.

Así se despidieron, Julián con la mosca detrás de la oreja y Nina con los sentimientos encontrados de que no había realizado el trabajo todo lo limpio que se esperaba de ella.

Finalmente le contó a Susana que ya había hablado con Lolo y que éste le había prometido que hablaría seriamente con Julián sobre el asunto en cuestión.

Susana quiso quedar con ella en ese mismo instante para agradecerle todo lo que había pasado para conseguir su objetivo. Añadió que tener que soportar a Lolo todo ese tiempo no se pagaba con dinero, afirmación que acompañó de una sonora carcajada. A Nina no le hizo demasiada gracia.

Aun así se sentía bien, no había inmiscuido a Lolo en el fregado y su amiga estaba más que contenta. La única explicación que encontró a no incluirlo en el plan de Susana fue que al final le había cogido muchísimo aprecio al chico capaz de comerse todos los dulces de una pastelería en una misma tarde.

Capítulo 15

Newine Corporation es historia

Llegaron a la oficina incluso antes que Carlos y eso era un hito en la compañía. Desde que se levantaron, Aby había notado a sus amigos más desanimados que de costumbre, la situación en la empresa, supuso. Era finales de julio y el calor apretaba desde esas horas. Aby quería llegar pronto porque ya tenía casi ideado el plan para reflotar la empresa. Su idea era tener su presentación preparada para mostrársela a sus amigos a la hora del almuerzo.

Abrió el cajón de su escritorio para coger unos apuntes que había realizado hacía semanas y se topó de frente con una caja marrón. En un principio no recordaba de qué se trataba, solo que estaba a su nombre. Al abrirla encontró un sobre pequeño y sobre la marcha recordó que se trataba del paquete de Agustín García, el bodeguero. Se disponía a tirar la caja y la nota que contenía a la basura, cuando un pálpito le hizo sacar la nota del sobre.

Era una cita para esa misma tarde. Con poco que lo sopesó, decidió que acudiría al encuentro. Estos avatares del destino nunca lo dejaban indiferente. Pero antes marcó el teléfono de Agustín para cerciorarse de que iba a acudir a la reunión. No respondía. Lo siguió intentando durante toda la mañana, pero no hubo forma de localizarlo. Este hecho lo desanimó un poco, ya que no le apetecía recorrer tantos kilómetros para verse solo en un pueblo a las afueras del fin del mundo.

Durante la mañana se fueron incorporando el resto de compañeros de la plantilla. A Aby solo le preocupaba que no faltara a su puesto de trabajo Ester, ya que él había llegado con los chicos. Cuando los tuvo a los tres ubicados, los reunió y los convocó para quedar todos a las tres en Ca' Maruquita.

—¿Por fin nos vas a adelantar tu plan para mejorar nuestras ventas? —le dijo Ester con un tono de ironía y picaresca que Aby no supo interpretar del todo bien.

—Somos como el *Equipo A* —dijo Lolo con el tono infantil que lo caracterizaba— Aby es Hannibal, que es el que dice que le encanta que los planes salgan bien, Julián es "el guapo", porque es guapo, yo soy Murdock, porque —se hizo un pequeño silencio— no hace falta que explique por qué soy Murdock y Ester es… —se produjo un silencio algo más incómodo de casi un minuto, que solo fue interrumpido por el ruido de las carcajadas al darse todos cuenta de qué personaje del *Equipo A* le tocaba a Ester.

—Gracias Lolo, muchas gracias por el cumplido —lo comentó mientras se acercaba a ofrecerle un puñetazo cariñoso.

—¡Qué nervios!, por fin podremos saber qué te traes entre manos desde hace tantos meses — Julián no confiaba demasiado en los planes de su amigo, pero debía reconocer que le intrigaba qué se traía entre manos.

—Paciencia, paciencia. Todavía me quedan algunos flecos que cerrar, pero a las tres lo tendré todo listo.

Al repetir la hora en alto, se dio cuenta de que no podrían quedar a esa hora. El trayecto hasta el pueblo donde lo había citado Agustín estaba justo a tres horas en coche. La presentación calculaba que tardaría en torno a 45 minutos sin dejar que formularan preguntas y estaba seguro que surgirían muchas.

—Vamos a tener que posponerlo —dijo mientras sus amigos ya estaban dándose la vuelta.

—Pero, ¿no nos acabas de decir que a las tres estaría bien? —Julián no aguantaba las tonterías de su amigo.

—Sí, pero me ha surgido un imprevisto. No recordaba que ya había quedado.

—A saber con quién habrás quedado que es más importante que nuestra reunión —en el tono de Ester se podía intuir algo parecido a los celos, pero Aby no le prestó atención.

La cara de frustración era evidente en el grupo.

—Más que el *Equipo A*, creo que somos Mortadelo y Filemón, pero en este caso los dos personajes van a corresponder a la misma persona —Lolo parecía el más abatido de los cuatro.

—Lo dejaremos para mañana, no pasa nada. Llevan esperando meses a que les adelante algo, ¿no? ¿Qué más da esperar un día más?

—Lo que tú digas —dijeron los otros tres al unísono y ahora sí se dirigieron a sus mesas.

Aby empezó a calcular el tiempo que le quedaba para la reunión y los asuntos pendientes que le quedaban por solventar. Calculó que si trabajaba a buen ritmo, estaría preparado a las tres menos cuarto.

Volvió a intentar localizar a Agustín, pero tampoco en esta ocasión tuvo éxito. Se empezó a desanimar, no tenía ganas de hacer seis horas de recorrido en balde. Entonces, sin pensarlo se le ocurrió. Abrió el chat de la empresa y escribió:

—¿Tienes planes para esta tarde?

—¿Estás de coña? Acabas de anular nuestra reunión porque el que tenías planes eras tú.

—Ya, pero me gustaría que participaras de ellos.

—Vale, pero ¿Julián y Lolo también participarán?

—Para eso quedamos los cuatro y les explico mi plan, pero ya te he dicho que he quedado.

—Pues muy bien, queda y ya mañana hablamos.

—Tú podrías participar esta tarde, pero solo en parte. ¿Tienes planes o no tienes planes?

Definitivamente a Ester le gustaba mucho Aby, eso era evidente. Ella no lo había elegido, pero es que estas cosas no se eligen. Le apetecía quedar con él, hablar con él, en alguna ocasión hasta había tenido alguna fantasía con él. Si quería quedar en horario fuera de trabajo con ella, no sería ella la que lo rechazara.

—Tengo que mirar mi agenda, te digo en un rato —lo dijo para que no se notara que se moría por verlo a solas.

—Vale, pero no tardes que salimos en media hora.

A la media hora estaba Aby en la mesa de Ester con las llaves del coche en las manos.

—¿Nos vamos? —le dijo a modo de saludo— No me has dicho nada, pero yo me voy ya.

—Es que no me ha dado tiempo de mirar si tengo que hacer cosas esta tarde.

—Muy bien, pues otra vez será. Hasta mañana.

Aby salió despidiéndose de toda la oficina y Ester se arrepintió de sus palabras justo en el momento en que salían de su boca. Esa inseguridad suya, le había causado más disgustos que alegrías a lo largo de su vida. Le costaba mucho tirarse a la piscina, sopesaba cuánta cantidad de agua había, pero ella era de las personas que ya no solo sopesaban la cantidad, sino la calidad, el pH, el nivel de cloro, la temperatura, las medidas de la piscina en sí. En definitiva, le daba demasiadas vueltas a la cabeza a la hora de tomar decisiones.

Aby llegó al coche y, justo cuando lo iba a poner en marcha, sonó un mensaje en su móvil.

—Recógeme en la puerta de la oficina.

Aby cambió de rumbo y se dirigió de nuevo hacia la oficina. Le sorprendía el cambio radical de actitud de Ester, pero por otro lado se lo esperaba. Era como que suponía que le diría que sí, pero se haría de rogar. Y eso que todavía no le había dicho a dónde se dirigían, cuando lo supiera probablemente se bajaría con el coche en marcha.

—Y bien, ¿a dónde vamos? —dijo sin haberse puesto todavía el cinturón de seguridad.

—A un pueblo que está a tres horas de distancia de aquí.

—¿Y se puede saber qué vamos a hacer allí?

—Yo tengo una reunión, tú me vas a esperar en el coche.

—No estarás hablando en serio —la voz de Ester iba a caballo entre el enfado y la incredulidad.

—He quedado con Agustín, el bodeguero de la ponencia del otro día, pero no me coge el teléfono, así es que no estoy seguro de que vaya a aparecer.

—Y me quieres llevar para hacerte compañía por si el señor bodeguero se despista y, de paso, que el trayecto se te haga más ameno.

—Te pregunté si tenías planes para esta tarde y, por lo que se ve, no había muchas más opciones.

—Hombre, si hubieras acompañado la frase "¿tienes planes para esta tarde?" con "es que me gustaría que me acompañaras a donde Cristo perdió la alpargata a una reunión en la que no puedes participar", a lo mejor me lo hubiera pensado un poco mejor.

—Bueno, te puedo llevar a casa. No pasa nada, en serio, solo pensé que te gustaría acompañarme.

—No, da igual, ya que estamos —lo que manifestó no se correspondía con sus pensamientos reales, que iban más encaminados a: "te acompañaría el resto de los días de mi vida… MI VIDA".

Estuvieron unos quince minutos callados y pasaron otros quince por la autopista de peaje, durante los que los únicos comentarios que se oían eran sobre cómo estaba de cambiante el tiempo y si la música que estaba sonando en la radio gustaba o se cambiaba de emisora. En esas estaban los dos cuando de repente Aby soltó.

—¿Sigues con tu novio? —llevaba tiempo con ganas de preguntárselo, corría el rumor por la oficina de que lo habían dejado.

—No —la pregunta le cogió totalmente desprevenida.

Técnicamente seguían juntos, pero la realidad era otra bien distinta. Su relación estaba acabada hacía mucho tiempo. Por eso Ester se sorprendió tanto de su respuesta. Directamente dijo: "no". Quizás quería dejarle claro que tenía vía libre para proponerle lo que quisiera, pues no tenía ningún tipo de compromiso formal con nadie. Él fue más diplomático y correcto en sus formas.

—Lo siento mucho, no tenía ni idea —en el fondo se alegraba enormemente de poder tontear con Ester a partir de ahora sin ningún tipo de atadura.

—No te preocupes, no pasa nada —no quería seguir hablando de ese tema— ¿me vas a adelantar algo de la presentación de mañana?

—¿Crees que sería justo con el resto si te adelantara algo a ti ahora?

—Muy justo, creo que sería totalmente justo que empezaras la presentación ahora mismo. Ellos lo entenderían perfectamente.

—Pues no.

—Pues vale.

Los dos rompieron a reír y relajaron el ambiente que se había creado con la supuesta ruptura de Ester y su novio. Ahora que lo pensaba, Ester estaba segura de que uno de los motivos por los que no le iba bien en su relación era Aby.

Desde que se dio cuenta de que le gustaba, había empezado a ver virtudes en Aby y esas mismas bondades las convertía en defectos de su pareja, con lo que la balanza se inclinaba del lado de su compañero de trabajo de manera desorbitada.

Suponía que la relación ya estaba dañada, porque si no nunca hubiera sucumbido a los encantos de Aby, pero este había tenido mucho que ver. Ahora tocaba descubrir si su amor era correspondido.

—Ya estamos a punto de llegar —utilizó esa típica frase que se usa cuando estás a punto de llegar a un sitio, porque Ester estaba como en ensueños.

—Ah, sí —acertó a contestar—. No se me ha hecho tan pesado.

—Gracias, entiendo que la compañía ha sido más que agradable —lo dijo en un tono más que cómico, pero Ester contestó.

—Ha sido mucho más que agradable.

Aby no respondió, pero se quedó pensativo. ¿Había sido eso un piropo? ¿Había sido una forma de decirle que le gustaba? ¿Estaba Ester flirteando con él?

Cuando se quiso dar cuenta ya estaba aparcando delante de la dirección que le había dado Agustín. Era una calle bastante solitaria. El pueblo en sí era bastante solitario. Sin embargo, no faltaban todos los elementos que tienen que tener los pueblos para considerarse como tales.

Había una ferretería, había una peluquería, había una especie de Ayuntamiento que hacía las veces de tienda de ultramarinos y, por encima de todas las cosas, había un bar.

Sobre la marcha se arrepintió de haber traído a Ester y tenerla que dejar sola por esos parajes. Le gustaría que lo acompañara pero Agustín había sido muy claro: "vente solo y si no vas a venir, no le cuentes a nadie nuestra conversación".

Al pensarlo le entró un pequeño escalofrío y se alegró de haber venido acompañado de Ester. Es más, le daría indicaciones claras de que si tardaba más de media hora, lo entrara a buscar o llamara al ejército de tierra.

Ella lo tranquilizó diciéndole que estaría por la zona, que se había traído un libro que le habían recomendado, se titulaba *Hoy te quiero más que ayer, ya mañana se verá*. Los dos rieron por el título y sus situaciones sentimentales y se despidieron. Aby lo hizo de forma apresurada, ya que se le hizo un pequeño nudo en la garganta al recordar la frase que siempre comentaba con Tami.

Caminó calle abajo buscando el número que le había indicado Agustín. Cuando llegó, resultó que el número correspondía con el mítico bar de todo pueblo de Dios. Tenía una barra minúscula, un camarero minúsculo y una parroquia tan minúscula como el resto del cuadro.

—Estoy busc… —empezó a decir Aby.

—Siéntese ahí tranquilo, que ellos ahora mismo salen, ¿quiere tomar algo? —la voz del camarero que estaba detrás del mostrador tenía el tono de todas las películas en las que sale un camarero de pueblo detrás de un mostrador, por lo que tuvo que contener un poco la risa burlona.

—No, gracias estoy bien.

¿Ellos? ¿Quiénes eran ellos? ¿Qué hacía un chico como él en un lugar como ese? ¿Iban a quedar con más personas? Las preguntas se atropellaban en la cabeza de Aby a velocidades insospechadas. Se empezó a poner nervioso.

El local no tenía aire acondicionado ni nada que se le pareciera, y si el calor era insoportable en la calle, en aquel lugar pensaba que le iba a dar un síncope. Se podría decir que, en esos momentos, Aby empezaba a tener algo de miedo.

El local le empezó a parecer siniestro. Todos los jamones resecos colgados por el bar. Las cabezas de un toro y un jabalí lo miraban con cara de compasión, como quien le está diciendo: "el siguiente vas a ser tú". Las botellas mugrientas denotaban que no las habían movido de esa posición en años. La grasa de las paredes, barra, suelo, sillas, mesas podrían haber llenado una garrafa de cinco litros. Pero, sin ningún género de dudas, lo más terrorífico del local era el camarero de pueblo.

Gordo, enano, calvo, con dos dientes, sudando como nunca antes había visto sudar a alguien, con una sonrisa maliciosa y con un cuchillo jamonero del tamaño de un estoque de torero. Le colgaba un paño que en su día debió de ser blanco, pero que con los años de uso y la ausencia de lavadas parecía sacado de una fosa séptica.

Quizás solo habían pasado 5 minutos, pero se le estaban haciendo eternos. Estaba a punto de salir por donde había venido e ir a buscar a Ester para volverse a la ciudad, cuando apareció Agustín. Era el mismo que apareció en la segunda etapa de la conferencia, con aquel disfraz de granjero tan logrado, aunque en esta ocasión estaba más desmejorado.

Salió de lo que parecía un pequeño almacén y lo saludó como si se conocieran de toda la vida. Detrás de él salió un señor muy mayor, bajito, enclenque, con gafas de pasta y la cara de haber vivido mucho tiempo en una biblioteca o en un sitio parecido.

—Me alegro mucho de verte —dijo Agustín con verdadera cara de felicidad en su rostro.

—Lo tuve claro desde el primer momento, no podía dejar en la estacada a mi amigo Agustín —mintió, pero era comercial y los comerciales tenían esa habilidad de decir lo correcto en el momento preciso.

—Te presento a mi confidente y más fiel amigo Iván Mario —Aby se acercó al señor mayor y le estrechó la mano.— ¿Quieres tomar algo? ¿Ya conoces a Fulgencio?

—Sí, ya me ha atendido, pero está todo bien, gracias Agustín. —Aby quería terminar con aquello lo antes posible.

—Muy bien, comencemos entonces, ¿nos acompañas? —le dijo indicándole que entraran en el pequeño almacén del que los había visto salir.

Entró primero el señor mayor, luego Aby y finalmente, y cerrando la puerta tras de sí, Agustín. El almacén era ínfimo, no tendría más de 10 metros cuadrados, cabían los tres adultos porque Iván Mario ocupaba el mismo espacio que un niño de 5 años. Las estanterías tenían latas llenas de polvo, que llevarían caducadas desde el año de la Reconquista.

Aquello era cada vez más raro. Si de repente entrara el camarero diabólico con el cuchillo y le rebanara el cuello allí mismo, nadie se enteraría. El silencio era cada vez más insoportable. Finalmente, y después de un asentimiento por parte de Iván Mario, fue Agustín el que rompió con el enrarecido ambiente que se había creado en aquel reducido espacio.

—Muy bien muchacho, a partir de ahora van a ocurrir una serie de acontecimientos, que como te adelanté cuando nos conocimos en aquel hotel, te van a cambiar la vida. Te lo digo con total sinceridad y no es una metáfora, te va a cambiar la vida de forma radical. Ahora eres tú el que debes decidir si quieres que sigamos adelante con la reunión o te vuelves con esa chica por donde has venido.

Lo de la chica no se lo esperaba, pero reaccionó con toda la naturalidad de la que fue capaz, teniendo en cuenta la situación en la que se encontraba.

—Sigamos, ya hemos llegado hasta aquí, ¿qué podemos perder, la vida?

Los hombres sonrieron y Aby por un momento se tranquilizó, pero automáticamente casi empieza a gritar. Las emociones se entremezclaban de manera vertiginosa, pasaba de la emoción, a la angustia, al miedo… en segundos. Lo miraban con rostros impasibles, serios, enigmáticos.

—Prosigamos —dijo Iván Mario, en la que había sido su única intervención desde que había conocido a Aby hacía 20 minutos.

En ese momento Agustín sacó de debajo de una estantería un teléfono de los antiguos, de aquellos que había que girar los números para que funcionara. Empezó a mover una serie de dígitos hasta que sonó.

Al principio Aby no entendía muy bien qué era ese ruido hasta que notó que a sus espaldas se movía algo. Cuando se giró, lo vio claro. La pared con todas las estanterías estaba desplazándose hacia la derecha unos cincuenta centímetros, dejándole entrever lo que parecía una especie de laboratorio.

Entró por pura inercia, ninguno de sus acompañantes le había dicho nada, pero el instinto pudo más que sus miedos. Detrás de él entraron Agustín e Iván Mario. Con un gran estruendo la pared se cerró detrás de ellos.

Ahora sí que no había escapatoria. Si le hacían daño, sería imposible que nadie pudiera encontrarlo jamás. Entrarían al bar, registrarían el almacén, pero la trampa de *superagente 87* era imposible de descubrir.

Lo miraron fríamente y lo primero que dijeron al unísono fue:

—Ya conoces nuestro secreto. Si alguien más se entera de esto, te tendremos que matar.

La cara de Aby palideció de tal manera que los hombres no pudieron aguantar la risa y rompieron a reír a carcajadas. Fue el primer momento distendido que había vivido en toda la tarde y le sirvió para relajarse un poco.

A partir de ahí se empezó a fijar en que estaban en una especie de bodega laboratorio. Había probetas, tubos de ensayo e infinidad de botellas de diferentes marcas y tamaños, algunas de ellas conocidas y otras que no había visto en su vida.

Se encontraba ensimismado dando un paseo por el espacio cuando le llamó la atención una especie de calcetín que tenían muchas de las botellas ahí expuestas. Llevaba muchos años dedicado al mundo de los vinos y en ese tiempo había tenido oportunidad de visitar infinidad de bodegas, pero nunca se había topado con un artilugio de esas características. Estaba dispuesto a preguntarle a Agustín qué era, cuando este lo interrumpió.

—Relájate Aby, siéntate ahí y espera a que te contemos qué haces aquí y por qué te hemos dicho que la información que te vamos a dar esta tarde va a cambiar tu vida para siempre.

—Muy bien, soy todo oídos —acertó a decir, infinitamente mucho más relajado.

—Perfecto. Iván Mario, se doctoró en Química por la Universidad de Harvard y montó este laboratorio hace más de 40 años. Su idea era investigar cómo mejorar mis vinos. Yo le traía todo lo que me pedía y poco a poco fue desarrollando un sistema único en el mundo para que los vinos sean únicos en el mundo. ¿Cuál es el peor enemigo de los vinos y de las personas?

—Otros vinos y otras personas.

—Eso es verdad, pero ¿qué no podemos evitar que nos pase a ninguno de los dos?, ¿qué es un dato positivo en un principio, pero con el tiempo es el final irrevocable?

—En serio, Agustín, no estoy para adivinanzas. He pasado una tarde algo ajetreada. ¿Podría ir al grano, por favor? – Aby estaba viendo que no llegaban a ningún lado.

—Bien, digámoslo de otra forma. ¿Qué le pasaría a una persona a los 150 años de vida?

—Que estaría muerta —ahora sí que empezaba a desesperarse.

—Muy bien. ¿Y a un vino con esa misma edad?

—Probablemente no se podría beber.

—Ahí es donde quería yo llegar. Hemos creado "el elixir de la eterna juventud del vino".

—Hasta aquí podíamos llegar. En serio Agustín, me parece usted un señor impresionante, además sus vinos me encantan y se están vendiendo de manera asombrosa, pero esto es demasiado, hacerme pasar la tarde que me han hecho pasar para contarme esto.

—Déjanos que te lo demostremos.

—De verdad, no se lo voy a tomar en cuenta. Ahora voy a salir por ahí, o por ahí, la verdad es que no sé por dónde voy a salir, pero ahora me iré y mañana no me acordaré de nada, no le contaré nada a nadie sobre esta conversación y tan amigos como siempre.

—Prueba esto – esta vez fue Iván Mario el que intervino, haciéndole callar al instante.

Con el ambiente enrarecido, Iván Mario sacó una botella de las que tenían el calcetín que a Aby le había llamado la atención, la abrió y le sirvió una copa. No quería tomársela, no le apetecía, además, estaba ansioso por marcharse de aquel lugar. No le contaría nada a nadie como había prometido, pero no aguantaba ni un segundo más allí.

—Pruébalo, por favor —esta vez fue Agustín el que se lo pidió.

Finalmente accedió, dio un sorbo, otro y otro. Hasta que al final dijo:

—Espectacular, es un vino espectacular, pero como este he probado infinidad a lo largo de mi carrera.

—¿Lo conoces? ¿Sabes qué vino es? —Agustín estaba ansioso por mostrarle su invento en todo su esplendor.

—No. Es un buen vino, seguro que lo he probado en alguna ocasión, pero no sería capaz de decirte cuál es.

—Iván Mario, destapa la botella para que Aby pueda ver la etiqueta.

Este procedió a hacer lo que su compañero le indicaba y Aby pudo leer la etiqueta, ponía: "Los Berrazales Crianza". Conocía perfectamente ese vino y, efectivamente, era un vino excelente. No entendía a qué venía tanto misterio.

En ese instante, Agustín cogió la botella entre sus manos y le mostró la contraetiqueta. En esta se podía leer claramente "Cosecha 1992".

—No puede ser —acertó a decir Aby, después de darle dos sorbos más al vino que tenía en su copa.

—¿Por qué no?, ya te hemos explicado que hemos creado "el elixir de la eterna juventud de los vinos" —el rostro de Agustín era de plena felicidad.

—Vamos a ver si me aclaro, ¿me estás diciendo que con esa especie de calcetín consigues que los vinos vivan eternamente?

—Eternamente, no. Solo hasta que nos los bebemos – dicho esto y carcajadas ensordecedoras de Agustín e Iván Mario.

—No entiendo nada, esto me lo tienen que explicar mejor.

—Después de muchos años de investigación —ahora era Iván Mario el que parecía que iba a dar con la clave del invento— y de muchas pruebas de laboratorio, un día descubrí que con una serie de soluciones químicas había sido capaz de crear un protector que conseguía "congelar" el vino y detenía su evolución en el momento que eligiéramos. Esto lo descubrí un día de forma fortuita, pero llevo años investigando de qué forma afecta este artilugio a la calidad de los vinos. Definitivamente he llegado a la conclusión de que he inventado "el elixir de la juventud de los vinos". Cuando tú creas que una botella de vino está en su momento óptimo de consumo, le pones este trasto y lo conservas a una temperatura constante de 12º, ni más ni menos. Lo abres cuando te apetezca y estará como el día en el que lo protegiste con mi sistema.

—¿Podemos probar con otra botella?

Le dieron un listado de vinos que tenían en ese momento protegidos con el sistema de Iván Mario y lo retaron a que eligiera el que creía que tenía menos posibilidades de aguantar en el tiempo. Ya la prueba del Los Berrazales Crianza había sido una prueba de fuego. Ese vino no solía aguantar más de 8 años y, cuando él lo había probado, habían pasado más de 20.

En este caso se decantó por el Hollera de Bodegas Monje, un más que logrado maceración carbónica. Estos vinos, por sus características, no solían estar en óptimas condiciones más de seis meses, aunque en este caso concreto podían aguantar algo más. El que eligió tenía más de 10 y estaba especialmente espectacular, fresco, goloso, vivo, no salía de su asombro.

Lo más curioso de todo es que con el sistema que habían inventado las etiquetas, aunque pasadas de moda, se mantenían en perfectas condiciones. No paraban de surgirle dudas y preguntas, la más obvia no tardó ni treinta segundos en formularla.

—¿Por qué el mundo no sabe de la existencia de este invento?

—Porque el conocimiento de ese dato para la humanidad, haría cambiar radicalmente nuestro mundo. Queremos de todo menos dejar de ser lo que somos y estar donde estamos.

—Por eso me dijeron que cambiaría mi vida de forma radical —Aby estaba maravillado con lo que acababa de descubrir.

—Llevamos años esperando encontrar a alguien al que desvelarle nuestro pequeño secreto para que lo comercialice y se haga multimillonario. La composición química que lleva dentro el calcetín es más secreta que la receta de los refrescos de cola. Y estamos dispuestos a darte toda esa información a ti para que hagas con ella lo que creas conveniente. El sistema está más que probado, solo hay que patentarlo y empezar a ganar dinero. Imagínate la revolución que supondrá este hallazgo en el mundo del vino.

—¿Por qué yo? —no creía haber hecho nada especial para merecer ese reconocimiento.

—Porque me has cambiado la vida. La experiencia que viví en el hotel contigo hace algunos meses me ha cambiado la vida de una manera que no te puedes ni imaginar. Nosotros somos mayores y necesitamos que el mundo empiece a disfrutar de nuestra sabiduría.

—Así, sin más, ¿no tengo que hacer nada más?

—Tú serás el titular de la fórmula y, por lo tanto, el máximo accionista de la multinacional que vas a tener que crear. Te daremos el dato de un laboratorio que está a punto de cerrar y que es de unos antiguos compañeros de Ignacio para que sean ellos los que ejecuten en exclusiva la fórmula.

—¿Cómo sé que esto no es una tomadura de pelo? Han podido rellenar las botellas de vino con vinos correctos y cambiar las etiquetas.

—¿Por qué íbamos a hacer algo así? ¿Qué crees que nos motivaría a hacer un acto tan deleznable?

—No lo sé. Nadie hace nada por nada, o eso por lo menos creía yo hasta ahora.

—Te llamaremos la semana que viene para vernos en el notario y transferirte todos los poderes sobre nuestro pequeño secreto. A partir de ahí eres el responsable máximo de llevar este proyecto a buen puerto y estamos seguros de que serás capaz sin ningún tipo de problema. Ahora vámonos, que es muy tarde. Hasta que no hallamos formalizado todo como es debido, no debes contarle a nadie nuestro descubrimiento, de lo contrario te las tendrás que ver con nuestro amigo Fulgencio y su cuchillo jamonero.

—Seré una tumba con tal de no volver a verlo, descuiden.

Lo único que pidió Aby antes de formalizar la propuesta fue que le permitieran llevarse cinco botellas sin el artilugio para catarlas con un grupo de expertos que atestiguaran que lo que les contaba era real. Sus conocimientos enológicos y de técnica de cata de vinos no eran tan extensos como para valorar de forma fehaciente lo que acababa de descubrir.

Ellos estuvieron de acuerdo, con la única condición de que dijera que las botellas habían salido de la bodega de un excéntrico millonario, que las tenía guardadas en un sótano subterráneo en el jardín de su casa y que se las había dado para valorar el estado de conservación de semejantes joyas. Todos aceptaron el trato y le entregaron 5 botellas que ellos mismos seleccionaron.

Hubo bromas, risas, abrazos, apretones de manos, despedidas y la promesa de volverse a ver en el notario la semana siguiente.

Ester estaba apoyada en el capó del coche, con cara de pocos amigos. Aby llegaba cargado con las botellas y la cara más que feliz de darse cuenta de que tenía ante sí el giro radical que todos esperábamos tener alguna vez en la vida.

Era como una lotería vitalicia. Los millones no dejarían de entrar en su cuenta corriente nunca. Podría gastar todo lo que quisiera ya que el invento de Agustín e Iván Mario tenía recursos ilimitados.

—Parece que la reunión ha ido bien, por la cara que traes y el botín que has conseguido.

—Ha estado bien, sí.

—¿Ya está? Llevo más de dos horas esperando en el coche, muerta de calor y ¿todo lo que eres capaz de decir es "ha estado bien, sí"?

—Es que es verdad, ha estado bien, bueno, muy bien diría yo.

—Ya me ha quedado claro. Ahora, ¿me podrías explicar un poco en que ha consistido la reunión?

—No.

—¿No?, ¿estás hablando en serio?, ¿no me vas a contar nada?

—No.

—Perfecto. Cuando vuelvas a tener otra reunión en la otra punta del mundo, ya sabes a quién pedirle que te acompañe.

Aby no contestó, estaba absorto en cómo podría poner en práctica el proyecto de comercializar el producto que le acababan de poner en bandeja de plata. Le hubiera gustado contarle a Ester lo que acababa de descubrir, pero había prometido que no diría nada hasta formalizarlo y así lo haría.

A Ester el trayecto de vuelta se le hizo insoportable. Algo importante debía de haber ocurrido en la reunión cuando Aby no cambiaba esa cara de felicidad que traía desde que había llegado a su encuentro.

Con esa expresión le parecía aún más guapo. Ni una palabra en todo el trayecto. Ninguno de los dos emitió ningún sonido en las tres horas que duró el trayecto de vuelta a casa. Cuando hubieron llegado a casa de Ester, Aby solo acertó a decir:

—Siento no haberte dicho nada sobre la reunión, pero ni yo mismo sabía a qué venía y, cuando lo he descubierto, he prometido no contar nada hasta dentro de una semana. Te prometo que serás la primera en enterarte y espero también que la primera en compartirlo conmigo.

—¡Cuánto misticismo! —dijo divertida.

—Gracias por acompañarme, ha significado mucho para mí.

Se acercó a su mejilla para darle un beso en el cachete, pero ella no terminó de girar la cabeza. Lo que parecía un beso amigable acabó siendo un beso que rozaba lo prohibido, sobre todo para ella, que sabía que no había terminado de romper su relación.

Aby lo entendió como una forma de decirle que no tenía novio y que quería empezar algo con él. Así que volvió a intentar dar otro beso, pero esta vez directo a los labios de Ester. Ella rehusó amablemente con una sonrisa, despidiéndose con un "hasta mañana" y saliendo del coche en dirección a su casa.

Le caía una lágrima por su mejilla izquierda, no por la derecha, porque era más de llorar por el lado izquierdo de sus emociones, siempre lo había sido. Entró en su casa decidida a terminar con su relación. Definitivamente estaba convencida de que iba a empezar algo con Aby. Quizás no saliera bien, pero eso nadie lo podía garantizar y ya era hora de entrar en las piscinas a sabiendas de que la posibilidad de quedar malherida ahí estaba.

Al día siguiente, Aby no fue a trabajar directamente. Llamó a Isabel y le contó que estaba indispuesto. Lo que realmente le hubiera gustado decir es que se auto despedía, pero debía ser cauto.

Primero debía organizar la cata con el grupo de expertos y valorar lo que estos le comentaban a cerca de la conservación de los vinos. Lo organizó todo para esa misma tarde, no quería esperar más. Llamó a los sumilleres más relevantes de la ciudad, a los vinicultores más prestigiosos del momento y a los críticos enológicos más influyentes. Entre ellos había pensado en Helena, pero hacía demasiado tiempo que no sabían el uno del otro y prefirió que los que acudieran no tuvieran ningún tipo de relación personal con él.

Algunos directamente rechazaron la invitación al enterarse de quien la formulaba, otros se mostraron indiferentes y unos pocos aceptaron al decirles Aby los cinco vinos y las añadas que iban a catar. A un buen amante del vino no le importa realmente quién hace la invitación a la cata. Si la cata iba a ser del nivel que Aby anunciaba, pocas cosas más importaban.

A las seis en punto de la tarde estaban los ocho invitados delante de sus copas vacías, esperando a que les sirvieran. Antes de empezar, Aby les anunció de donde habían salido las botellas y el motivo de esa cata. El propietario de los vinos tenía infinidad de botellas en ese estado y quería valorar si la bodega tenía alguna posibilidad o si por el contrario era mejor utilizar todas esas reliquias en un buen guiso.

Después de las bromas iniciales para romper el hielo, empezaron a servir el primer vino, un Mondalón Selección Especial del 78. Antes de catarlo empezaron los murmullos. Así con los cinco vinos. Ninguno de los asistentes daba crédito a lo que estaba ocurriendo. Vinos que en un principio deberían estar totalmente destrozados, estaban en su plenitud de facultades.

Cuando los murmullos pasaron a un clamor entre los asistentes, la pregunta más generalizada fue la de qué características tenía esa bodega en particular para obrar un milagro de ese calibre. Era simplemente magia. Era como si el tiempo se hubiera parado para esos vinos.

A Aby se le iluminó la cara cuando el asistente de más prestigio y credibilidad pronunció la frase con la que entendió que le habían cambiado la vida de forma radical.

—Es como si esta bodega le diera a los vinos "el elixir de la eterna juventud".

Fue suficiente, esa frase fue premonitoria. Sabía que tenía algo grande entre sus manos. Solo tenía que obrar con una mínima capacidad de organización y podría decir la frase que le había oído al señor del hotel. "Tengo tanto dinero, que no me preocupa el dinero".

Quedó con Agustín e Iván Mario justo una semana después en un notario de confianza. En la reunión estaban Aby, Agustín, Iván Mario, el notario y un señor de la edad de Iván Mario, que Aby no conocía. Una vez realizadas las presentaciones pertinentes, descubrió que el señor que no conocía era el dueño del laboratorio que iba a desarrollar el aparato. Por lo que se veía, no tenía ni idea de qué hacía ahí.

La lectura del contrato se hizo de forma muy fugaz, entre otras cosas porque el contrato no ponía más que Agustín e Iván Mario le cedían todos los derechos del artilugio que habían inventado a Aby, con la única condición de que todas las tareas de elaboración y producción se realizaran en los laboratorios de Alberto, que así se llamaba el amigo de Iván Mario.

En el caso de no cumplir con este requisito, todos los derechos volverían a estar en manos de Agustín e Iván Mario. En el apartado de contrapartida que estaba en el contrato y que ofrecía Aby a sus amigos únicamente ponía: por darnos la vida.

Capítulo 16

El elixir de la eterna juventud de los vinos

Lo primero que hice la mañana siguiente, después de no haber pegado ojo en toda la noche, fue llamar a Ester para contárselo todo, aunque me arrepentí al instante y solo hablamos de trivialidades.

Después de la visita al pueblo de Agustín nos seguimos viendo, ya no solo en la oficina, quedábamos todas las tardes y se puede decir que habíamos empezado a salir. De manera muy informal, porque así lo quisimos dejar claro los dos desde un principio, pero empezamos una especie de relación afectivo-amorosa.

Nos confesamos que durante mucho tiempo nos habíamos gustado y que en estos últimos meses esa atracción se había incrementado. Yo le declaré que, desde que empezó a surgir el rumor de que lo había dejado con su novio, había empezado a mirarla con otros ojos. Ella por su parte me juró que no sabía de dónde había salido dicho rumor, porque aunque era cierto que no le iba del todo bien con su pareja, en ningún momento lo habían dejado. Algo ruborizada, me confesó que cuando se lo había preguntado en el coche me había mentido porque tenía claro que tarde o temprano empezaría algo conmigo, —intuición femenina—, me había asegurado.

Lo curioso es que no le había contado nada sobre el artilugio que había descubierto en la reunión del pueblo y, aunque ella me insistía en que le explicara qué había ido a hacer aquella tarde a tan recóndito paraje, todavía me resistía a desvelarle toda la verdad. Quería hacerlo bien. Además debía hacer partícipe a Lolo y Julián.

Sin embargo, lo que Ester y los chicos estaban esperando de mí era que les desvelara el plan que tenía entre manos para reflotar la compañía. De lo que ninguno de ellos tenía ni la más mínima idea era que dicho plan nunca había existido. Simplemente no había plan y jamás lo hubo.

Desde que salimos de la reunión aquel día, lo primero que se me pasó por la cabeza era que tenía que conseguir que "mi equipo" siguiera motivado. Teníamos que seguir yendo a la oficina como si allí no pasara nada. En parte, nuestro futuro más inmediato pasaba por eso, por seguir trabajando más y mejor para mantener nuestros ingresos a final de mes.

Eso solo lo podía conseguir si les insuflaba algo de aire directo a los pulmones. Era como cuando buceas y ves que el otro se está quedando sin oxígeno, o le metes un chute o ahí se queda.

Pues en este caso era algo parecido. La moral de mi tropa estaba por los suelos, vivíamos una situación muy cómoda y vernos de repente con la posibilidad de estar cobrando un subsidio de desempleo y sin perspectivas laborales inmediatas era algo descorazonador.

Viendo las caras de Ester, Lolo y Julián, se me pasó por la cabeza inventarme que se me había ocurrido un plan para salvar la compañía. Cada vez que los veía un poco desanimados les contaba que mi plan iba viento en popa y que se quedarían de piedra cuando lo descubrieran. Simplemente ver las caras que ponían cuando les hablaba de mi plan era digno de incluirlo en el apartado "motivación de la plantilla" de cualquier estrategia de recursos humanos.

Sin ningún género de dudas, el día más crítico fue precisamente el día que descubrí el artilugio de Agustín e Iván Mario. Esa mañana no habíamos podido dormir bien por el calor asfixiante de finales de julio y llegamos a la oficina relativamente temprano, antes incluso que Carlos. Pero desde que nos levantamos el desasosiego reinaba en la cara de Lolo y Julián.

Era evidente que las ventas habían bajado muchísimo, las mías las primeras, pero a ellos les afectaba de otra manera. Yo, con mi teoría del destino, relativizaba mucho todo, en cambio, a Lolo y a Julián les iba la vida en tener una vida como la que tenían.

Viendo cómo iban nuestras ventas, nadie dudaba de que los próximos en caer pudiéramos ser nosotros. En el trayecto de camino a la oficina me vino la luz. Decidí que me inventaría una presentación con algunas chorradas que había apuntado días atrás sobre planes para reflotar empresas de distribución que había sacado de Google. Lo tenía todo ideado, dejaría muchas cosas en el tintero y así poder aguantar el chicle de la estrategia para reflotar la compañía algunos meses más.

Con suerte la situación de Newine Corporation resurgiría por sus propios medios y "definitivamente" nadie se acordaría ya de mi "plan". Mirándolo ahora con la perspectiva que da el tiempo, me hace gracia pensar que sin haber sido capaz de trazar un plan para mantener mi relación con Tami, ahora pretendía ser capaz de trazar un plan para salvar a una compañía de vinos a la deriva. Curioso, como mínimo, era curioso.

Entonces, otra vez hizo acto de presencia el tan afamado destino, que todo lo tiene escrito y que todo nos lo tiene ya provisto para que no nos tengamos que preocupar de nada. Así, tal cual, el destino apareció en forma de caja y dentro de esa caja en forma de cita.

¿Por qué no había tirado esa caja a la basura cuando había decidido que no acudiría a la cita? Fácil respuesta, porque era irremediablemente inevitable que yo acudiera a esa cita para poder ya no solo darle un giro de 180º a mi vida, sino para arrastrar en ese tsunami a mis amigos y en este momento también a mi ¿novia?

Los convoqué a los tres a las seis de la tarde en uno de los restaurantes que tenía como cliente y del que me unía una gran amistad con el propietario. Los reuní en ese establecimiento porque quería que probaran de forma empírica el artilugio.

Les presentaría una cata a ciegas. Sin darles ningún tipo de información previa, y en medio de todos los vinos, colaría uno que estaría más que pasado en la teoría de todos los libros de enología habidos y por haber.

Lolo y Julián controlaban lo mismo que yo de vinos, pero Ester sí que tenía más conocimientos en técnicas de cata y es precisamente ella la que más se asombraría cuando le descubriera la añada del vino que había estado protegido con el artilugio.

Llegaron puntuales. Yo les estaba esperando con todo preparado en el interior del local, las copas, los vinos a su temperatura de servicio, bizcochos, vasos con agua, servilletas, libretas para tomar notas, todo dispuesto para que mi presentación fuera todo un éxito.

—Sorprendente despliegue —comentó Julián desde que atisbó la que había montado.

—¿Nos has reunido para catar vinos? Estaba esperanzada de que la reunión tuviera que ver con tu mágico plan. Este mes con suerte llegaré a pagar el mes de alquiler con lo que me va a corresponder de sueldo —evidentemente Ester estaba muy desilusionada con la visión que tenía ante sí.

—Digamos que vamos a ir por partes. Primero vamos a realizar una cata a ciegas de varios vinos que quiero que prueben y que me den su opinión —intenté sonar lo más tranquilizador posible.

—Siempre es bueno probar vinos. Nos dedicamos a esto, ¿no? Pues a beber se ha dicho —Lolo como siempre conciliador.

Empecé a servir los vinos y dejé para el penúltimo el que había tenido el artilugio en la bodega de Iván Mario. Mientras iban catando, tomaban notas en los folios que les había dejado. Lolo y Julián para parecer interesantes y Ester lo hacía concienzudamente.

Además de los conocimientos que Ester tenía sobre vinos y su correspondiente cata, se notaba que era una persona muy responsable y que si decidía participar en cualquier tipo de actividad, la seriedad iría por delante. Eso me gustaba especialmente para que liderara el proyecto que estábamos a punto de acometer.

Cuando serví el penúltimo vino, y esperaba a que lo probaran, debo reconocer que contuve la respiración durante unos instantes. El color del vino era el correcto, pero era un vino joven con un mínimo paso por barrica que estaba sirviendo once años por encima de su teórico consumo óptimo. Ni caras raras, ni extrañeza, ni comentarios por lo bajo, ni gestos de desaprobación, en definitiva, un vino más.

He de reconocer que respiré aliviado. Cada prueba que pasaban los vinos protegidos con "el elixir de la eterna juventud de los vinos" era un éxito. Daba igual el público al que fuera dirigido, todos aceptaban los vinos de buen grado y cuando descubría las botellas, aquello era ya el acabose. Deseaba que acabaran ya. Estaba ansioso por mostrarles la botella y empezar a trabajar con ellos para dar el giro definitivo a nuestras vidas.

—Muy bien. Muy buenos todos los vinos. ¿Y ahora qué? —dijo Ester como esperando algo más.

—¿Les han gustado? Cuéntenme cuál ha sido el que más les ha impresionado —les interrogué.

—A mí el primero —dijo Lolo tirándose a la piscina.

—El primero no estaba mal, pero a mí el que más me ha gustado ha sido el tercero. Es el que más se asemeja a mis gustos personales —Julián tenía un gusto muy clásico a la hora de tomar vinos y eso se notó en su elección, pero la opinión que verdaderamente me interesaba era la de Ester y se pronunció.

—Pues a mí el penúltimo. Es verdad que es un vino joven con un pequeño paso por barrica, pero bajo mi humilde opinión es el más maduro de todos. Podríamos decir que es su momento óptimo de consumo.

Se me tuvo que notar la cara de satisfacción al escuchar a Ester pronunciar esas palabras.

—¿Qué añada es el penúltimo vino Ester? —no pude evitar jugar un poco.

—La última estaría muy verde todavía y muchos más anteriores estaría pasado. Estoy convencida de que es la añada 2012 de un vino joven del norte del país, con aproximadamente tres meses de crianza en barrica de roble francés nueva con tostado medio —Ester hablaba con la suficiencia de quien se siente seguro cuando afirma algo.

—Todo perfecto, verdaderamente perfecto, salvo por un detalle sin importancia —o comenté con la autosuficiencia de quien se sabe con la sartén por el mango.

—La zona quizás es más del centro —conseguí que Ester empezara a dudar un poco.

—No, por ahí lo has clavado. En los años es en lo que te pierdes un poco —estaba disfrutando mucho con la situación.

—¿En la añada del vino? Si es 2013, ha madurado muy rápido y si es anterior a 2012, digamos 2011 o 2010, se ha conservado muy, pero que muy bien. Así que ahí sí que me has pillado —Ester estaba deseosa de descubrir qué vino era ese al que le estaba dando tanto bombo.

—¿Cómo te quedarías si te dijera que el vino es un Viñátigo Baboso Negro con tres meses de barrica, pero de la añada 2001? —lo comenté con el regocijo que da saberse ganador.

—Pues te diría que te has equivocado de muestra. Esa que tú dices que es la penúltima probablemente sea la tercera muestra, que además es la que más le ha gustado a Julián. Ese sí tiene pinta de ser un vino de 2001.

—Muy bien. Si es eso lo que crees, vamos a quitar las fundas a las botellas y las mostraremos. Están colocadas por orden, así que cuando quieran pueden comprobar sus anotaciones con las botellas descubiertas —le quité las fundas a las botellas y me alejé un poco para verlos hacer. Lolo y Julián, como no entendieron nada de la conversación que acabábamos de tener Ester y yo, fueron a lo suyo. Ester fue más decidida, directamente se fue a la penúltima muestra y la rescató de las demás. Se la llevó a la mesa de nuevo y la volvió a catar a etiqueta descubierta.

—¿Dónde está el truco? ¿Has sacado esta botella de un pecio encontrado en una expedición pirata? Es imposible que este vino esté en estas condiciones de conservación siendo la añada que es.

—¿Por qué no? ¿Qué tiene de raro?

—Nada. Simplemente que si esto fuera verdad, este vino debería estar totalmente muerto y, por el contrario, está en su mejor momento. —se calló durante unos segundos, estaba reflexionando. Yo esperaba que me felicitara al haberse dado cuenta del descubrimiento— Es un juego, ya lo entiendo todo, has cambiado las etiquetas de los vinos para jugar un rato con nosotros. Muy divertido, de verdad que sí, muy, pero que muy divertido – estaba empezando a molestarse con la situación. Debía actuar pronto, antes de que se me fuera de las manos.

Lolo y Julián hacía rato que habían pasado de los vinos y estaban jugando con sus teléfonos móviles. Ni siquiera habían escuchado la conversación que había tenido con Ester. Básicamente les importaba un pimiento. En ese momento decidí reunirlos y contarles el motivo real de por qué los había convocado esa tarde.

Mirando a Ester a los ojos, les narré todo desde el principio, desde la conferencia de Agustín hasta la cata con los sumilleres más relevantes del país, pasando por el accidentado viaje al pueblo de nunca jamás.

Lolo y Julián me miraban maravillados, la más escéptica era sin ningún género de dudas Ester. Era de las personas que no creen en milagros, ni en pócimas mágicas y, mucho menos, en historias rocambolescas de salvadores de la vida de las personas humanas sin ánimo de lucro. Nadie hace nada por nada, repitió en varias ocasiones.

Le intentó poner tres mil trabas al artilugio, incluso después de haberlo probado de forma empírica con ese vino del año 2001 y beberse prácticamente ella toda la botella. Le sonaba todo muy raro.

Ahora, pensándolo fríamente, a mí también me lo parecía. Pero yo solo miro el lado positivo de las cosas y en el caso de que viera algo en el lado malo, ¿qué era lo peor que nos podría pasar?, ¿que el artilugio fuera un fraude?, ¿que no funcionara del todo bien? Pues quebraríamos como empresa y aquí paz y después gloria. Saldríamos adelante como fuera, no se acabaría el mundo.

Pero, ¿y si realmente el artilugio era todo un éxito? Entonces, ¿qué? Tenía muy claro que en el caso del artilugio de Agustín e Iván Mario no había marcha atrás. Seguiría con él ateniéndome a todas las consecuencias. Quien se quisiera unir a la causa sería bienvenido y quien no, sería respetado igualmente.

Lolo y Julián no tuvieron dudas al respecto. Esa misma tarde redactamos las cartas de despido de Newine Corporation. Por supuesto que Julián no le iba a contar nada a Susana sobre su auto despido y Lolo tampoco a Nina, aunque de un tiempo a esta parte se había convertido en su mejor confidente.

Ester, por su parte, se fue del restaurante presagiándonos toda clase de malos augurios. No creo que lo hiciera con mala fe. Simplemente creo que es de esas personas que primero le ven todos los lados negativos a las cosas y posteriormente, con datos reales, empiezan a ver flores en el árido pasto, si es que verdaderamente pudiera crecer algún tipo de vegetación.

He de reconocer que el ambiente que se quedó en el local cuando Ester lo abandonó fue un poco desalentador. A Lolo y a Julián les empezaron a saltar las dudas sobre si sería buena idea abandonar Newine Corporation para embarcarnos en esta aventura de consecuencias inciertas.

Me costó un poco convencerlos de que sería un éxito absoluto. Que todas las bodegas y restaurantes a nivel mundial querrían nuestro artilugio. Era un producto que solucionaba un grave problema de conservación de los vinos a nivel mundial. Solventaba un problema que durante años ha sido un auténtico quebradero de cabeza para bodegueros, restauradores y consumidores en general. Finalmente los convencí para que se embarcaran en mi aventura, que a partir de ahí se iba a convertir también en la suya.

A la mañana siguiente estábamos los tres delante de Isabel con nuestras respectivas cartas renunciando a nuestro puesto de trabajo en Newine Corporation sin reclamar ningún tipo de compensación a cambio. Isabel nos avisó de que debíamos avisar con quince días de antelación, de lo contrario, la empresa se vería obligada a descontarnos esos quince días de nuestros honorarios por finiquito. Estuvimos de acuerdo con ese descuento y salimos del despacho para despedirnos de nuestros excompañeros.

El primero en salirnos al encuentro fue Carlos, que ya sabía de primera mano nuestra decisión. Su cara era la de un luchador que acaba de tumbar en un solo combate a tres rivales en su carrera para conseguir dirigir la compañía. La del resto de integrantes de la oficina de Newine Corporation era la de un grupo de personas que veían cómo se iban unos amigos que, además, eran compañeros de trabajo.

La despedida con Ester fue la más rara de todas. Nos hablaba como si lo hiciera con cualquier otro miembro de la compañía. A pesar de esta circunstancia, y valorándolo meramente desde el plano afectivo, nosotros continuábamos nuestra relación. Eso sí, nos prometimos que no hablaríamos de trabajo bajo ningún concepto, ella no nombraría Newine Corporation y yo no nombraría el artilugio. Así lo hicimos y así nos fue.

Capítulo 17

Chin Pum

Lo primero que hicieron fue constituir la sociedad, en la que Aby tenía un porcentaje mucho mayor que el de sus amigos. Los iba a hacer partícipes, pero darles parte de la sociedad había sido una decisión personal que no estaba obligado a hacer.

En un principio pensaron que sería montar la empresa y empezar a ganar dinero desde el minuto uno. La realidad iba a ser bien distinta. Nadie quería el artilugio, les parecía buena idea, se quedaban con uno, pero de comprar nada de nada.

La respuesta de todas las bodegas, restaurantes, tiendas especializadas era siempre la misma: "Déjanos un artilugio de esos por aquí, se lo pondremos a una de nuestras botellas y la conservaremos junto con otra que no lo tenga en las mismas condiciones. Dentro de un tiempo veremos si es verdad que este artilugio funciona, mientras tanto, tenemos mucho trabajo. Buenas tardes".

Ante estas afirmaciones, los amigos intentaban sonsacar cuánto tiempo creían ellos que deberían esperar para volver a pasar a preguntar. La respuesta era unánime: "Años".

Nadie pensó en que eso podría pasar. El laboratorio ya les empezaba a decir que no podrían seguir fabricando más artilugios si no empezaba a entrar algo de dinero. Ellos ya tenían demasiadas cargas económicas como para hacerse cargo de otro lastre más. Les pusieron un ultimátum, o empezaban a cubrir los costos de la fabricación de los artilugios o ellos no fabricarían más. No tenían inconveniente en cederle el derecho a cualquier otro laboratorio que tuviera más solvencia que ellos.

Por otro lado, no habían cobrado indemnización alguna de Newine Corporation, ya que había sido una baja voluntaria. Además, les habían descontado los quince días que Isabel advirtió. Para más inri, no tenían derecho a desempleo por haberse autodespedido.

Empezaron a pedir dinero para poder pagar el alquiler, hacer algo de compra, se alimentaban básicamente de pasta y atún y poder pagar la gasolina para moverse por las bodegas presentando el artilugio. Ninguno de los tres recordaba una situación tan calamitosa desde la época de la universidad.

Ester, aunque nunca estuvo de acuerdo con la aventura, siempre los apoyó. Desde que se dio cuenta de que aquello iba en serio, los ayudó en todo lo que pudo, incluso de algún alquiler se hizo responsable.

Los reproches hacia Aby se sucedían por parte de sus amigos. Lolo no tanto, porque con poco tenía para ser feliz, pero Julián, no le perdonaría nunca que lo hubiera metido en esa situación. Si ya calamitosa era su situación en Newine Corporation para llevar una vida con Susana, ahora que por no tener, no tenía ni un mínimo ingreso al mes, sí que sería complicado mantener su relación. Eso sin contar que todavía Susana estaba esperando por la pedida de mano de su amado.

El panorama pintaba negro, pero negro, de verdad. Aby llamó a Agustín e Iván Mario para pedirles consejo. Estos le dijeron que ya habían hecho bastante cediéndole el artilugio sin pedir nada a cambio. Ahora era su responsabilidad llevarlo a buen puerto. También le dijeron que si veía que era demasiado para él, siempre podría devolverles los derechos a ellos para buscar otra salida.

Ante esto sí que Aby tenía claro que moriría con las botas puestas. Tuvo que reconocer que subestimó el poder de éxito del artilugio. No calló en la cuenta de que sería un proyecto a largo plazo. Pero todo eso ahora no valía para nada, no tenían trabajo y tenían un artilugio que para el mundo no servía para nada.

Sin embargo, cuanto más decaído estaba, más cogía el coche y se recorría todas las bodegas, restaurantes y tiendas especializadas que aún no habían tenido oportunidad de visitar. Sus amigos bajaron el ritmo de visitas, estaban demasiado desilusionados y empezaban a replantearse pedir una entrevista con Pepito para ver si los readmitía en Newine Corporation. Por supuesto que no transmitían estas elucubraciones a Aby. Empezaba a ser una situación más que desesperante.

Entonces ocurrió. Sobre las doce de la mañana de una soleada mañana de invierno ocurrió. Sonó el teléfono preguntando por Aby. Era Iván López Martín, el propietario de Bodegas Agala, quería reunirse con él esa misma mañana en las oficinas que la bodega poseía en el centro de la ciudad.

El motivo de la reunión era para informarle de que su artilugio les había sorprendido gratamente. Le contó que tenían una partida muy cuantiosa de vinos que estaban en su fase de declive más absoluto y que habían decidido ponerle unos de los artilugios de Aby a una de las botellas y dejarla con el resto.

Le reconoció que nadie se había acordado de aquello, hasta que el enólogo de la bodega, en una de las visitas rutinarias, se lo había recordado la tarde anterior. Sacaron la botella con el invento y otro sin él. La diferencia era abismal. El vino que estaba decayendo lo seguía haciendo de manera estrepitosa y el del artilugio se mantuvo en las condiciones del día en que había sido utilizado.

Hicieron las comprobaciones pertinentes con las fichas de cata que habían realizado antes de utilizar el artilugio y el resultado era increíblemente asombroso. "Es el elixir de la eterna juventud de los vinos", afirmó con una sonrisa en la cara que a Aby se le transformó en carcajada.

Iván López le hizo un pedido de 1.000 artilugios para experimentar, pero le advirtió que sería el primero de muchos y que tuviera chismes de esos en *stock*, porque solo su bodega necesitaría millones y millones.

Así empezó todo. Extremadamente rápido, en menos de seis meses, tuvieron que alquilar varias naves industriales para dar abasto a la cantidad de pedidos que estaban recibiendo. Desde que Iván López había publicado en una revista del sector el descubrimiento del artilugio, no pararon de llegar pedidos. Sudáfrica, Chile, Argentina, California, Alemania, Francia, Italia…

En menos de un año, tenían más ceros en sus cuentas corrientes que todo el que podrían haber ganado trabajando en Newine Corporation durante tres vidas seguidas sin descanso. Como era de esperar, sus vidas cambiaron de forma radical. Se mudaron a una urbanización de lujo, se compraron tres supercochazos, vestían con trajes hechos a medida.

Finalmente Ester se incorporó a la empresa de "El elixir de la eterna juventud de los vinos", que al final así se llamaba. Lo hizo en calidad de trabajadora, no quería involucrarse en el negocio de su pareja más de lo estrictamente necesario. Se fueron a vivir juntos a la urbanización y llevaban una relación muy estable.

Por su parte, Julián no le había pedido matrimonio todavía a Susana. Ella a su vez seguía deseando pasar por el altar, pero no tenía prisa. Estaba encantada de la vida con el nuevo estatus de su pareja. Era la envidia de todas las chicas del club. Su padre pasó de no poder ver a Julián ni en fotos a tener una en su mesilla de noche.

Lolo fue el que menos cambió después del giro que habían dado sus vidas. El único hecho significativo fue empezar a medio salir con Nina. Cuando empezaron a conseguir ventas masivas, Nina empezó a ver a Lolo con otros ojos. Ya no era el chico entrañable que jugaba de maravilla con los niños. Ahora era un partidazo que, además, no había dejado de ir a jugar al parque. De hecho, seguía yendo asiduamente. Lo único que no le gustaba demasiado era tener que coger el coche para ir al parque con sus amigos. Antes el piso estaba a pocos metros de distancia.

La vida en definitiva les sonreía. Habían dado un vuelco a todo lo que tenía que ver con sus quehaceres diarios, que en un principio les abrumó. Mientras, las ventas de "El elixir de la eterna juventud de los vinos" aumentaban como la compra de paquetes de roscas en la entrada de los cines. Si las ventas continuaban al ritmo que lo hacían, tenían pensado cotizar en bolsa en menos de tres años.

Habían pasado ya dos años desde la primera compra masiva del artilugio, cuando les llegó una invitación para concederle a Aby el premio de empresario del año. El premio se concedía en una cena de gala a la que no faltaba ninguna *celebrity*. Lo más granado de la sociedad se daba cita en ese evento, personajes de la cultura, la política, el deporte, todos querían estar en la cena de gala que se ofrecía para premiar al empresario del año, era algo así como los Oscar del mundo financiero del país.

Se ataviaron con sus mejores galas. Los fue a buscar un chófer en limusina. Fueron los seis juntos en el mismo vehículo, Aby y Ester, Julián y Susana y Lolo y Nina. Llegaron a la cena puntuales y evidentemente fueron el centro de atención.

Más de cuarenta y cinco minutos estuvieron haciéndose fotos en el *photocall* con todo el que pasaba por ahí. Las revistas querían tener la imagen de los hombres del momento y, sobre todo, querían captar la atención de Aby, que a todas luces era el centro de todas las miradas.

Se sentía abrumado. No estaba acostumbrado a tanta atención por parte de todo el mundo. De hecho empezó a encontrarse incómodo con aquella situación. Le sobrepasaba toda aquella lluvia de flashes y micrófonos que le preguntaban cómo se sentía siendo el hombre más buscado de la noche. Respondía de la mejor manera que podía, pero le estaba superando esa situación.

Por fin llegaron a la mesa presidencial en la que estaba el presidente del Gobierno y el de la patronal, además de otras personalidades que no supo reconocer. Intentando digerir el estado en el que se encontraba y contestando como podía las preguntas del resto de comensales sentados a su mesa, algo llamó su atención.

Levantó la mirada y allí estaba. En medio de un salón para más de 500 personas, de pie, a escasos veinte metros de distancia, mirándolo fijamente como una imagen que rayaba en lo fantasmagórico, se encontraba Tami, vestida con un traje de noche azul marino que le quedaba impresionante.

Simplemente lo miraba, lo miraba a los ojos y su cara era totalmente inexpresiva. Era como un ente ubicado ahí sin ningún tipo de finalidad aparente. No se movía. No gesticulaba. Simplemente lo miraba. Era como la niña de la curva, pero en este caso la podríamos denominar "la niña del salón".

Aby se disculpó aludiendo que iba al servicio y fue directo a ella. Estaba a punto de llegar a su altura, cuando un camarero se interpuso en su camino con una bandeja de bebidas, que a punto estuvo de acabar en el suelo. Se repuso del incidente y la fue a buscar. Había desaparecido.

Recorrió todo el salón varias veces, incluso salió al *hall* y a las afueras del recinto en busca de Tami. No estaba. Empezó a pensar que había sido una alucinación; que todo aquello le estaba sobrepasando y que había tenido una visión de Tami mirándolo directamente a los ojos.

Volvió a su mesa. Todos preguntaron si se encontraba bien, ya que se había ausentado bastante tiempo. Aludió que estaba algo cansado y empezaron a cenar.

Casi todos los vinos de la cena, por supuesto, eran vinos antiquísimos que habían traído Agustín e Iván Mario para demostrar, en tan importante acontecimiento, la valía del artilugio. Aunque curiosamente, el que más gustó fue presisamente el que los había sacado de la calamitosa situación inicial, un Agala Altitud 1175. A medida que iban llegando los platos y las copas de vino se iban vaciando, el ambiente se empezó a relajar.

Aby concluyó que la visión que había tenido de Tami, probablemente, hubiera sido la de cualquier chica invitada a la cena, que se había quedado mirando al homenajeado por simple curiosidad. No le dio mayor importancia.

Llegó el momento del discurso. Su secretaria le había preparado un pequeño guion que debía pronunciar, agradeciendo a todas las bodegas, restaurantes y tiendas que habían apoyado el proyecto. Un texto más que políticamente correcto que, simplemente, tenía que leer íntegro y que sería un auténtico "queda bien" con todo el sector empresarial que tenía que ver con su ramo.

El presentador del acto le dio paso y el caluroso aplauso con el que recibieron a Aby en el estrado nada haría presagiar lo que allí iba a acontecer minutos después. Comenzó algo titubeante su discurso, no estaba acostumbrado a hablar en público y eso se notaba. A medida que iba avanzando y con la ayuda de los vinos que habían cedido sus amigos, comenzó a soltarse algo. Ya estaba a punto de acabar su intervención. Todo había salido mejor de lo que esperaba, incluso en alguna ocasión lo habían interrumpido con entusiastas aplausos. Levantó la mirada para ir concluyendo y la volvió a ver.

En esta ocasión estaba a la salida del salón y le sonreía. Estaba radiante. Ahora sí que no tenía ninguna duda de que la que se encontraba en esa sala era Tami. Cortó de forma radical el discurso. No hablaba. Todos miraban en la dirección en la que él lo hacía, pero no veían nada raro. Los rumores se empezaron a escuchar por todo el salón.

Para Aby allí no había nadie. Era como si hubieran apagado todas las luces y dos focos alumbraran el estrado y la entrada. Su posición y la de Tami. Ella no dejó de sonreír cuando levantó su mano a modo de despedida y abandonó el recinto. Por su parte, él tuvo que esperar a que llegara el presentador a preguntarle si iba todo bien. Con un simple gesto le indicó que todo perfecto.

Se acercó al micrófono y simplemente dijo: "Lo siento, lo siento mucho". El salón rompió en un ensordecedor clamor, era lo más humilde que habían visto en cientos de años de celebración de esa gala. Alguien se quedaba en blanco y pedía perdón. Era tan *sweet*. No había suficientes clínex en la sala para controlar el lagrimeo generalizado de toda la concurrencia. "El pobre", decían unos, "es tan humano", era el comentario de otros, "ese gesto le honra".

Se dirigía a la mesa. Todos los invitados estaban de pie aplaudiendo a rabiar. Pasó a la altura de Ester, la miró a los ojos y le susurró: "espero que algún día seas capaz de perdonarme".

No se detuvo un segundo más, siguió su camino hacia la puerta de salida. Todos imaginaban que iría al baño a refrescarse. Dejaron de aplaudir, el presentador comunicó que continuara la fiesta y que en breve tendrían de nuevo al homenajeado entre ellos.

Solo dos personas en este mundo sabían a dónde se dirigía. Tami y él mismo. Salió del salón con paso decidido. Pidió un taxi y le dio las indicaciones pertinentes para que le llevara al lugar acordado.

Al taxista le llamó la atención la petición de su cliente, sobre todo por las horas que eran y lo inhóspito del lugar. Le había pedido que lo llevara a un mirador que estaba abandonado y que de noche era punto de reunión de prostitutas y drogadictos.

Llegaron sobre las once y allí no había nadie. Aby le pidió al taxista que lo dejara solo y cogió su número de teléfono por si le hacía falta que lo volviera a buscar. El taxista le preguntó varias veces si estaba seguro y, cuando Aby le dijo que no se preocupara, se marchó.

Ese mirador era el lugar al que acudían Tami y él cuando se peleaban. Era una forma de reconciliación. Era su punto de encuentro, sin necesidad de quedar. Se veían ahí. Llegaba uno primero y luego el otro. Se pasaban horas mirando el horizonte sin decir nada. Disfrutaban de la mutua compañía y del ruido de las olas.

Pasaron aproximadamente veinticinco minutos y por allí no pasaba nadie. De repente, la olió llegar. Tami siempre había utilizado el mismo perfume, durante toda su vida. En ese sentido no era una chica al uso, que tiene cuarenta perfumes para cada ocasión. Ella tenía un único perfume. Por eso la olió llegar.

No podía ser otra. Ni siquiera oyó los pasos al acercarse, simplemente la olió al lado de él. Era como si hubiera levitado hasta colocarse justo a su vera. Estuvieron mirando el horizonte sin decir absolutamente nada durante un tiempo indefinido. No hacía falta decir nada. El silencio lo rompió ella para afirmar:

"Hoy te quiero más que ayer, ya mañana se verá"

¡¡¡Chin Pum!!!

Agradecimientos

Gracias a mi madre, este libro está dedicado integramente a ella, ya que esta vena artística mía, es sin ninguna duda… suya.

Gracias a mi padre, por inculcarme los valores que han hecho de mí quien soy.

Gracias a mis hermanas por confiar ciegamente en todos mis devaneos.

Gracias a Tami, por ser parte fundamental de esta novela y por supuesto de mi vida.

Gracias a Lolo, Lili, Loyo, Yiyi, Jaco y Sardinuca, porque literalmente se cuentan con los dedos de una mano.

Gracias a todas las personas que han compartido un solo segundo de sus vidas conmigo, les aseguro que no han sido pocas, ya que de todas ellas hay un pedacito en este libro y perdón si me olvido de alguna en estos agradecimientos.

Pero sobre todo GRACIAS a ti que estás leyendo en este momento estas frases, que después de mucho tiempo, dudas e ilusión, por fin pueden estar entre sus manos. Un escritor es eso, una persona que escribre dos palabras seguidas, confío de corazón que el leerles haya valido la pena.

Índice

OTRAS NOVELAS EN EDITORIAL SIETE ISLAS

· LA LEYENDA DE GARA Y JONAY ·
ISMAEL LOZANO LATORRE

Gara siempre supo que su destino estaba ligado a la antigua leyenda guanche de la princesa de Agulo y el hijo del Mencey, sus suspiros pertenecían a un joven que no conocía pero que sabía que no tardaría en aparecer ¿Había un Jonay para ella o los príncipes azules sólo existen en las novelas románticas?

Dos amantes destinados a encontrarse, un amor prohibido, un final trágico que los persigue y del que desean escapar ¿Puede una leyenda guache cumplirse en el mundo moderno? ¿Es más fuerte el amor o la amistad?

Secretos y mentiras acompañan a Gara en este viaje a través de los paisajes y fábulas canarias. Vive la pérdida de la inocencia y recuerda lo que es enamorarte por primera vez.

¿Te atreves a reescribir la historia?

#laleyendadegarayjonay

· LA CHICA QUE OÍA CANCIONES DE KURT COBAIN·
MIGUEL AGUERRALDE

Seguro que tú también recuerdas la primavera del noventa y cuatro. Una época de amistad, de ilusiones, de los primeros amores y las decepciones más crueles. Y recordarás cómo el suicidio del líder de Nirvana sacudió el mundo de la música y lo truncó para siempre.

Así fue también para mí, entonces veinte años más joven, y ahora quiero contarte cómo descubrí, entre tigretones, chicles de a duro, programas del 'Un, dos, tres' y a golpe de beso y guitarra, que la vida era mucho más que una partida de videojuego.

Quiero contarte cómo irrumpió en mi vida y cómo cambió mi universo la chica que oía canciones de Kurt Cobain.

Esta es la historia de cómo el primer amor pone patas arriba las piezas de nuestro tablero, de cómo la música alimenta nuestro corazón y de esos recuerdos que vuelven a visitarnos cuando menos lo esperamos. Es la novela musical que entre guiños y referencias homenajea dos épocas, la actual y los años noventa, y que te llevará de regreso a un momento vital irrepetible, embebido de ese aroma de espíritu adolescente.

#LCHQOCDKC

· LA SIRENA DE FAMARA·
ISMAEL LOZANO LATORRE

Cuando Dora conoció a Juan trataba de huir de un futuro que ya estaba escrito para ella, él llenó su vida de magia y durante dos años dejó de ser una simple cajera para convertirse en una sirena enamorada del pescador de sueños.

Pero la fantasía no duró eternamente, Juan desapareció sin dejar rastro y Dora tuvo que reinventarse a sí misma, renacer de las cenizas y enfrentarse a la realidad.

Esta es la historia de una búsqueda cargada de secretos, un relato de amor, amistad y misterio que transcurre en uno de los lugares más cautivadores de la Tierra, Famara, un pueblo costero de la isla de Lanzarote donde los sueños se mezclan con el rumor de las olas y cualquier acontecimiento se engrandece por la espectacularidad del paisaje.

¿Se puede perdonar lo imperdonable? ¿Se puede ser feliz tras la felicidad?

#lasirenadefamara